清史演義

從滿清開基至三藩之亂

蔡東藩 著

ROMANCE OF QING HISTORY

愛新覺羅氏崛起、吳三桂引兵入關、南明殘局漸頹敗……

歷史興亡盡在筆墨中，史書筆法寫變幻風雲！

目錄

目錄

目錄

溯往事慨談身世　述前朝細敘源流

「帝德乾坤大，皇恩雨露深。」開場白若莊若諧，寓有深意，讀者莫被瞞過。這聯語是前清時代的官民，每年寫上紅籤，當作新春的門聯，小子從小到大，已記得爛熟了。曾記小子生日，正是前清光緒初年間，當時清朝雖漸漸衰落，然全國二十餘行省，還都是服從清室，不敢抗命；士讀於廬，農耕於野，工居於肆，商販於市，各安生業，共樂承平，彷彿是汪洋帝德，浩蕩皇恩。比今日何如？到小子五六歲時，嘗聽父兄說道：「我國是清國，我輩便是清朝的百姓。」因此小子腦筋中，便印有清朝二字模樣。嗣後父兄令小子入塾，讀了趙錢孫李，唸了天地元黃，漸漸把清朝二字，也都認識。至《學庸論孟》統共讀過，認識的字，差不多有三五千了，塾師教小子道：「書中有數字，須要曉得避諱！」小子全然不懂，便問塾師以何等字樣，應當避諱？塾師寫出「玄」字、「曄」字、「胤」字、「弘」字、「顒」字、「詝」字、指示小子道：「此等字都應缺末筆。」又續寫「歷」字、「寧」字、「淳」字，隨即於「歷」字、「寧」字、「淳」字旁，添寫一「曆」字、「甯」字、「湻」字，指示小子說道：「『歷』字應以『曆』字恭代，『寧』字應以『甯』字恭代，『淳』字應以『湻』字恭代。」小子仍莫名其妙，直待塾師詳細解釋，方知玄字曄字是清康熙帝名字，胤字是清雍正帝名字，弘字歷字是清乾隆帝名字，顒字是清嘉慶帝名字，寧字詝字淳字是清道光咸豐同治帝的名字，人民不能亂寫，所以要避諱的。

這等塾師也算難得了。

後來入場考試，益覺功令森嚴，連恭代的字，都不敢寫，方以為大清統一中原，餘威震俗，千秋萬歲，綿延不絕，可以與天同休了。虛寫得妙。誰知世運靡常，興衰無定，內地還稱安靜，海外的風潮，竟日甚一日。安南緬甸，是中國藩屬，被英法兩國奪去，且不必說。忽然日本國興兵犯界，清朝遣將抵禦，連戰連敗，沒奈何低首求和，銀子給他二百四十兆兩，又將東南的臺灣省、澎湖群島，雙手捧送，日本國方肯干休。過了兩三年，奉天省內的旅順大連灣，被俄國租占了去；山東省內的膠州灣，被德國租占了去；膠州灣東北的威海衛，被英國租占了去；廣東省內的廣州灣，被法國租占了去；而且內地的礦山鐵路，也被各國占去不少。這便叫做國恥。

嗣是清朝威勢全失，外患未了，內憂又起，東伏革命黨，西起革命軍，擾亂十多年，清廷防不勝防；後來武昌發難，各省響應，竟把那二百六十八年的清室推翻了，二十二省的江山光復了。自此以後，人人說清朝政治不良，百般辱罵；甚至說他是犬羊賤種，豺虎心腸，又把那無中生有的事情，附會上去，好像清朝的皇帝，無一非昏淫暴虐，清朝的臣子，無一非卑鄙齷齪，這也未免言過其實呢。我想中國的人心，實在是靠不住的，清朝存在的時候，個個吹牛拍馬，說他帝德什麼大，皇恩什麼深，到了清室推翻，又個個批他一錢不值，這又何苦？帝王末路大都如是。小子無事時，曾把清朝史事，約略考究，有壞處，也有好處；有淫暴處，也有仁德處；若照時人所說，連兩三年的帝位都保不牢，如何能支撐到二百六十多年？是極是極。不過轉到末代，主弱臣庸，朝政濁亂，所以民軍一起，全域性瓦解。現在「清朝」二字，已成過去的歷史，中國河山，仍然照舊，要想易亂為治，須把清朝的興亡，細細考察，擇善而從，不善則改，古人說的「殷鑑不遠」便是此意。揭出全書宗旨，何等正大光明，不比那尋常小說家，瞎三話四，亂造是非。

閒文少表，且說清朝開基的地方，是在山海關外瀋陽東邊，初起時，只一小小村落，聚群而居，壘土為城，地名鄂多哩，人種叫做通古斯族，他的遠祖，相傳是唐虞以前，便已居住此地，稱為肅慎國，帝舜二十五年，肅慎國進貢弓箭，史冊上曾見過的。傳到後代，人口漸多，各分支派，大約每一部落，戴一首領，多生得骨格魁梧、膂力強壯，並且熟習騎射，百步穿楊；趙宋時代，金太祖阿骨打，是他族內第一個出色人物，開疆拓土，直到黃河兩岸，宋朝被他攪擾得了不得。後來蒙古興起，金邦漸衰，蒙古與南宋聯兵，將他吞滅，還有未曾死亡的遺族，逃奔東北，伏處海濱，經過了二百多年，又產出一個大人物來；這個人物，說是天女所生，真正奇事！天女如何下降，不知與天孫織女作何稱呼？小子尚不敢憑空捏造，是從史籍上翻閱得來：天女生在東北海濱長白山下，有姊妹三人，長名恩古倫，次名正古倫，幼名佛庫倫，三人系出同胞，相親相愛，只是塞外風俗與內地不同，男子往來游牧，遷徙無常，女子亦性情活潑，最愛遊玩。一日，姊妹三人，散步郊原，到了長白山東邊，有一座布庫里山，洞壑清幽，別有一種可人的景緻；那時正是春風澹蕩，春日迷離，黃鳥雙飛，綠枝連理，暗藏春色。三人歡喜非常，便從山下蹀躞前行，約里許，但見一泓清水，澄碧如鏡，兩岸芳草茸茸，鋪地成茵，真是一副好床褥。就假此小坐。佛庫倫天真爛漫，春興正濃，就約兩姊妹解衣洗浴。浴未畢，忽聞鳥聲嘎喈來，三人昂首上觀，約有兩三隻靈鵲，彷佛像姊妹花一般。絕妙對偶。就中有一鵲吐下一物，不偏不倚，正墜在佛庫倫衣上，佛庫倫眼快手快，急忙拾取，視之，乃一可口的食物。(是何物耶？試掩卷猜之！)她也不辨名目，就銜在口內，兩姊問她所拾何物，她已囫圇嚥下，模糊答道：「是一顆紅色的果子。」兩姊也不及細問，遂各上岸，著好衣服，緩步同歸。誰知佛庫倫服了此藥，肚子竟鼓脹起來，她自己也不知所以。到十個月後，竟產出一男，不但狀貌魁奇，並且語言清楚，佛庫倫不忍拋棄，就在家中撫養。

光陰迅速，襁褓嬰兒，竟作髫年童子，只是佛庫倫無夫而孕，未免惹人議論，幸而窮荒草昧，人跡稀少，始得撫育成人。可見天女之說，本來荒誕。兒名叫做布庫里雍順，是佛庫倫所取，因她在布庫里山下，食了朱果，以致孕育，所以特地將布庫里三字作為兒名，留一紀念。布庫里雍順到了十多歲，穎悟非凡，自念有母無父，當屬何族，遂問他母親佛庫倫。佛庫倫命以愛新覺羅四字。「愛新覺羅」是長白山下居民的土音，其後布庫里雍順遺裔建一滿洲國，遂相傳為滿洲語，若作漢文解說，愛新與金字同音，覺羅即姓氏意義，布庫里雍順的族系，即此可以明白了解。佛庫倫是否天女，小子也不消細說了，以不解解之。

且說布庫里雍順漸漸長大，也學些騎馬射箭的技藝，閒暇時又在河邊折柳編筏。看官！你道他折柳編筏，是何意思？他是具有大志，暗想窮居草莽，終究沒有生色，若將柳條編成一筏，可以駕筏出遊。果然天下無難事，只怕有心人，柳條越編越多，越多越大，居然成了一葉扁舟，布庫里雍順喜不自禁，就輕輕在筏上坐住，順著河流，飄揚而去。英雄冒險，膽大敢為，冥冥中亦像有風伯河神當先引導，竟把那布庫里雍順送到一個安樂的地方。

原來長白山東南有一大野，名叫鄂謨輝，野中有一村落，約數十百家，這數十百家內，只分三姓，習風強悍，專喜械鬥，因此自相殘殺，連歲不休。近時中國內地村民，亦有好械鬥者，豈亦為三姓遺風所傳染耶？一笑。一日，有女子汲水，見一柳筏隨流漂至，其間有一青年男子端坐在內，頓時駭異非常，急忙回告父兄。那時父兄即臨河眺望，果然岸傍有一少年，頭角崢嶸，儀表英偉，不覺失聲道：「這是天生神人。」隨即引之登陸，問從何來？布庫里雍順從容對答，說是天女所生，由長白山下至此。霎時間哄動鄉閭，無論男女老幼，一齊出觀，見了布庫里雍順，都道這個好郎君，真正難得。於是各邀布庫里雍順至家，彷彿一桃花源。東牽西扯，幾至大家爭論起來，還是布庫里雍順從旁勸解，說我初到此地，辱承待愛，自當次第謁候。又指汲流女子的父兄道：「我與他相見最早，理應先到他家，問候起居。」眾人見他舉止謙恭，吐屬風雅，便個個嘆服，一無異言。布庫里雍順就隨了汲流女子的父兄，直至家內。那家特別優待，餉以酒食；飲半酣，座上老人更詳問氏族，布庫里雍順一一還答。老者又問以婚未？布庫里雍順答言未婚。老者即起身入室，半晌間引一少女出室來前。走近視之，雖是鄉村弱質，倒也體態端方。仔細端詳，就是汲流女子。老者囑女子對答行禮，布庫里雍順亦離座作答。禮畢，女子轉身入室，老者便對布庫里雍順道：「小女伯哩年將及笄，如蒙不棄，願附姻好。」布庫里雍順不得不推遜一番。老者執意不允，布庫里雍順方與老者行翁婿禮。老者擬擇日成婚，自是布庫里雍順就住在此家。暇時到村中各家問訊，村人見他彬彬有禮，無不歡迎。

到了吉日，一對小夫妻，攜了眷屬，大眾都到老者家賀喜。頓時高朋滿座、佳客盈門，就中有一個白髮朱顏的老丈，對主人道：「好一個小郎君，被你家奪作女婿。」又向眾人道：「這是聖人出世，到吾村內，也算是闔村幸福。吾村連歲械鬥，弄得家家不安，人人耽憂，現在不若奉此小郎君為主，一切聽他指揮，倒可解怨息爭、安居樂業，大眾以為何如？」眾人聽這一席言語，個個鼓掌贊成，歡聲如雷。也不待布庫里雍順允與不允，竟一齊請他上坐，奉他作為部長，呼為貝勒。布庫里雍順得此天假的奇緣，遂運用智謀，部勒村居人民，建設堡寨，創造鄂多哩城，成了一個愛新覺羅部，作滿州開基的始祖。後人有詩讚道：

峨峨長白映無垠，朱果祥征佛庫倫。
集慶星源三百載，覺羅禪亦衍雲礽。

布庫里雍順後，傳了數代，又出一個驚天動地的人物，比布庫里雍順似還強得多哩。看官！你道是誰？

且少待片刻，容小子下回報名。

是回為全書總冒，將下文隱隱呼起，並將作書總旨，首先揭示。入後敘滿洲源流。運實於虛，亦有弦外深意，確是開宗明義之筆。成為帝王，敗即寇賊，何神之有？我國史乘，於歷代開國之初，必溯其如何禎祥？如何奇異？真是謬論。是回敘天女產子、朱果呈祥等事，皆隱隱指為荒誕，足以闢除世人一般迷信，不得以稗官小說目之。

喪二祖誓師復仇　合九部因驕致敗

卻說布庫里雍順所建的鄂多哩城，在今遼寧省勒福善河西岸，去寧古塔西南三百多里，此地背山面水，形勢頗佳，究竟是小小部落，無甚威名。當時明朝統一中原，定都燕京，只在山海關附近設防，塞外荒地，視同化外；就是比鄂多哩城闊大幾倍，也不暇去理保，何況這一個小小土堡呢？誰知深山大澤，實生龍蛇，自布庫里雍順開基後，子子孫孫，相傳不絕，其間雖迭有興衰。到了明朝中葉，出了一個孟特穆，智略過人，把祖基特別恢拓，漸漸西略，移住赫圖阿拉地。赫圖阿拉在長白山脈北麓，後來改名「興京」便是。

孟特穆四世孫名叫福滿，福滿有六子，第四子覺昌安，繼承先業，居住赫圖阿拉城，還有五子，亦各築城堡，環衛赫圖阿拉統稱寧古塔貝勒。覺昌安率領各貝勒，攻破鄰近部落，拓地漸廣，生了數子，四子名塔克世，娶喜塔喇氏為婦，這喜塔喇氏並非天女，呼應得妙。偏生出一個智勇雙全、出類拔萃的兒子來。這人就是大清國第一代皇帝，清朝子孫，稱為太祖，努爾哈赤是他英名。他出世時，祖、父俱存。他有一個堂姊，是覺昌安女孫，出嫁與古埒城阿太章京，已有數年，不料明朝遺總兵李成梁，駐守遼西，陰忌覺昌安，招誘圖倫城主尼堪外蘭，合兵圍攻古埒城。這古埒城地方狹小，哪裡當得住大軍，連忙差人到覺羅部求救。覺昌安得報，恐女孫被陷，遂與塔克斯帶領全部兵士，馳救古埒城，與敵兵接仗，不分勝負。阿太章京見救兵已到，開城迎入，城中得了一支生力軍，人心少安。

覺昌安上城巡視，不分晝夜，每日指揮部眾，極力防禦。一日忽見城下一人，扣馬而至，大呼開門，覺昌安從上俯視，其人非他，乃圖倫城主尼堪外蘭也。原來尼堪外蘭，舊隸覺昌安部下，因此相識。便問汝來何意？答言聞主子到此，特來稟見。覺昌安見無隨兵，即開門納入。尼堪外蘭既入城，至覺昌安前，即抱膝請安。覺昌安命之起坐，問何故聯明攻城？尼堪外蘭婉言謝罪，並云：「前未知古埒城主與主子有親，故敢冒犯，今聞主子遠道馳救，方識有婚姻關係；現已向明李總兵前，盛說主子威德及人，不宜與敵，李總兵已願退兵，若主子再令古埒城主向明廷歲獻方物，李總兵且當上表明廷，請給主子封爵，管領建州。」（明稱長白山部為建州衛。）覺昌安道：「汝言果真麼？」尼堪外蘭急得發誓道：「如有狂言，願死亂刀之下。」大詐似信。覺昌安大喜，令阿太章京設宴相待，席間敘談。尼堪外蘭極力趨承，越說得天花亂墜，什麼龍虎將軍印，什麼建州衛都督敕書，不由覺昌安不信。喜人家拍馬屁，總要吃虧。飲畢，辭去。次日城下各軍，果然齊退。阿太章京見敵軍退盡，拜謝覺昌安父子救援之恩，一面備辦盛筵，款待覺昌安父子，一面烹羊宰豬，犒饗軍士。大眾飲得酩酊大醉，至晚各自鼾睡。誰知驀地裡炮聲大震，喊殺連天，眾人從睡夢中驚醒，不識何處大兵，從天而下，身不及披衣，而頭已斷，手不及持刃，而臂已離，紛紛擾擾的一夜，城中的兵民多半向鬼門關上掛號報到；覺昌安父子及阿太章京兩夫妻，也親親熱熱，一淘兒歸陰去了。趣語。古人說得好：「福兮禍倚，樂極悲生。」只為覺昌安誤信奸言，遂中了尼堪外蘭的詭計。

到此方說出原因。

是時努爾哈赤年方二十五歲，因祖父二人往援古埒城，常著人探聽消息，先接到明軍撤圍的音信，頗自安心，嗣後續聞警耗，至祖父被害一節，不覺大叫一聲，暈倒於地。頗有孝思。及眾人救醒，放聲大哭。連他伯叔兄弟都各淒然。當下檢查武庫，只留遺甲十五副，一一攜出，指示伯叔兄弟，提出復仇二字，哀懇臂助。那時伯叔兄弟，自然感憤得很，分著遺甲，一擁出城，向東而去。君父之仇，不共戴天，此舉不謂無名。

且說尼堪外蘭用詭計襲破古埒城，擄了些金銀財寶，搬回圖倫，終日流連酒色，任情取樂。忽報努爾哈赤兵到，頓覺倉皇失措，勉強招集部眾，出城對敵。努爾哈赤不待圖倫兵列陣，即縱馬直出，當先踹入敵陣中。部眾乘勢跟上，逢人便殺，見首輒斫，彷彿是生龍活虎一般，圖倫兵從未見過這般厲害，霎時間紛紛退走。尼堪外蘭見事不妙，忙拍轉馬頭，落荒逃走。努爾哈赤追趕不及，收兵入圖倫城，下令降者免死。城內外兵民聞此號令，都投首乞降。休息一天，復發兵追尋尼堪外蘭，終無下落。旋探知尼堪外蘭已竄入明邊，乃回赫圖阿拉城，修書致明朝邊吏，書中大意，是請歸祖父喪，及拿交尼堪外蘭。明邊吏將此書上達明廷，此時正在明朝萬曆年間，老成凋謝，佞人用事，文武各官，多半是酒囊飯袋，誤國該死。見了此書，就紛紛議論起來：有的說是萬不能允的；有的說是允他一半。嗣經執掌朝綱的大員，以李成梁無故興兵，亦屬非是，但執送尼堪外蘭，有損國威，不若歸喪給爵，買他歡心為是。神宗皇帝准了此議，遂令差官奉敕三十道、馬三十匹，建州衛都督冊書一函，龍虎將軍印一顆，並送還覺昌安父子的棺木。若此，努爾哈赤，也算是萬分榮幸了。

差官到了赫圖阿拉城，努爾哈赤以禮迎入，北向受封。是已有君臣之分了。只因尼堪外蘭未曾拿交，仍央差官回請。差官去後，待至數月，毫無音響，努爾哈赤復仇心切，鎮日裡招兵買馬，大修戰具，分黃紅藍白四旗，編成隊伍，旌旗變色，壁壘生新。一日昇帳宣令，飭部下頭目，排隊出發，直指明邊。眾頭目請道：「此去攻明，必須經過某某部落，須先向假道方可。」努爾哈赤道：「不必！有我當先開路，汝等緊隨便是。」大眾無言可說，便跟著努爾哈赤出城。車馳馬驟，所過各部落，毫無防備，由他進行；稍強橫的部民，攔阻馬頭，不是被刀殺死，便是被箭射死。行了數日，距明境只三十里，努爾哈赤便命部眾停住，紮好了營，令隊長齊薩率壯士數十人，往明境叩關，索交尼堪外蘭。是時明總兵李成梁已由明廷譴責，說他無端啟釁，褫職回籍。掉了一個新總兵，懦弱無能，聞覺羅部遣眾叩關，驚慌得了不得，不得已派一屬弁，與軍士百人，出城與齊薩會議。齊薩所說的，無非是索交尼堪外蘭，否則兵戎相見，差弁無可辯駁，只得唯唯而還。也是尼堪外蘭惡貫滿盈，命數該絕，正在城中探聽消息，躑躅前行，無巧不成話，偏與差弁相遇；差弁即將他騙入署中，稟明總兵，一聲呼喝，將尼堪外蘭反綁起來，推入囚車，遣兩役舁出。扛到郊外，送交清營。當由垂辮的兵役數名，從囚車內一把抓出，拖入帳中，尼堪外蘭已魂飛天外，但聞得一聲驚堂木，接連有「你這騙賊，也有今日」兩語，正思開目張望，可奈亂刃交下，血暈心迷，霎時間一道魂靈，歸入地府，適應了前日誓言。一報還一報，騙子究竟做不得，假願也是罰不得。

自是努爾哈赤與明朝和好，每歲輸送方物，明廷亦歲給銀八百兩，蟒緞十五匹，並許彼此人民互市塞外。

這覺羅部漸漸富強，名為明朝藩屬，實是明朝敵國；句中有眼。遠近部落，又被他併吞不少。那時這雄心勃勃的努爾哈赤，乘著這如日方升的氣象，想統一滿洲，奠定國基，當命工匠興起土木，建築一所堂子，作為祭神的場所；工匠等忙碌未了，忽崛起一塊大碑，上有六個大字，忙報知努爾哈赤。努爾哈赤不見猶可，見了碑文，暗覺驚詫異常。他卻佯為鎮定，仔細摩挲了一回，突然向工人道：「這妖言不足信，快與我擊斷此碑！」確肖雄主口吻。看官！你道這碑文是如何說？乃是「滅建州者葉赫」六字。煞是可驚，隱為後文伏筆。此碑既由工人擊斷，努爾哈赤始退回帳中，心中卻悶悶不樂。次日來了一個外使，說是奉葉赫貝勒命，來此下書，努爾哈赤暗想道：「偌大這葉赫部，乃竟來與我作對麼？」躊躇了一會，方喚來使入帳。來使呈上書信，努爾哈赤展視之，但見書上寫著：

葉赫國大貝勒納林布祿，致書滿洲都督努爾哈赤麾下：爾處滿洲，我處扈倫，言語相通，勢同一國，今所有國土，爾多我寡，盍割地與我？

努爾哈赤看到此句，不由得怒氣上沖，將來書扯得粉碎，擲還來使；並向來使說道：「我國寸土寸金，就使汝主首級來換，也是不允。」說罷，命左右逐出來使。使者抱頭鼠竄而去。努爾哈赤即於次日出城閱兵，嚴行部勒，詳申軍律，並命軍士日夜操練，專待葉赫兵到，與他廝殺。有備無患。

且說葉赫國在滿洲北方，與哈達、輝發、烏拉三部，互為聯繫，名扈倫四部，明朝稱他為海西衛。又以哈達居南，叫做南關，葉赫居北，叫做北關（葉赫為扈倫大國，清滅葉赫，始及明境，故敘述較詳）。葉赫最強，又與明朝互通聘問，明朝亦略給金帛，令他防衛塞外。葉赫主納林布祿聞努爾哈赤統一滿洲，料他具有大志，宜趁勢力未足的時候，翦滅了他，方無後慮。只是無故不能發兵，遂想出下書的計策，借些因頭，作為發兵的話柄。到了差人回國，將努爾哈赤的言語，一一傳達，納林布祿勃然道：「有這樣大言，我明日便去滅除了他。」差人道：「主子不要輕覷滿洲，他部下多是勇夫，不容易對仗呢！」納林布祿道：「你休長他人志氣，滅自己威風！看你爺明日踏平滿洲哩。」次日，便差各將弁四路下書，糾合遠近各部，合攻滿洲，事成當平分滿洲土地。過了數日，哈達、輝發、烏拉三部，各率三千兵到葉赫；又過了數日，長白山下的珠舍哩、訥殷二部，已有覆書，說已各發兵二千，在中途等候；又過了數日，蒙古的科爾沁、錫伯、卦勒察三部，或發兵一千，或發兵一千五百，也到葉赫境內。是時納林布祿歡喜異常，忙把部下的兵卒一齊發出，除老弱不計外，統計有一萬多人，會合各部聯軍，祭旗出發。途中又會著長白山下二部兵士，共得三萬多人，浩浩蕩蕩，殺奔滿洲來。寫得有聲有色，以襯下文努爾哈赤之能。

驚報傳到努爾哈赤耳中，即飭兵士駐守札喀城，阻住葉赫各部兵來路。納林布祿到了札喀城，望見城上旗幟鮮明，刀槍森豎，料知有備，令軍士退後三里，紮定營寨。次日，有探馬來報，說滿洲主努爾哈赤帶領全部人馬，紮駐古埒山，納林布祿全不在意。原來札喀城在赫圖阿拉西北六十里，城右有古埒山，蜿蜿蜒蜒，包圍大城。兵法云：「倚山為寨」，所以努爾哈赤在山下立營。納林布祿不知占奪此山，已輸了一著。又次日，納林布祿正準備迎敵，聞報敵兵已到，即出帳上馬，率軍對仗。但見前面來的滿洲軍，只有百餘騎，老少不一，帶兵的頭目，也沒有十分驍勇。分明是誘敵的兵。他在馬上大笑道：「這樣小妮子，也想跟我對仗，真是滿洲的氣數。」話未畢，旁閃出一將道：「人人說滿洲強盛，看這等老弱殘兵，教我們一隊兵士，已殺他片甲不留，各部將弁，都可休息，主子更不必勞動呢。」納林布祿視之，乃是葉赫西城統領，名叫布塞，即大喜道：「你去罷！」布塞便率隊上前，吶一聲喊，直撲滿洲軍，滿洲軍不與交戰，竟向後退去。其詐可知。布塞一馬當先，乘勢追趕，只見滿洲軍都退入山谷中，布塞也不管好歹，追入山谷。粗莽之至。忽喊聲大起，一彪軍從谷內擁出，截住布塞廝殺，正酣鬥間，科爾沁部統領明安亦率部兵追至，他恐布塞得了首功，故急急趕來。滿洲軍見布塞得了援軍，又紛紛退走。此路伏兵，乃是誘敵。布塞仍策馬前進，明安率兵緊隨，轉了一坡，又過一坡，越走越險，越險越窄，走入死路去了。斜刺裡喊聲又起，復來一彪軍，將布塞、明安的兵，截作兩段，前面的滿洲軍也回轉身來，夾攻布塞。布塞軍頓時大亂，忽有一將持刀突入，到布塞馬前，布塞措手不及，被他一刀劈於馬下。部下軍士，無處逃生，都做了刀頭之鬼。明安知前軍被截，急忙退走。確是勝不相讓、敗不相救的情形。不想滿洲軍已滿山遍野的掩殺前來，明安只得縱馬而逃，不顧山路上下，拚命的奔走。忽聞撲搨一聲，馬被陷入淖中，明安急忙下馬，便棄了鞍馬，帶扒帶走的逃了去。要想爭功，便落到這般田地。

當時納林布祿信了布塞的言語，回入帳中，滿望捷報，忽聽帳外喊聲震地，急上馬出視，正遇著一彪雄軍，為首的一員大將，眉現殺氣，眼露威稜，手中持一大刀，旋風般殺將來。看官！你道是誰？就是滿洲主努爾哈赤。此處方現。納林布祿忙拔刀對敵，戰了三五回合，不是努爾哈赤的對手。正惶急間，旁邊走過了布占泰，是烏拉部貝勒的兄弟，見納林布祿刀法散亂，忙向前敵住，納林布祿才一歇手，猛聽得大喝一聲，布占泰已被努爾哈赤活擒了去。這納林布祿嚇得魂不附體，忙轉身向寨後逃走，各部兵見主寨已破，尚有何心再與抵敵，人人喪魄，個個逃生。正是：

一聲鼙鼓喧天日，八面威風掃地時。

不知納林布祿得逃脫與否，且待下回說明。

圖倫城主尼堪外蘭，與葉赫部主納林布祿，名為滿洲之仇敵，實皆滿洲之功臣。自古英雄豪傑，不經心志之拂亂，未必能奮發有為，故敵國外患之來，實磨礪英豪之一塊試金石也。本回上半截，敘努爾哈赤之勇，下半截，述努爾哈赤之智，智深勇沉，信不愧為開國主，然皆由激勵而成。古所謂生於憂患、死於安樂者，於此可見矣。文中運實於虛，寫得英采動人，確是妙筆。

祭天壇雄主告七恨　戰遼陽庸帥覆全軍

卻說納林布祿從寨後逃走，直馳至數十里，不見滿洲軍，方教停住。少頃，喘息已定，各部兵亦逐漸趨集，約略檢點，三停裡少了一停，自己部下，且喪失一半；正在垂頭喪氣，忽見一人踉蹌奔入，正是科爾沁部統領明安，尚未行禮，即大哭道：「全部軍士都敗沒了，貴統領布塞聞已戰死了。」納林布祿也忍不住垂淚道：「可惜可恨！不想努爾哈赤有這般厲害。」曉得遲了。旋與各部統領，商量和戰事宜，大眾怵於前創，都是贊成和議。納林布祿無計可施，只得遣使求和，彼此往來商議，約定和親，葉赫主的姪女，擬嫁與努爾哈赤的代善，西城統領布塞的遺女，即獻與努爾哈赤為妃，才算暫時了結。

努爾哈赤得勝班師，尚恨長白山下二部，結連葉赫，趁勢蠶食，把他滅亡。前時擒住的布占泰，因他降順，給了他一個宗女，放他回國。嗣後布占泰復被葉赫主煽惑，服從葉赫，葉赫主又故意出攻哈達，令哈達向滿洲借兵，唆使半路埋伏，殲滅滿軍。誰知努爾哈赤已瞧破機關，暗率部兵，繞道至哈達城，混入城中，活擒了哈達部長孟格布祿。葉赫主聞此計不成，遣使到明朝，令歸還哈達部長，努爾哈赤因明使相請，將孟格布祿子武爾古岱放還，武爾古岱從此歸服滿洲，努爾哈赤又收服了輝發部，並乘勢討布占泰，攻入烏拉城。布占泰逃至葉赫，努爾哈赤接還宗女，差人向葉赫索布占泰。葉赫主不允，反把這許字滿洲的姪女，另嫁蒙古。看官！你想這努爾哈赤，到此還肯忍耐嗎？此段看似瑣屑，卻是不能不敘。只是努爾哈赤想攻葉赫，偏這明朝屢次出來幫護，努爾哈赤就背了明朝，自己做了滿洲皇帝，比做建州衛都督，原強得多了，然不可謂非背明。築造宮殿，建立年號，叫做天命元年，這正是明朝萬曆四十四年的事情。前數回不點年號，此處因滿洲已建國稱帝，故大書特書。自此以後，努爾哈赤就是清國太祖高皇帝。小子作書到此，也只得稱他作滿洲太祖，把努爾哈赤四字，暫時擱起。此後都說滿洲太祖，為醒目計，非貢諛也。

太祖有十多個兒子，第八子皇太極最聰穎，太祖便立他為太子。還有二子，亦是非常驍勇，一名多爾袞，一名多鐸，後來入關定鼎，全仗這二人做成，這且慢表。單說滿洲太祖，自建國改元後，招兵添械，日事訓故，除黃紅藍白四旗外，加了鑲黃、鑲紅、鑲白、鑲藍四旗，共成八旗，分作左右兩翼，準備了兩年有餘，銳意出發，他想不入虎穴，焉得虎子，欲滅葉赫，不如先攻明朝，遂於天命三年四月，擇日誓師，決意攻明。命太子皇太極監國，自率二萬勁旅，到天壇祭天。當由司禮各官，爇燭焚香，恭行三跪九叩首禮，讀祝官遂朗誦祝文道：

滿洲國主臣努爾哈赤謹昭告於皇天后土曰：「我之祖父，未嘗損明邊一草寸土，明無端起釁邊陲，害我祖父，恨一也；明雖起釁，我尚修好，設碑立誓，凡滿漢人等，無越疆圉，敢有越者，見即誅之，見而故縱，殃及縱者。詎明復渝誓言，逞兵越界，衛助葉赫，恨二也；明人於清河以南，江岸以北，每歲竊逾疆場，肆其攘奪，我遵誓行誅，明負前盟，責我擅殺，拘我廣寧使臣綱古里、方吉納，脅取十人，殺之邊境，恨三也；明越境以兵助葉赫，俾我已聘之女，改適蒙古，恨四也；柴河、三岔、撫安三路，我累世分守，疆土之眾，耕田藝谷，明不容刈獲，遣兵驅逐，恨五也；邊外葉赫，獲罪於天，明乃偏信其言，特遣使臣遺書詬詈，肆行凌侮，恨六也；昔哈達助葉赫二次來侵，我自報之，天既授我哈達之人矣，明又黨之，脅我還其國，已而哈達之人，數被葉赫侵掠，夫列國之相征伐也，順天心者勝而存，逆天意者敗而亡，豈能使死於兵者更生，得其人者更還乎？天建大國之君，即為天下共主，何獨構怨於我國也？初扈倫諸國，合兵侵我，天厭扈倫啟釁，唯我是眷，今助天譴之葉赫，抗天意，倒置是非，妄為剖斷，恨七也。欺凌實甚，情所難堪，因此七大恨之故，是以征之。謹告。」

誦畢，便望燎奠爵，外面已吹起角聲，催師出發。太祖離了天壇，騎了駿馬，御鞭一指，部眾齊行，一隊一隊地向西出發。

師行數日，由前隊報說，距明邊撫順城，只二三十里了。太祖便紮駐營帳，正擬遣將攻城，忽有一書生求見，自稱系是明朝秀才；太祖喚入，見他狀貌魁奇，已有三分羨慕；及與他談論，語語中入心坎，不由得擊節嘆賞；就賜他旁坐，問及姓氏里居。秀才道：「僕姓范名文程，字憲斗，瀋陽人氏。」清朝得國，都是漢人引導進來，范文程就是首魁。太祖道：「我聞得中原宋朝，有個范文正公，名叫仲淹，是否秀才的遠祖？」文程答道：「是。」太祖道：「我已到此，距撫順城不遠，撫順的守將，姓甚名誰？」文程道：「姓李名永芳。」太祖問李永芳本領如何？文程道：「沒甚本領。」太祖道：「這是一鼓可下了。」文程道：「以力服人，何如以德服人？明主且不必用兵，請先給他一封書信，勸他投降，他若順從，何勞殺伐。」太祖喜道：「這卻仗先生手筆。」文程應命作書，一揮而就。

太祖大悅，便道：「我國正少一個文館的主持，勞你任了此責，參贊軍機。」文程叩首謝恩。次日，太祖即遣將到撫順城下，射進書信，率隊而退。這撫順守將李永芳，本是個沒用的人物，他聞滿洲軍入境攻城，已嚇得沒了主意，及見此信，召集文武各官，會議了一夜，竟商就了「唯命是從」四字。虧他大眾想出。翌晨開城迎接，為首的跪在城下，恭遞降冊，就是為明守土的李永芳。太祖命侍衛接了降冊，策馬入城，部軍一齊隨入。幸虧得范先生一言，城中的百姓，總算不遭殺戮。太祖便記范文程為首功，更命諸貝勒特別敬禮，稱先生而不名，從此大家都呼文程為范先生。保全百姓之功，也不可沒。

滿洲兵休息三日，忽報廣寧總兵張承蔭，領了三路兵馬，來奪撫順了。太祖問李永芳道：「張承蔭係何等樣人？」李永芳答言：「是一員勇將。」太祖道：「既是勇將，想必不肯投順，不若先發制人為妙。」遂一面派兵守城，一面發兵迎敵。離城約十里，聞報明軍已相去不遠，太祖仍命部眾前進。恰此時明總兵張承蔭，正與左翼副將頗廷相、右翼參將蒲世芳，率軍前來，兩陣對圓，人人酣戰。恰是棋逢敵手，將遇良材，張承蔭也是不弱。自日中至傍晚，兩邊都餘勇可賈，不肯退兵。忽然天色昏暗，一陣大風從西北吹來，猛撲明軍，明軍正支持不住，接連又是數陣狂飈，把明軍的旗幟，颳去了好幾面。豈非天乎？滿洲軍占住上風，特別精神抖擻，如泰山壓頂般驅入明軍，那時明軍不由得退走，任你張承蔭膽力過人，也自禁止不住。當下且戰且退，適值路旁有山，正思覓徑而入，為扼守計。忽山側閃出一支滿洲軍，大叫道：「滿洲貝勒多鐸在此，敵將何不下馬受縛？」來得突兀。原來滿洲太祖見戰明軍不下，特派多鐸繞出後面，夾攻明軍。承蔭腹背受敵，無心戀戰，只得殺開血路，領兵前走。可奈天色昏暮，不辨南北，滿洲軍又緊追不捨，惹起承蔭血性，與頗、蒲二將道：「戰亦死，不戰亦死，不如與他拚命，就使死了，也不失為大明忠臣。」可敬可佩。於是三將復轉身抵敵，捨命衝突。滿洲軍恰不防他出此一著，前面的兵士被他殺死無數。俄聽一聲鼓響，滿洲軍陣內萬弩齊發，箭如飛蝗，可憐三員勇將見危致命，俱死於亂箭之下。死且不朽。

這敗報傳到明京，神宗大驚，召見群臣，問京外將帥，何人可御胡虜？大學士方從哲保薦了一個人材，姓楊名鎬。神宗准奏，立即召見，授兵部尚書，賜他尚方寶劍，往任遼東經略。看官！你道這楊鎬是什麼腳色？他是河南商邱縣人，前任僉都御史，曾充朝鮮經略，萬曆二十五年的時候，倭寇犯朝鮮，楊鎬奉朝命往援，打了一個敗仗，詭詞報捷；後來調撫遼東，又是亂殺邊民，被御史奏參，革去官職；此時，復起任邊防，難道他的謀略，能敵得過清太祖努爾哈赤麼？堂堂一個大明帝國，偏用了這等欺君罔上的臣子，去做統兵的元帥，哪得不破？哪得不亡？

楊鎬既到遼東，聞報瀋陽南面的清河堡，又被滿洲軍奪去，守將鄒儲賢、張旆兩人，統已戰死。副將陳大道、高炫逃回遼東，見了楊鎬，楊鎬卻仗著聲威，請出尚方寶劍，把二逃將斬首示眾。逃將可誅，不當死於楊鎬之手。每日檄令附近將士，趕緊援遼！自己卻按兵不動。大學士方從哲聞他逗留不進，常發紅旗催他出戰。楊鎬沒法，只得領兵出塞，好在四處已到了許多兵馬。葉赫兵也來了二萬名，朝鮮兵又來了二萬名，楊鎬便派作四路，分頭前進。中路分左右兩翼，左翼兵委山海關總兵杜松統帶，從渾河出撫順關。右翼兵委遼東總兵李如柏統帶，從清河出鴉鶻關。又令開原總兵馬林，合了葉赫兵，從開原出三岔口，叫做左翼北路軍。遼陽總兵劉鋌合了朝鮮兵，從遼陽出寬甸口，叫做右翼南路軍。四路軍共二十多萬，他卻虛張聲勢，說有四十七萬，滿望仗此大兵，攻入滿洲。預先與四路將官，定約於滿洲國東邊二道關會齊，進攻赫圖阿拉，這正明萬曆四十七年二月間時事（這次戰事，為明清興亡關鍵，所以詳敘時日）。

先一月間，天空中出現一顆長星，光芒四射，天文家稱作蚩尤星，說是主兵，又說是不祥之兆。小子未曾研究星學，只援據歷史，人云亦云便了。到了二月，塞外一帶，大雪飄飄，明軍在途，受了無數辛苦，人馬大半冰凍，只好緩緩前行。獨有山海關總兵杜松，仗著膂力，想立首功，令軍士冒雪西進，到了渾河，冰凍未開，杜松驅兵徑渡，河中冰凍忽解，溺死軍士多名。渡至對岸，有滿洲軍兩三小隊，上前攔截。怎禁得杜軍一股銳氣，亂殺亂斫，頓時紛紛退走。杜軍爭先追趕，約里許，見前面有座高山，滿洲敗軍，統向山谷中退去。杜松恐山內設有埋伏，暫止不追，令軍士堵住谷口。也自仔細，然作者因恐與前回重複，故作此活筆。一面飭役偵探，回報滿洲兵聚集界藩城。杜松遂把軍士分作兩支，一支仍令堵住谷口，一支由自己親領，直攻界藩城。

原來杜軍屯留山谷，叫做薩爾滸山，此山距界藩城，約有數里。界藩城築在鐵背山上，係滿洲要塞，滿洲太祖正令兵役一萬五千，運石添築，此時聞杜軍進攻，急遣長子代善，引二旗兵去防界藩城，自率六旗兵四萬五千人，直攻薩爾滸明營。到了薩爾滸山正當日中，兩軍相遇，不及答話，便列陣開戰，霎時天地晦冥，咫尺間不辨人影。明軍點起火炬，與滿洲軍酣鬥，誰知明軍從明擊暗，箭彈只射中柳林，滿洲軍由暗擊明，箭彈都射著明軍，這明軍不知不覺的倒斃了無數。滿洲軍乘勢驅殺過來，刀斬斧劈，好像削瓜切菜一般，眼見得明軍七零八落了。

這時候的杜松正領兵到吉林崖，與鐵背山相近，忽聽後面喊聲大起，滿洲大貝勒代善，帶了二旗兵殺來。杜松急命後軍作前軍，前軍作後軍，與滿洲軍混戰。未分勝敗，驟聞後軍復紛紛大亂，界藩城的兵役，也一齊殺到。杜松忙命後軍又作前軍，迎截界藩城兵。杜松也算能手。正在你死我活的相拚，不料深林中又衝出一支人馬，把杜軍夾斷。杜軍已是腹背受敵，哪裡禁得三面夾攻？杜松方捨命突圍，颼的來了一箭，正中心窩，墜馬而死。眾軍見無主帥，逃的逃，死的死，弄得乾乾淨淨。完了一路。看官！你道深林中人馬，從哪裡來的？這便是滿洲太祖掃平薩爾滸明營，派來夾攻杜松的兵。

開原總兵馬林方出三岔口，聞得杜軍敗沒，一面飛報楊鎬，一面倚山立營，停止前進。天色將晚，山上忽馳下滿洲軍，殺入營內，馬軍不及防備，自相潰亂，監軍潘宗顏，還想整軍前敵，不意向前數步，頭顱已被削去了半個。馬林急忙奔竄，還算逃出了一個性命。完了二路。

這個遼東總兵李如柏，最是沒用，說將起來，益發可笑。百忙中著此閒筆。他是慢慢的出了清河，到了虎欄關，猛聽得關外山上，吹起螺來，山谷響應，木葉震動，彷彿有千軍萬馬，追殺前來。李如柏忙令退軍，軍士也道滿洲兵殺到，各自逃生，互相踐踏，恰死了一千多人。其實山上並沒有什麼敵兵，只滿洲軍二十名上山偵探，見明軍出關，作嗚螺狀，偏偏這個沒用的李如柏上了他的當。完了三路。

獨有遼陽總兵劉綎，曾經過數十百戰，有萬夫不當之勇，手持鑌鐵刀百二十斤，綽號叫做劉大刀，他已深入三百里，連攻下三個營寨，直入棟鄂路，望見前面有一山，山上有一軍紮駐，龍旂鳳旆，護著鑾駕，他想這不是滿洲國王的扈軍麼？當即橫刀躍馬，跳上岡來，來殺滿洲太祖。滿洲太祖正由薩爾滸移兵至此，猛見劉綎上岡，急命軍士下迎。劉綎舞起鑌鐵大刀，左右盤旋，確是有些凶勇，即滿洲軍抵死攔阻，只殺得一個平手。劉綎暗想仰面上攻，實是費力，不如退至岡下，與他鏖戰，便將大刀一擺，率軍士下岡。滿洲軍亦隨下，自午至暮，殺得難解難分，兩軍都有些疲倦起來。唯劉綎越戰越勇，全無懼怯。忽有一彪軍殺到，萬炬齊明，劉綎從火光中望將過去，但見大旗上書一杜字，不覺喜道：「杜總兵到來助我，是天使我滅滿洲了。」話未畢，一將已到馬前，頭戴金盔，身穿鐵甲，正是一員明將，只面目恰不認識，剛思動問。那來將先問道：「你莫非就是劉大刀？」劉綎應聲未完，來將手起刀落，劈劉綎於馬下。奇極怪極。眾軍急來相救，已是不及，只見殺入的杜軍，隨手亂殺，弄得明軍茫無頭緒，自相屠戮，一時間全軍盡沒。四路都完結了。小子湊了四句俚言，作為劉大刀的定論：

奉命西征膽氣豪，大刀示勇姓名高。
臣心原是忠明者，可惜胸中欠六韜。

畢竟殺劉綎者是誰，看官不必滋疑，待小子下回道來。

滿洲太祖以七恨誓師，未必無深文周內之言，然明之無端起釁，亦不得謂無咎。自滿洲出兵以後，復用一庸駑之楊鎬，經略遼東，委二十萬軍於遼塞，是非明之自取其亡耶？明之亡在此，滿洲之興亦即在此。是此回為明清興亡關鍵，故作者亦敘述獨詳，不稍滲漏。

熊廷弼守遼樹績　王化貞棄塞入關

卻說劉綎被殺，全軍喪亡，大眾入枉死城中，還是莫名其妙。實則夾入的杜軍，統是滿洲軍假冒。滿洲大貝勒代善，殺盡杜軍，得了盔甲旗幟，教軍士改裝，扮作杜軍模樣，從界藩城來應太祖，巧巧碰著兩軍惡戰，他便豎起杜字旗幟，踹入劉綎軍中。劉綎深入敵境，尚未悉杜軍敗耗，還道來的是真杜軍，因此中計，猝被殺死。從此劉大刀已化作兩段，明朝失去了一員勇將，防邊愈覺無人。可為朱氏一哭。

那時經略楊鎬，還因馬林敗報，飛速檄止劉綎、李如柏兩軍，過了數日，只有李如柏領軍回來。還算是他。馬林因逃還開原後，堅守不出；是年六月，滿洲軍乘勝進攻，馬林頗效死抵禦，其後內無糧草、外無救兵，終被滿洲軍攻破，馬林巷戰死節，開原失守，鐵嶺亦不保了。明廷御史交章劾奏楊鎬，說他喪師誤國，罪無可赦。楊鎬固無可赦，而言官亦只能以成敗論人，奈何？朝命拿楊鎬入京，令兵部侍郎熊廷弼代任經略。

熊廷弼係湖北江夏人氏，身長七尺，素有膽略，至是奉命出京，途中聞開原失守消息，嘆道：「盔廷大臣，不知邊事，一味主戰，以致如此。」遂即繕就奏摺，遣使齎京，折中略道：

臣聞遼左京師肩背，河東遼鎮腹心，開原又河東根本，開原今已破，則北關難保，朝鮮亦不可恃，遼河亦何可守？乞速遣將備芻糧，修器械，毋窘臣用，毋緩臣期，毋中格以阻臣氣，毋旁撓以掣臣肘，毋獨遺臣以艱危，以致誤臣誤遼兼誤國也。謹奏。

奏入，神宗報允，並賜尚方寶劍，令便宜行事。

廷弼出山海關，見難民紛紛逃來，停車細問，方知鐵嶺又失，瀋陽吃緊，居民為避難計，因此西奔；遂用好言撫慰，令他隨回遼陽，不必驚慌。難民乃隨了前行。將到遼陽，遇著逃將數人，縛住正法；逃兵令回城贖罪。既入城，復勸告百姓一番。當即督率軍士，造戰車，備火器，修葺城池，招集流亡；復冒雪出巡，至瀋陽修城閱兵，並自製一篇痛哭淋漓的祭文，親祭陣亡將士。隨祭的軍士，都感激涕零。自有此一番振作，遼瀋得以漸固。不愧將材。又請聚兵十八萬，分守要地，任他智勇雙全的滿洲太祖，也沒法擺布，這正是熊經略守遼的政績。有此良將，不能長用，明之亡也無疑。

滿洲太祖見遼瀋無隙可乘，便移兵去攻葉赫。葉赫主納林布祿已死，其弟金臺石襲位，聞滿洲軍將到城下，忙集兵保守東城，並知照西城貝勒布揚古趕緊守禦，互相援應。不幾日滿洲軍已到，直逼東城，一攻一守，兩不相下，滿洲太祖固是能軍，金臺石頗也不弱。適西城遣軍來援，被滿洲太祖分兵殺敗，追至城下，圍住西城，東城守兵，望見滿洲軍已去了一半，略一寬懈，不防滿洲軍已緣梯而上，城上急擲矢石，已是不及，反被滿洲軍殘殺多人，未死的守兵，統下城逃走。金臺石聞城已被陷，登臺死守，並縱火自焚屋宇。奈滿洲軍蜂擁前來，一齊殺入臺中，金臺石冒死突圍，猛被一箭射倒，被滿洲軍擒拿而去。全城已破，滿洲太祖入城升帳，由軍士推上金臺石。金臺石怒氣勃勃，語多不遜，惱得太祖性起，喝令梟首。但聽金臺石厲聲道：「我生前不能抗滿洲，我死後無知則已，死若有知，定不使葉赫絕種，將來無論傳下一子一女，總要報此仇恨。」頗是好漢，且預為後文伏筆。語未竟而首已落。太祖即令多爾袞拾起金臺石首級，挑在竿上，往西城招降。

西城貝勒布揚古，係布塞的兒子。布塞的女兒，曾獻與滿洲太祖為妃，上次已交代明白，此番聞東城已破，惶急的了不得，經多爾袞在城下招降，用了一片顧念親誼的話兒，說動了布揚古的心，又把金臺石的首級，示作榜樣，威嚇利誘，不怕布揚古不拜倒馬前。布揚古降了妹丈，忘卻父仇，有愧金臺石多矣。西城一降，葉赫遂亡，滿洲太祖心已快慰，把從前的碑文，撇在腦後，哪裡曉得二百年後，復生出一樁大禍祟呢？這且慢表，小子又要講那熊廷弼了。

熊廷弼守遼三年，人民安堵，雞犬不驚，偏偏神宗、光宗，相繼晏駕，嗣位的稱號熹宗，用了一個太監魏忠賢，攬亂朝綱，暗中嫉忌熊廷弼，遣吏科給事中姚宗文，到遼瀋閱兵。白面書生，何知軍務？這分明是遣他需索。偏這熊廷弼抗傲性成，不但沒有饋獻，抑且不甚禮貌，姚宗文甚為恚恨，陽為閱兵，陰已定稿；回朝後，即結了一班狐群狗黨，誣劾廷弼。廷弼聞知，大加嘆息，便拜本辭職。朝旨允准，換了一個袁應泰來代廷弼。

應泰是進士出身，曾升任巡撫，為人頗是精敏，但不是用兵能手。既到遼東，見廷弼待下甚嚴，他卻特別放寬，把舊制更張了好幾條。適值蒙古大饑，部民多入塞乞食，應泰撫慰饑民，令在部下當兵，居住遼瀋二城。小不忍則亂大謀，為此一大失著，遼瀋人民，又要遭劫了。婦人之仁，安可為將？

這滿洲太祖滅了葉赫，正愁沒法圖遼，得了這個消息，喜不自勝，即發兵進攻瀋陽。瀋陽總兵賀世賢，忙登陴守禦，並著人飛報袁應泰。應泰剛想三路出師，規復清河、撫順，得了此報，急調集諸軍，擬援瀋陽。忽一探馬來報導：「瀋陽失守，賀總軍殉節。」此處用虛寫。應泰大驚，及問明細底，方知瀋陽有蒙人內應，賀世賢為他所賣，以致與城俱亡；這都是應泰害他。當下頓足自悔，急飭親兵搜查城內蒙民，果得了好幾封通敵書信，當即一一正法，令軍士沿城掘濠，沿濠環列火器，以便守禦，自率總兵侯世祿、姜弼、梁仲善等，出城五里迎戰。

滿洲軍前隊已到，梁仲善不分皂白，拍馬殺入，侯世祿、姜弼恐梁有失，即上前接應，不料敵兵放進梁仲善，截住侯世祿、姜弼。侯、姜二人，幾次衝陣，都被敵陣中射回。霎時間一聲吶喊，滿洲軍併力上前，突入明軍陣內。明軍支撐不住，望後退走，袁應泰手刃逃兵數人，仍不濟事，只得退入城中；檢點軍士，已喪失三分之一，侯、姜二將，又身負重傷，梁仲善一去不還，想總是陣亡了。

袁應泰還仗著城濠深廣，分陣固守，誰知到了次日，滿洲軍已將城西大閘掘開，把濠中水一洩無餘，軍士竟渡濠攻城，分作左右兩翼，左翼兵奮勇直上，時已日暮，應泰列矩拒戰，自暮至旦，守城兵士，多半傷亡，兵官牛維曜、高出等，不知去向，城中大亂。翌晨，右翼兵又陸續登城，應泰避入城北鎮遠樓，邀巡按御史張銓至，流涕道：「我為經略，城亡俱亡。公文官無城守責，宜急去，退保河西，圖後舉。」張銓道：「公知忠國，銓豈未知？」應泰無言，掛了劍印，懸梁畢命。還是忠臣。張銓見應泰已死，亦解帶自縊。滿洲軍上鎮遠樓，見兩人高懸梁上，就一齊解下，抬至滿洲太祖前。太祖失聲道：「好兩個忠臣！」語尚未已，但見張銓兩眼活動，尚有生氣，忙令軍士用薑湯灌救。張銓徐徐醒來，望見上面坐著一位大頭目，料是滿洲主子，便道：「何不殺我？」太祖勸他歸降，張銓道：「生作大明臣，死作大明鬼。」可敬！太祖道：「忠臣忠臣，殺之何忍？」遂縱令還署。張銓既返署中，北向辭闕，西向辭父母，復自縊死。背主事仇者，對此曾知愧否？太祖命軍士好好埋葬。

遼陽既下，遼東附近五十寨，及河東大小七十餘城，皆望風投降。這信傳到明廷，眾明臣又記起熊廷弼來，熹宗亦有悔意，命將姚宗文削職，仍召熊廷弼還朝，出任遼東經略。廷弼上三方布置策，以廣寧一方為陸路界口，擬用馬步軍駐守，以天津登萊二方為沿海要口，擬各用舟師駐守。熹宗准奏，仍賜尚方寶劍，且於五里外賜宴餞行。

廷弼謝恩出朝，即日就道，出山海關，到了廣寧，文武各官統出城迎接，遼東巡撫王化貞亦來相見，寒暄既畢，共商戰守事宜。化貞擬分兵防河，廷弼欲固守廣寧，言下未免爭論起來。廷弼慨然道：「今日之事，只有固守廣寧一策，廣寧能守，關內外自可無虞，若分兵防河，勢單力弱，一營不支，諸營皆潰，尚能守麼？」言之甚當。化貞終不以為然，快快而退。廷弼申奏朝廷，請實行三方分置策，化貞亦上沿河分守議。明廷依廷弼言，把化貞奏議擱起，化貞愈加不樂。廷弼又致書化貞，再言沿河分守之非，化貞不答。

歇了數天，遼陽都司毛文龍，有捷報到廣寧說，已攻取鎮江堡，化貞大喜，亟議乘勝進兵。

廷弼不可，化貞逕自出奏。大略謂：「東江有毛文龍可作前鋒，降敵之李永芳，今已知悔，願作內應，蒙古兵可藉助四十萬，此時不規復遼瀋，尚待何時？願假臣六萬精兵，一舉蕩平，與景延廣十萬橫磨劍相似。唯請朝廷申諭熊廷弼毋得牽掣。」此奏一上，廷弼已探聞消息，遂由廣寧回山海關。化負專待朝旨一下，指日進兵。不多日朝使已到，令化貞專力恢復，不必受熊廷弼節制。廷弼亦受朝命，令他進駐廣寧，作化貞後援。化貞帶了廣寧十四萬兵士，渡河西進，廷弼不得已，亦出駐右屯。此時廷弼兵只有五千，徒擁經略虛名，心中憤悶已極，遂抗奏道：

臣以東西南北所欲殺之人，適遘事機難處之會，諸臣能為封疆容，則容之，不能為門戶容，則去之，何必內借閣部，外借撫道以自固！

奏上，明廷留中不發。廷弼連章數上，大旨謂：「經撫不和，恃有言官；言官交攻，恃有樞部；樞部佐鬥，恃有閣臣。今無望矣。」語語切直，激怒政府，正欲罷廷弼，專任化貞，不防化貞已經敗回。看官！欲知化貞敗回的緣故，待小子一一敘來：

化貞率領大兵渡河，滿望得勝奏凱，第一次出兵，走了數十里，並不見敵，只得引回；第二三次，也是這般；直到五次，依舊不見一人。李永芳毫無消息，蒙古兵也沒有到來，化貞卻安安穩穩的過了一年。至熹宗二年正月，滿洲軍西渡遼河，進攻西平堡，守堡副將羅一貫飛報化貞，化貞亟遣游擊孫得功、參將祖大壽、總兵祁秉忠，帶兵往援。至半途遇總兵劉渠，奉廷弼命來援西平堡，四將會師前進，到平陽橋，聞報西平堡失守，副將羅一貫陣亡，得功欲走回廣寧，劉渠、祁秉忠二人，卻是血性男兒，不肯中止，且欲進復西平堡，得功勉強相隨，陸續過橋。不數里，見前面塵頭大起，滿洲軍已整隊而至。劉渠、祁秉忠等，忙率兵前敵，獨得功按兵不動。劉、祁二將，正與滿洲軍廝殺，忽聞梆子聲響，敵軍中萬矢齊發，傷了明軍數百名。明軍方擬持盾蔽矢，後面大聲叫道：「兵已敗了，為何不逃？難道兄弟們不要性命嗎？」這聲一發，好像楚歌四起，人人驚惶，霎時間逃去一半，劉渠、祁秉忠捨命遮攔，已是截留不住，眼見得兵殘力竭，以死報國。人生自古誰無死？留取丹心照汗青。但是後面的大聲，發自何人？諸君一猜，便曉得是狼心狗肺的孫得功。得功本是王化貞心腹，化貞倚作長城，誰料他見了滿兵，嚇得心膽俱落；又恨劉、祁二公，硬要爭先殺敵，因此未敗叫敗，搖亂軍心。他卻早早逃回，揚言敵兵薄城，居民聞信驚惶，相率移徙出城。得功暗想，一不做，二不休，索性縛住了王化貞，作為贄儀，做個滿洲的大員，也自威風，就在城內紮定了兵，專待滿洲兵到，作為內應。化貞視他為心腹，他卻要化貞的腦袋，險極奸極！

化貞尚全然不知，闔著署門，整理文牘，從容得很。忽有人排闥入道：「事急矣，請公速行！」化貞倉皇失措，也不知為著何故？只是抖個不住。那人也不及細講，竟拉住化貞上馬，策鞭出城。行了數里，化貞方望後一看，隨著的是總兵江朝棟，並僕役兩人，他尚莫名其妙，只管自摸頭顱。直到了大凌河，見有一支人馬疾驅前來，為首的一員大帥，威風凜凜，正是遼東經略熊廷弼。化貞到此，方稍覺清楚，仔細一想，慚愧了不得，頓時下馬大哭。是村婦醜態，不意得之王化貞。廷弼笑道：「六萬軍一舉蕩平，今卻如何？」快人快語，然卻是廷弼短處。化貞聞了此言，益發嚎啕不止。廷弼道：「哭亦何益？熊某只有五千兵，今盡付君，請君抵當追兵，護民入關。」化貞此時，進退兩難，欲與廷弼回救廣寧，廷弼道：「遲了遲了。」語未畢，探馬來報，孫得功已將廣寧獻與滿洲，錦州大小凌河松山杏山等城，都已失陷。廷弼急令化貞盡焚關外積聚，護難民十萬人進山海關。敗報達明京，給事中侯震暘、少卿馮從吾、董應舉等，奏請並逮廷弼、化貞以伸國法。熹宗也不明功罪，即日降旨，將化貞、廷弼拿交刑部下獄。黑暗之至！

當日御史左光斗，推薦東閣大學士孫承宗，督理軍務。熹宗准奏，遂命承宗為兵部尚書。承宗高陽人，素知兵，既受兵部職，即上表奏道：

邇年兵多不練，餉多不核，以將用兵，而以文官操練，以將臨陣，而以文官指揮，以將備邊，而日增置文官於幕，以邊任經撫，而日問戰守於朝，此極弊也。今當重將權，擇沉雄有氣略者，授之節鉞，如唐任李郭，自閫置偏裨以下，邊事小勝小敗，皆不必問，要使守關無闌入，而徐為恢復之計。

熹宗覽奏，深為嘉納。喜怒不常，確肖庸主狀態。是時王在晉繼任遼東經略，請於山海關八里鋪地方，添築重關，並請歲給糧餉百萬，招撫關外諸蒙部。朝議未決，承宗自請往視，由熹宗特許，出關相度形勢，與在晉所見不合，回奏在晉不足恃，築重關不如築寧遠城。原來寧遠城為關外保障，寧遠有失，山海關亦覺孤危，所以孫承宗主築寧遠，不築重關。熹宗准奏，就令孫承宗督師薊遼，照例賜尚方劍一口，由御蹕親送承宗啟行。

承宗拜辭御駕，徑至寧遠，更定軍制，申明職守，以馬世龍為總兵官，令游擊祖大壽守覺華島，副將趙率教守前屯，遂於寧遠附近，築堡修城，練兵十一萬，造鎧仗數百萬，開屯田五十頃，兵精糧足，壁壘森嚴。他在遼坐鎮四年，關內外固若苞桑，不失一草一木。偏這妒功忌能的魏忠賢，又在皇帝老子前，陰行媒糵。他起初尚想聯繫承宗，固結權勢，暗中私饋無數物品，嗣經承宗盡行卻還，反抗疏彈劾。此老別有肺腸。看官！你想這魏忠賢尚肯干休麼？第一著下手，先讒殺熊廷弼，傳首九邊；冤哉枉也。第二著就泣譖承宗，說他兵權太重，將有異圖。自此承宗迭次奏陳，大半東諸高閣，一腔熱血，無處可揮，自然不安於位。小子曾有絕句一首，以紀其事：

坐鎮邊疆見將材，四年安堵兩無猜。
如何自把長城撤？甘使胡人牧馬來。

欲知孫承宗後來情事，且待下回再說。

熊廷弼、孫承宗二人，為明季良將，令久於其位，何患乎滿洲？廷弼可殺，承宗可罷，鎮遼無人，滿軍自乘間而入。明之禍，滿洲之福也。雖曰天命，寧非人事？本回章法，實是一篇熊、孫合傳，而袁應泰、王化貞等，皆陪賓也。

猛參政用炮擊敵　慈喇嘛偕使傳書

卻說孫承宗在遼，因朝中閹宦用事，刑賞倒置，心中懊悵異常；適屆熹宗壽期，意欲借祝賀為名，入朝面劾閹豎。到了聖壽前一日，偕御史鹿善繼，同到通州，忽兵部發來飛騎三道，止其入朝。承宗知計不成，急急回關，不意朝右閹黨，已劾其擅離職守，交章論罪。承宗大憤，遂累疏求罷，熹宗便糊糊塗塗的許他免官，改任高第為經略。高第一到山海關，就把關外守具盡行撤去。自弛守備，適啟戎心，又請他滿洲太祖出來了。人必自侮而後人侮之，國必自伐而後人伐之。

且說滿洲太祖自聞孫承宗守遼，數載不敢犯，但派兵丁至瀋陽營造城池，招募良匠，建築宮殿，把瀋陽城開了四門，中置大殿，名篤恭殿，前殿名崇政殿，後殿名清寧宮，東有翔鳳樓，西有飛龍閣，樓臺掩映，金碧輝煌，雖是塞外都城，不亞大明京闕。太祖定議移都，遂率六宮後妃，滿朝文武，齊至瀋陽，犒飲三日。後來改名盛京，便是此地。移都事畢，專著人探聽明邊消息，嗣聞孫承宗免職，改由高第繼任，正思發兵犯邊，旋接到守備盡撤的實信，頓時投袂而起，立宣號令，飭大小軍官，召集兵隊，出發瀋陽；途中一無阻擋，渡過遼河，直達錦州，四望無營壘城堡，私幸關外可以橫行，遂命軍士倍道前進。到了寧遠城，遙見城上旗幟鮮明，戈矛森列，中架大砲一具，更是罕見之物，太祖不覺驚異起來，命軍士退五里下寨。

次日，太祖率部眾攻城，將到城下，但聽城樓上一聲鼓角，豎起一面大旗，旗中繡著一個大大的袁字，點出袁字，已有聲色。旗下立一員大將，金盔耀目，鐵甲生光，面目間隱隱露著殺氣，描寫威容，不可逼視。太祖見了此人，卻暗暗稱讚。英雄識英雄。旁有一貝勒呼道：「你是守城的主將麼？」城上大將答道：「我是東莞人袁崇煥，大名鼎鼎。逐節敘來，至此始現姓名，愈為崇煥生色。現任殿前參政，為國守城，不畏強敵。」二語雄壯。貝勒道：「關外各城，已成平地，只有區區寧遠，成什麼事？我勸你不如獻了城池，降我滿洲，倒不失高官厚祿，否則督軍圍攻，立成齏粉。請你三思！」崇煥厲聲道：「爾滿洲屢次興兵侵我邊界，無理已甚，吾奉天子命，來治此土，誓死守城，寧肯降你韃子麼？」語語成金石聲。說畢，梆聲一響，矢石雨下。太祖急率軍隊，一齊回寨。眾貝勒請就此進攻，太祖道：「我看這袁蠻子，不是好惹的，我等且休養一天，來日誓拔此城。」

是夕，袁崇煥與總兵滿桂，會集軍士，泣血立誓。軍士見主將如此忠誠，莫不感憤。崇煥即與滿桂分陴固守，坐待天明。雞聲初唱，東方漸白，百忙中敘此閒文，特別生彩。遙聽敵營中吹起畫角，隨發炮聲，料知敵軍將來攻城，越發抖擻精神，指麾軍士。不多時，敵騎蔽野而來，將近城濠，城上的矢石，如飛蝗般射去，滿軍前隊，傷亡多名，後軍復一擁而上，又受一陣矢石，傷亡無數，只是抵死不退。剛相持間，忽見滿軍中擁出一隊盾牌兵，把盾牌護住頭顱，躍過城濠，城上射下的矢石，被盾牌隔住，不生效力。這盾牌兵便聚集城腳，架起雲梯，攀援而上。崇煥急命軍士縋下大石，雜以火器，把雲梯拆毀殆盡。盾牌兵不能登城，復在城腳邊用器鑿穴。崇煥命開大砲。

這大砲，是西洋人所造，初入中國，當時崇煥手下，只有閩卒羅立，頗能開放，聞崇煥命，隨即燃炮，轟然一聲，砲彈立發，把滿洲前隊的兵士，彈向空中，隨彈飛舞。可憐這滿洲韃子，未曾遇著這等利器，霎時間煙霧蔽天，血肉遍地。太祖急揮眾逃走，腳長的方逃了一半性命。眾貝勒經此厲害，不願再攻，各勸太祖返駕，再圖後舉。太祖無法，只得應允。到了瀋陽，檢點軍士，喪失數千，不禁嘆息道：「我自二十五歲起兵，戰無不勝，攻無不取，不料今日攻一小小寧遠城，遇著這袁蠻子，偏吃了一場大虧，可恨可惱！」處順境者，最忌逆風。眾貝勒雖百般勸慰，無奈這滿洲太祖好勝，終自納悶。古語道：「憂勞所以致疾。」滿洲太祖又是六十多歲的老人，益發耐不起憂勞，因此遂懨懨成病。到天命十一年八月，一代雄主，竟爾長逝，傳位於太子皇太極。

皇太極係太祖第八子，狀貌奇偉，膂力過人，七歲時，已能贊理家政，素為乃父所鍾愛。滿俗立儲，不論嫡庶長幼，因此遂得立為太子。家法未善，故卒有康、雍之變。大貝勒代善等，承父遺命，奉皇太極即位，改元天聰，清史上稱他為太宗文皇帝。詳清略明，所以標示清史也。太宗嗣位後，仍遵太祖遺志，把八旗兵隊，特別簡練，候命出發。一日，適與諸貝勒商議軍務，忽報明寧遠巡撫袁崇煥，遣李喇嘛等來弔喪，並賀即位。看官！你想明、清本是敵國，袁崇煥又是志士，為什麼遣使弔賀？這卻有一段隱情，待小子敘明底細。原來袁崇煥自擊退滿軍後，疏劾經略高第撤去守備、擁兵不救之罪，朝旨革高第職，命王之臣代為經略，升崇煥為遼東巡撫，仍駐寧遠，又命總兵趙率教鎮守關門。崇煥欲復孫承宗舊制，與趙率教巡視遼西，修城築壘，屯兵墾田，正忙個不了，會聞滿洲太祖已歿，遂思借弔賀的名目，窺探滿洲虛實；又以滿俗信喇嘛教，並召李喇嘛偕往。李喇嘛等既到滿洲，由滿洲太宗召入，相見後遞上兩道文書，與弔賀禮單。太宗批閱一周，見書中有釋怨修和的意思，便向李喇嘛道：「我國非不願修好，只因七恨未忘，失和至今。今袁撫書中，雖欲斂兵息怨，尚恐未出至誠，請喇嘛歸後，勸他以誠相見為是。」李喇嘛亦援述教旨，請太宗慈悲為念，免動兵戈。太宗乃令范文程修好答書，交與部下方吉納，命率溫塔石等，偕李喇嘛赴寧遠，同見袁崇煥，當由方吉納遞上國書，崇煥展開讀之，其書云：

大滿洲國皇帝，致書於大明國袁巡撫：爾停息兵戈，遣李喇嘛等來弔喪，並賀新君即位，既以禮來，我亦當以禮往，故遣官致謝。至兩國和好之事，前皇考至寧遠時，曾致璽書，令爾轉達，尚未見答。汝主如答前書，欲兩國和好，當以誠信為先，爾亦無事文飾。

崇煥讀到此語，將書一擲，面帶怒容，對方吉納道：「汝國遣汝等獻書，為挑戰麼？為請和麼？」方吉納見他變色，只得答言請和。崇煥道：「既願請和，何故出言不遜？餘且不論，就是書中格式，汝國欲與我朝並尊，謬誤已甚。今著汝回國，借汝口傳告汝汗，欲和宜修藩屬禮，欲戰即來。本撫寧畏汝等麼？」聞其聲，如見其人。說畢，起身入內。

方吉納等快快退出，即日東渡，回報太宗。太宗即欲發兵，眾貝勒上前進諫，說是：「國方大喪，不宜動眾，現不若陽與講和，陰修戰備，俟明邊守兵懈怠，然後大舉未遲。」話雖中聽，其實是怕袁崇煥。太宗乃自草國書，命范文程修飾謄寫，仍差方吉納、溫塔石等投遞。方、溫二人，迫於上命，硬著頭皮，再至寧遠，先訪著李喇嘛，邀同進見袁崇煥，捧上國書。

崇煥復展讀道：

大滿洲國皇帝，致書明袁巡撫：吾兩國所以構兵者，因昔日爾遼東廣寧臣高視爾皇帝，如在天上，自視其身，如在雲漢，俾天生諸國之君，莫能自主，欺藐陵轢，難以容忍，用是昭告於天，興師致討。唯天不論國之大小，止論事之是非，我國循理而行，故仰蒙天佑。爾國違理之處，非止一端，可與爾言之：如癸未年，爾國無故興兵，害我二祖，一也。癸巳年，葉赫、哈達、烏拉輝發與蒙古會兵侵我，爾國並未援我，後哈達復來侵我，爾國又未曾助我；己亥年，我出師報哈達，天以哈達畀我，爾國乃庇護哈達，逼我復還其人民，及已釋還，復為葉赫掠去，爾國則置若罔聞；爾既稱為中國，宜秉公持平，乃於我國則不援，於哈達則援之，於葉赫則聽之，偏私至此，二也。爾國雖啟釁，我猶欲修好，故於戊申年勒碑邊界，刑白馬烏牛，誓告天地，云：「兩國之人，毋越疆圉，違者殛之。」乃癸丑年，爾國以衛助葉赫，發兵出邊，三也。又曾誓云：「凡有越邊境者，見而不殺，殃必及之。」後爾國之人，潛出邊境，擾我疆域，我遵前誓殺之，爾乃謂我擅殺，縲系我使臣綱古禮、方吉納，索我十人，殺之邊環，以逞報復，四也。爾以兵備助葉赫，俾我國已聘葉赫之女，改適蒙古，五也。爾又發兵焚我累世守邊廬舍，擾我耕耨，不令收穫，且移置界碑於沿邊三十里外，誇我疆土，其間人蔘貂皮五穀財用產馬，我民所賴以生者，攘而有之，六也。甲寅年，爾國聽信葉赫之言，遣我遺書，種種惡言，肆我侮慢，七也。我之大恨，有此七端，至於小忿，何可悉數？陵逼已甚，用是興師。今爾若以我為是，欲修兩國之好，當以金十萬兩，銀百萬兩，緞百萬匹，布十萬匹，為和好之禮。既和之後，兩國往來通使，每歲我國以東珠十顆，貂皮千張，人蔘千斤饋爾；爾國以金十萬兩，銀十萬兩，緞十萬匹，布三十萬匹報我。兩國誠如約修好，則當誓諸天地，用矢勿渝。爾即以此言轉奏爾皇帝，不然，是爾仍願兵戈之事也。

崇煥覽畢，不由得心中愈憤，轉思遼西一帶，守備尚未完固，現且將計就計，婉詞答覆，待一二年後，無懈可擊，再決雌雄。筆法變換，然必如此互寫，方顯得有膽有謀。若說得一味粗莽，便不成為袁崇煥矣。遂命左右取過筆硯，伸紙疾書道：

遼東提督部院，致書於滿洲國汗帳下：再辱書教，知汗漸息兵戈，休養部落，即此一唸好生，天自鑑之，將來所以佑汗而昌大之者，尚無量也。往事七宗，抱為長恨者，不佞寧忍聽之。但追思往事，窮究根因，我之邊境細人，與汗家之部落，口舌爭競，致起禍端，今欲一一辨晰，恐難問之九原。不佞非但欲我皇上忘之，且欲汗並忘之也。然十年苦戰，為此七宗，不佞可無一言乎？今南關北關安在？遼河東西，死者寧止十人？仳離者寧止一老女？遼瀋界內之人民，已不能保，寧問田禾？是汗之怨已雪，而志得意滿之日也，唯我天朝難消受耳。今若修好，城池地方，作何退出？官生男婦，作何送還？是在汗之仁明慈惠，敬天愛人耳。天道無私，人情忌滿，是非曲直，原自昭然。一念殺機，啟世上無窮劫運，一念生機，保身後多少吉祥，不佞又願汗圖之也！若書中所開諸物，以中國財用廣大，亦寧靳此，然往牒不載，多取違天，亦汗所當酌裁也。我皇上明見萬里，仁育八荒，唯汗堅意修好，再通訊使，則懍簡書以料理邊情，有邊疆之臣在，汗勿憂美意不上聞也。汗更有以教我乎？為望！

寫畢，視李喇嘛在旁，令他亦作一書，勸滿洲永遠息兵。兩書一併封固，遣使杜明忠，偕方吉納同去瀋陽。

過了數日，去使未回，警信紛至：一角文書，是平遼總兵毛文龍來報，說滿洲入犯東江；一角文書，是朝鮮國王李倧，因滿軍入境，向明乞援。崇煥一一閱畢，立命趙率教等，領了精兵，駐紮三岔河，復發水師往救東江。方調遣間，見杜明忠入帳，呈上滿洲覆書。崇煥約略一閱，大約分作三條：不敘原書，免與上文重複。第一條，是劃定國界：山海關以內屬明，遼河以東屬滿洲。第二條，是修正國書：滿洲國主讓明帝一格，明諸臣亦當讓滿洲主一格。第三條，是輸納歲幣：滿洲以東珠、參、貂為贈。明以金銀布緞為報。崇煥道：「他犯我東江，並出兵朝鮮，一味蠻橫，還有什麼和議可言？」遂置之不答，但飭水陸各軍，趕緊出發。無奈朝鮮路遠，一時不及馳救，崇煥至此，也覺焦急，眼見得朝鮮要被兵禍了。正是：

玉帛未修，殺機又促；

雖鞭之長，不及馬腹。

畢竟朝鮮能抵擋滿洲否？且看下回分解。

本回全為袁崇煥一人寫照。崇煥善戰善守，較諸熊廷弼、孫承宗，尤為出色。初為殿前參政，誓守寧遠，繼為遼東巡撫，遺書議和，非前勇而後怯，蓋將藉和以懈滿軍，為修復遼西計也。讀《明史袁崇煥傳》，曾奏稱守為正著，戰為奇著，和為旁著，可知崇煥之心，固非以議和為久計者。然清太宗亦一英雄，與崇煥不相上下，書牘往還，無非虛語，讀其文，可以窺其心。

下朝鮮貝勒旋師　守甯遠撫軍奏捷

且說朝鮮國地濱東海，古時是殷箕子分封地，後來沿革不一，到了明朝，朝鮮國王李成桂，受明太祖冊封，累年進貢，世為藩屬。當楊鎬四路出塞的時候，朝鮮曾出兵相助。應第四回。楊鎬敗還，朝鮮兵多被滿洲擒獲，滿洲太祖釋歸朝鮮部將十數人，令他遺書國王，自審去就。此番太祖逝世，朝鮮國亦未嘗差人弔問，太宗即位半年，方欲出兵報復，適值朝鮮人韓潤、鄭梅，得罪國王，逃入滿洲，願充嚮導。虎倀可恨！太宗遂命二貝勒阿敏為征韓大元帥，當日點齊軍馬，逐隊出發。臨行時，阿敏入辭太宗。太宗道：「朝鮮得罪我國，出師聲討，名正言順。只是明朝總兵毛文龍，蟠踞東江，遙應朝鮮，不可不慮！」阿敏道：「依奴才愚見，須兩路出師。」太宗道：「這且不必。」就向阿敏耳邊授了密計，阿敏領命去了。

探子報到東江，說是滿洲兵入犯，這東江是登萊海中的大島，一名叫做皮島，島闊數百里，頗踞形勢。自從明都司毛文龍，招集遼東逃民，隨時教練，建寨設防，遂成了一個重鎮。明朝封他為平遼總兵，他心中也自得意。有時出攻滿洲，互有勝負，他卻屢報勝仗。取死之由。此次聞滿兵入犯，急忙發兵出防，一面向寧遠告急。其實滿兵此來，並非欲奪東江，不過是聲東擊西的計策。點明太宗密授之計。文龍只知固守東江，嚴防海口，不料滿洲軍已紛紛渡過鴨綠江，直攻朝鮮的義州。及袁崇煥調發水師，到了東江，滿洲太宗恐明兵窺破虛實，就親自出巡，到遼河左岸，紮了好幾天的營寨，實在也是虛張聲勢，牽制寧遠的援兵。太宗確是能手。

那時滿洲軍入攻朝鮮，勢如破竹，初陷義州，府尹李莞被殺，判官崔明亮自盡；隨後又攻破定州，占據漢山城，任情殺戮，到處搶劫，嚇得朝鮮兵民屁滾尿流。這朝鮮國王李倧，一向靠著明朝的威勢，偷安半島。此次聞滿軍進攻，邊要盡失，正驚慌得了不得，忽有一大臣來報，安州又失，滿軍已長驅到國都，急得李倧目瞪口呆，如死人一般。還是這位大臣有點主見，一請遣使求和，一請國王速奔江華島。原來這江華島在朝鮮內海中，四面環水，稱作天險。李倧聞了此言，忙召集妃嬪，踉蹌出走；隨命大臣修好國書，遣使求和。朝鮮使到滿營，被阿敏訓斥一頓，不允和議。嗣經貝勒濟爾哈朗等，與阿敏密商，以明與蒙古兩路相伺，國兵不應久出，彼既乞和，不若就此修好，收兵回國。阿敏迫於眾議，方語朝鮮使臣，令他謝罪訂約。朝鮮使才應命而去。

阿敏又發令進攻都城，諸貝勒復入帳諫阻，阿敏不從。帳後來了李永芳，也抗言進諫，被阿敏拍案大罵，斥他降臣走狗，不配與議，說得永芳面紅耳赤，啞口無言。當下將令如山，莫敢違拗，便拔寨前進，直指平山。看官！你道這阿敏執意進兵，是為何故？他自領兵攻入朝鮮，戰無不克，沿途擄掠，得了許多子女玉帛、金銀財寶，他想朝鮮都內，總還要繁華一點，趁此攻入，搶一個飽，豈不是大大的一樁利市麼？。滿軍既到平山，離朝鮮國都不遠，阿敏擬夤夜入城，忽報朝鮮國王，遣族弟李覺求見。阿敏召入，見李覺獻上禮單，內開馬百匹，虎豹皮百張，棉紬薴布四百匹，布萬五千匹，不由得喜動眉睫，令軍士檢收。便遣副將劉興祚，偕李覺同往，並囑興祚道：「若要議和，總須待我入都。」念茲在茲。興祚告辭出帳，帳外已立著貝勒濟爾哈朗，與興祚密談許久。興祚點頭會意，遂隨李覺赴江華島去了。故作疑團，惹人索解。

且說阿敏自遣劉興祚後，仍飭軍士攻城，軍士雖不敢不去，卻只在城下鼓譟，並沒有什麼大舉動。接連好幾日，仍未攻入，惱得阿敏性起，日夕詈罵不休。濟爾哈朗等婉言解勸，沒奈何耐住性子。一日，又擬親督攻城，適值劉興祚回來，先見了濟爾哈朗，說明朝鮮已承認貢獻，現偕李覺同來訂約。濟爾哈朗道：「如此便好訂盟。」興祚道：「須稟過元帥。」濟爾哈朗說是不必。興祚道：「倘元帥詰責，奈何？」濟爾哈朗微笑道：「有我在，不妨。」胸有成竹。便召李覺進見，與他訂定草約，隨後入見阿敏，說已定盟。阿敏怒道：「我為統帥，如何全未報知？」濟爾哈朗道：「朝鮮已承認貢獻，理應許和，何苦久勞兵眾？」阿敏道：「你許和，我不許和。」銅氣攻心。濟爾哈朗仍是微笑。忽帳下來報導：「聖旨到，請大帥迎接！」阿敏急令軍士排好香案，率大小官員出帳跪迎。差官下馬讀詔，內稱：「朝鮮有意求和，應即與訂盟約，剋日班師，毋得騷擾。」阿敏無奈，起接聖旨，餞送差官畢，方把盟約簽字；暗中卻埋怨濟爾哈朗，料知此番旨到，定是他祕密奏聞。他要硬做名譽，箝制我們，我們偏要擄掠一回。就暗暗囑咐親信軍隊，四出搶奪，又得了無數子女玉帛、金銀財寶，滿載而歸。只苦了朝鮮百姓。

李覺隨了滿兵入朝。滿主太宗出城犒軍，與阿敏行抱見禮，便賜阿敏御衣一襲，諸貝勒馬一匹；李覺隨即叩見，命他起坐，並賞他蟒衣一件，大開筵宴，封賞各官。過了數天，李覺回國去了。

太宗既征服朝鮮，遂一意攻明，傳令御駕親征，命貝勒杜度阿巴泰居守，自己帶領八旗，由貝勒德格類、濟爾哈朗、阿濟格、岳託、薩哈廉、豪格等作為前隊，攻城諸將，攜著雲梯盾牌，並橐駝負著輜重，作為後隊。前呼後擁，渡過遼河，向大小淩河出發。

是時遼東經略王之臣，與崇煥不睦，明廷召還之臣，命崇煥統領關內外各軍。崇煥聞滿兵又來犯邊，急令趙率教率師往援。率教到了錦州，由探馬報說：「大淩河已陷。」率教急命軍士濬濠掘塹，多運矢石上城；復遣人向寧遠告急。次日，忽來明兵一二千人，在城下大叫開門。率教上城探視，問所自來？城下兵士，答稱從大淩河逃至。率教見彼無狼狽情形，竟喝聲道：「養兵千日，用兵一時，難道叫汝等臨陣逃走麼？汝等既負了朝廷豢養之恩，還有何顏入城見我？」義正詞嚴。說畢，城下兵士，尚嘩噪不已。率教拈弓搭箭，射倒兵目一人，並厲聲道：「汝等再如此喧嚷，教你人人這般。」於是城下兵士，一鬨而散。原來這等兵士，有一半是被滿兵獲住的明軍，有一半是滿兵偽服漢裝，冒充明軍來賺錦州，幸虧率教窺破，不中他計。寫趙率教機智。率教下城，暗想：「滿主詭計，雖已瞧破，然明日必來猛攻，現在守兵不足，援師未至，倘有疏虞，如何是好。」躊躇良久，忽猛省道：「有了。」當命親卒請欽差紀用商議。

紀用本是明廷太監，因鑽入魏閹門路，得了巡視錦州的差使，太監也預軍事，實是明朝氣數。不料滿兵前來，一時不能出城，正在著急，聞率教相請，勉強出來應酬。率教與他耳語一番，紀用本來沒用，只好答道：「遵命！」率教大喜，遂修好文書，由紀用署名，差人齎往滿營。滿洲太宗閱畢，問道：「爾是紀欽差遣來的麼？」明使答道：「是。」太宗道：「紀欽差既欲求和，可出城面陳衷曲。爾邊將平日欺我，正思與爾欽差言明，轉奏爾主，就使攻破爾城，我亦不妄加殺害。紀欽差可自立記號，別居他所，免致誤傷。」說罷，令差官回報。率教聞知，命差官再往滿營，傳說：「明日當出城議和。」明日紀用不出。又次日，滿營遺書詰責，率教令紀用優待來人，設詞延約。接連三日，太宗未免動疑，夜睡時輾轉不寐；忽心中猛悟，披衣起坐道：「錯了，錯了！我中他計了！」到底聰明，然亦晚矣。原來率教令紀用求和，分明是緩兵之計，他要紀用出名，一面是陽為推崇，使紀用心歡，一面因太監署名求和，易使敵人相信，待至滿洲太宗窺破兵謀，援師已到城下，這正是趙率教的機智。

是夕，滿洲太宗即傳集軍士，夤夜薄城，一聲觱慄，三軍齊動，直向錦州城撲來。趙率教也曾防著這一層，日夜留心，猛聽得遠遠角聲，料是滿營出發，忙上城指麾守兵，四面防守。霎時間滿軍已到，急麾眾齊擲矢石。滿軍受傷頗多，忽向城西聚集，抵死猛攻。城上守兵，亦分隊來援，滿兵少卻。此時天色黎明，兩邊軍士，都有倦容，驀見滿軍後面，隊伍自亂，隱約露出明軍旗幟。率教見援軍已到，一聲號炮，開城出攻，滿軍前後受敵，只得突圍而退，且戰且走。明軍趁勢會合，併力追殺，約五里許，方鳴金收軍而去。這一陣，殺得滿軍七零八落，幸虧太宗素有約束，不致全軍潰散。

太宗見明軍已退，紮駐了營，遣人至瀋陽調發軍隊，報恨洩忿。不多日，瀋陽兵到，太宗令新軍作了前鋒，乘夜間寂靜時候，偷越錦州，去襲寧遠。也是妙計。此時正是仲夏天氣，草木陰濃，蟲聲嘈雜，滿軍銜枚疾進，直達寧遠城北岡，太宗先上岡瞭望，見城上旌旗不整，刁斗無聲，便命軍士倚岡下寨。眾貝勒請速攻城，太宗道：「這是袁蠻子駐守的城池，難道沒有防備麼？此中必有詭計。」也自精細。立營未定，忽西北來了一彪人馬，掛著袁字旗號，疾驅而至。太宗命軍士迎敵，兩邊混戰起來。不一時，明軍望後而退，太宗乘勢追趕，將到城下，忽斜刺裡殺出一員大帥，手執令旗，指揮殺敵。這人非別，正是統轄關內外的袁崇煥。此老又復出現。他自錦州開仗，便防著滿軍分襲寧遠，是日由密探報知，便令城內偃旗息鼓，誘引滿兵攻城，他卻分兵兩路，埋伏左右，俟滿軍一到，出來夾擊。偏偏太宗倚岡立寨，逗軍不進。崇煥見此計不中，就暗令左翼兵上前挑戰，自己尚埋伏城右。此次太宗卻上他的當，追趕前來，他就從右側殺出，橫截滿軍。被追的明軍，又轉身奮鬥，太宗忙分兵抵禦，可奈明軍越戰越勇，看看有些支持不住；猛見袁崇煥帶領諸將，衝入中軍，太宗急命阿濟格、薩哈廉等上前抵敵，阿、薩二人正奉命出戰，不防一矢前來，正中阿濟格右肩，險些兒落下馬來，幸虧薩哈廉猛力救護，阿濟格方逃入軍中。太宗見阿濟格受傷，別令部將瓦克達，率精兵接應薩哈廉，一面令軍士向後漸退。崇煥被薩、瓦二人牽制，不及追趕。太宗退軍數里，檢點軍士，已喪失不少。只薩、瓦二人未回，待了好多時，始見二人身負重創，帶著殘兵，踉蹌奔還。太宗咬牙切齒道：「這個袁蠻子，真正厲害！怪不得先考在日，也吃一場大虧。此人不除，哪裡能奪得明朝江山？」為後文伏筆。當下令濟爾哈朗斷後，把敗軍徐退錦州。滿軍雖敗，仍有節制。崇煥聞滿軍退去，料想太宗定有準備，也收兵不追。

太宗過了錦州，仍令後隊猛攻一番，這是假作攻勢，以進為退之計。自己卻排齊隊伍，一隊一隊的退歸瀋陽。話分兩頭，單說袁崇煥逐退滿軍，遣使告捷，滿望明廷降旨敘功，不料朝旨下來，反斥他不救錦州之罪。崇煥接旨大憤，即上表乞休。聖旨准奏，仍命王之臣代崇煥。滿洲太宗探得此信，方額手稱慶，意圖再舉，只因兵士新敗，不得不休養一年，擬至來歲出兵。到了冬季，探報明熹宗崩，皇五弟信王嗣位，魏忠賢伏誅，太宗尚不介意。至明崇禎元年四月，探報袁崇煥復督師薊遼，太宗頓足道：「我剛想發兵攻明，如何這袁蠻子又來了？」看官！你道袁崇煥如何再出督師？原來崇煥免官，都由魏忠賢暗中反對，至崇禎帝嗣位，開手便放戮魏閹，召用袁崇煥。崇煥陛見時，崇禎帝問他治遼方略，他卻奏稱假臣便宜，五年可復全遼。未免自誇。當時給事中許譽卿，已說他言過其實。崇煥復奏稱「五年以內，戶部發軍餉，工部給器械，吏部用人，兵部調兵遣將，須中外事事相應，方能濟事。但恐一出國門，便成萬里，忌能妒功的人，即不明掣臣肘，亦能暗亂臣謀」云云。崇煥之言，雖確中時弊，然語近要挾，後來動帝之疑，實伏於此。崇禎帝為之動容，援為兵部尚書，賜尚方劍，命他即日啟行。

崇煥到了關上，復繕摺奏稱恢復之計，應以遼人守遼土，以遼土養遼人，守為正著，戰為奇著，和為旁著，法在漸不在驕，在實不在虛，願至尊任而勿貳，信而勿疑，毋偏聽左右，毋墮敵反間等語。崇煥所慮在末二語，乃後文偏如所料，令人長嘆！奏上，復由崇禎帝優詔褒答。崇煥方漸漸放心，遂將關內外緊要地方，修城增堡，置成屯田，不到一年工夫，已有成效，正是一夫當關，萬夫莫入。

那時滿洲太宗聞了這信，不敢輕動，只自嗟嘆不已，光陰易過，轉眼間便是明崇禎二年，滿洲國天聰三年，編年亦不可少。太宗無聊已甚，並恐軍心懈怠，時常出獵校閱，既便消遣，又資搜討。到了初秋，太宗正出獵回來，有親卒報導：「明朝來了兩員將官，說是到我國投降，現有名單在此。」太宗接單一閱，寫著孔有德、耿仲明二名。太宗遲疑一回，便召貝勒多爾袞及內閣學士范文程入帳，將名單與他傳閱，多爾袞道：「恐是明朝奸細。」范文程道：「聞他不帶兵馬，只有兩個光身子，何必懼他？不如召他進來，一問便知。」太宗點頭稱善，即命手下召入。二人入見太宗，即伏地大哭。正是：

窺遼方慮名臣在，作倀偏逢降將來。

未知二人何故願降，且看下回便知。

滿洲太宗確係能手，觀其聲東擊西，征服朝鮮，其兵謀不亞乃父。朝鮮一失，明之左臂已斷，袁崇煥雖智，至此亦窮於應付，然滿軍出攻寧、錦，袁、趙二將，計卻強敵，滿洲太宗亦遭敗衄，可見明有袁崇煥，遼西未易動也。是故國家不可無良將。至五年復遼之語，雖近虛誇，要不得為崇煥咎。滿洲所畏者唯崇煥一人而已。本回寫滿洲太宗處，即是寫袁崇煥處。

為敵作倀滿主入邊　因間信讒明帝中計

卻說孔耿二明將，見了滿洲太宗，伏地大哭。太宗問為何事？二人奏道：「臣等都是東江總兵毛文龍部將，因袁崇煥督師薊遼，無故將我毛帥殺死，懇求大皇帝發兵攻明，替毛帥報仇，袁崇煥殺毛文龍事，從明朝二降將口中敘出，省卻無數筆墨。臣等願為前導，雖死無恨。」朝鮮有韓潤、鄭梅，明朝有孔有德、耿仲明、尚可喜，何虎倀之多也！原來毛文龍蟠踞東江，素性倔強，崇煥恐他跋扈難制，借閱兵為名，誘文龍往迎。文龍見了崇煥，語多傲慢。崇煥便賺文龍登出閱兵，帳下伏了軍士，把文龍拿住，數他十二大罪，請出尚方劍，將文龍斬首。這孔、耿二人，統認文龍為義父，因文龍被殺，隨即逃往滿洲甘作虎倀。為私滅公，二人可誅。太宗道：「照汝等說來，是真心投降麼？」二人便設誓道：「如有異心，神人殛之！」太宗道：「汝二人欲我報仇，也可代為出力，但山海關內外，有袁崇煥把守，不易進取，汝等可有良策否？」二人沉吟許久，耿仲明先開口道：「關內外不易得手，何不繞道西北，從龍井關攻入？」太宗道：「龍井關在何處？」孔有德介面道：「龍井關是明都東北的長城口，此去須經過蒙古，方可沿城入關。此關若入，便可向洪山、大安二口，分路進搗，直入遵化，遵化一下，明京便搖動了。」彷彿《三國演義》中，張松獻益州地圖。太宗喜形於色，便道：「汝等願作嚮導麼？」二人齊聲稱願。旁閃出多爾袞道：「二將棄逆歸順，正是識時俊傑，但二將前來，曾被明廷察覺否？」二人齊聲答道：「我等潛蹤而來，不但明廷未知，連關上的袁崇煥，也未必曉得。」多爾袞道：「既如此，請爾等速還登州。」太宗道：「我要他作攻明的嚮導，你如何教他速還登州？」多爾袞道：「我軍此次攻明，料非一二個月可以回國，若被袁崇煥聞知，從登萊調遣水師，潛入我境，豈不是顧彼失此？好在二將前來，彼尚未曉，現仍回據登州，陽順明朝，陰助我國，倘袁崇煥令他攻我，他可逗留勿進，若差了別將，他可預先報知，以便堵截，豈不是好？」太宗道：「好是好的，但無人匯入龍井關，奈何？」多爾袞道：「蒙古喀爾沁部，已歸順我國，我軍到了蒙古，擇一熟路的作了嚮導，便可入龍井關。從前蒙古嘗入貢明廷，豈無人熟識路徑？」太宗大喜，便手指多爾袞，對孔、耿二人道：「這是皇弟多爾袞，足智多謀，計出萬全，現請汝等依了他計，仍回登州，祕密行事，將來為我立功，不吝重賞。」孔、耿二人領命去訖。多爾袞此計，仍是未信孔、耿二人，意欲藉此試二人虛實，用心更細，設計更險。《明史》崇禎四年，載登州游擊孔有德叛事，此處尚是崇禎二年，故有此斡旋之筆。

是年十月，太宗親率八旗勁旅，大舉攻明，方欲啟行，聞報蒙古喀爾沁部，遣臺吉布林噶圖入貢。太宗接見，就問龍井關路徑，曾否認識？布林噶圖道：「奴才數年前，曾去過一次，略識路程。」太宗即令他作為嚮導，頓時滿城文武，除居守外，盡隨駕出發。戈耀日，旌旗蔽天，一程行一程，一隊過一隊，迴環曲折，越水穿林，在途中過了數天，方到喀爾沁部。喀爾沁親王迎宴犒勞，不待細說。

太宗即日抵龍井關，關上不過幾百名守卒，見滿洲軍蜂擁而來，都嚇得魂飛天外，四散逃去。滿軍整隊而入，遂分兩路進攻，一軍攻大安口，由濟爾哈朗岳託為統領，共四旗；一軍攻洪山口，太宗親率四旗兵隊，連夜出發。此時明軍專防守山海關，把大安、洪山二口視作沒甚要緊的區處，空空洞洞，毫不裝置，一任滿軍攻入，浩浩蕩蕩地殺奔遵化州。

明廷聞警，飛檄山海關調兵入援，總兵趙率教奉檄出兵，星夜前進，到了遵化州東邊，地名三屯營，望見前面密密層層的都是滿軍，把三屯營圍得鐵桶相似。率教自顧部眾，不及他四分之一，眼見得不是對手，只是忠臣不怕死，有進尺，無退寸，當下激勵將士，分為數隊，吶喊一聲，竟向滿軍中衝入。滿軍見有援師，讓他入陣，復將兩面的兵合裹攏來，把率教困在核心。率教全無懼怯，率眾血戰，見一個，殺一個，見兩個，殺一雙，自辰至午，也殺了滿軍多名。怎奈滿軍越來越眾，率教只領著孤軍，越戰越少，滿望城中出兵相應，誰知寂無聲響。又復死戰多時，看看日光已暮，不由的憤急起來，索性拍馬當先，殺開一條血路，直奔城下，大聲叫道開城。城上亂下矢石，率教大叫道：「我是山海關總兵，來援此城，請速放入！」但聞城上守兵答道：「主將有令，不論敵兵援兵，一概不得入城。」率教此時已身受重創，至此進退無路，視部下殘兵，亦受傷過半，不能再戰，便下馬向西再拜道：「臣力竭矣。」把劍自刎而亡。可敬可悲。

那時滿兵已逼到城下，把殘兵掃得精光，不留一個，當即乘勝登城。城中守將朱國彥，只守著閉關的主見，不納援軍，害得趙率教自刎身亡，到了滿軍登城，他已無能抵禦，忙回署穿好冠帶，望闕叩頭，與妻張氏並投繯畢命。愚不可及。

滿軍奪了三屯營，又攻遵化，巡撫王元雅晝夜巡守，滿軍豎起雲梯，四面進攻，守兵措手不及，被滿軍一擁而上。王元雅以下文武各官，統同殉節。滿洲太宗入城，命軍士檢埋元雅屍首，殺牛犒飲，慶賞一天。翌日即率師出發，所過皆墟。不到一月，薊州、三河、順義、通州等處，都被滿軍占踞，乘勝直到明都城下。明廷大震，幸虧關上滿桂帶兵入援。滿桂也是明朝有名的猛將，見滿軍大至，亟麾兵迎戰。兩軍廝殺了半日，不分勝負。忽城上放了一聲大砲，彈丸四迸，煙霧蔽天，滿軍霎時馳退，滿桂軍猝不及防，反被打傷了數百名。滿桂也中了一彈。

太宗收了兵馬，就在城北土城關的東面，扎定了營，令明日奮力攻城。忽見貝勒豪格及額駙恩格德爾兩人，匆匆走入道：「袁崇煥又來了。」太宗驚道：「袁蠻子當真又來麼？」所留意者此人。原來明京自滿軍深入，飛詔各處迅速勤王，袁崇煥奉旨，立遣趙率教、滿桂等率軍入援，自己亦帶領祖大壽、何可綱兩總兵，隨後啟程。所過各城，都留兵駐守。及到明京，各道援師亦漸漸雲集。崇煥入見崇禎帝，帝大加慰勞，命他統率諸道援師，立營沙河門外，與滿軍對壘。滿洲太宗聞崇煥又至，不覺驚嘆失聲。豪格及恩格德爾見太宗不悅，便仗著膽道：「袁蠻子沒有三頭六臂，何故畏他？他現在率兵初到，未免勞苦，趁此機會，劫他營寨，何愁不勝？」太宗道：「汝言雖是有理，但袁蠻子饒智有略，寧不預先防備？汝等既願劫營，須處處防他埋伏。左右分軍，互相策應，方是萬全之策。」可謂小心。豪格等應命出兵。

這時滿營在北，袁營在南，由北趨南，須經過兩道隘口，恩格德爾自恃勇力，一到右隘，就帶了本部人馬，從隘口進去。鹵莽可笑。豪格一想，彼從右入，我應從左進，但若兩邊都有埋伏，那時左右俱困，不及救應，豈不是兩路失敗麼？現不若隨入右隘，接應前軍為是。虧此一想。便命軍士隨入右隘，起初還望見恩格德爾的後隊，及轉了幾個彎頭，前軍都不見了。正驚疑間，猛聽得一聲號炮，木石齊下，把去路截斷。豪格料知前面遇伏，忙令軍士搬開木石，整隊急進。幸喜山上沒有伏兵下來，尚能疾行無阻。行未數里，見前面聚著無數明軍，把恩格德爾圍住，恩格德爾正衝突不出。當由豪格催動前騎，拚命殺入，方將明軍漸漸殺退，保護恩格德爾出圍。非寫豪格，實寫袁崇煥。隨令恩格德爾前行，自己斷後，徐徐回營。

明軍見有援應，也不追趕。

恩格德爾回見太宗，狼狽萬狀，稟太宗道：「袁蠻子真是厲害，奴才中了他計，若非貝勒豪格相救，定然陷入陣中，不能生還。」太宗道：「我自叫你特別小心，你如何這等莽撞？本應治罪，念你一點忠心，恕你一次。」恩格德爾叩首謝恩，又謝過了豪格。太宗道：「袁蠻子在一日，我們憂愁一日，總要設法除他方好。」令軍士分頭出哨，嚴防襲擊。

當夜無話，次日滿洲探馬，來報敵營豎立柵木，開濠掘溝，比昨日更守得嚴密了。太宗道：「他是要與我久持，我軍遠道而來，糧餉不繼，安能與他相持過去？」當即開軍士會議，文武畢集，太宗令他們各抒所見。諸將紛紛獻議，或主急攻，或主緩攻，或竟提出退師的意見。太宗都未愜意。旁立一位文質彬彬的大臣，一言不發，只是微笑。太宗望著，乃是范文程，便問先生有何良策？文程道：「有一策在，此刻不可洩漏，容臣祕密奏明。」太宗即命文武各官，盡行退出，獨與文程祕密商議。帳外但聽得太宗笑聲，都摸不著頭緒。是何妙計？看官試一猜之！好一歇，文程亦出帳而去。

過了一天，傳報明京德勝門外及永定門外，遺有兩封議和書，系是滿洲太宗致袁崇煥的。疑案一。又過一天，滿軍捉住明太監二名，太宗不命審問，就令漢人高鴻中監守。疑案二。又過一天，滿軍退五里下寨。疑案三。又過一天，高鴻中報明太監脫逃，太宗也不去罪他。疑案四。又過一天，高鴻中面帶喜色，入報明督師袁崇煥下獄，總兵祖大壽、何可綱奔出關外去了。疑案五。太宗道：「范先生好似一個智多星，此番得除掉袁蠻子，真是我國一樁大幸事。」

看官！你道這位神出鬼沒的范先生，究竟是何妙策？說將起來，乃是兵書上所說的反間計。原來明京兩門外的議和書，都是范文程揑造情由，遣人密置。守門的兵目得了此書，飛報崇禎帝，崇禎帝便命親近太監，出城訪查，不料途中伏著滿兵，被他拿去兩名。這兩名太監拿入滿營，由高鴻中監守。高係漢人，與明太監言語相通，漸漸說得投機，非但不加刑具，並且好酒好肉地款待。是夕，鴻中與二太監酣飲，有一兵官模樣，入會鴻中見二太監在座，慌忙退出。鴻中假作酒醉，忙起座追出門外，與兵官密談。二太監見無人在座，便掩到門後竊聽，模模糊糊的，聽得袁崇煥已經允議，明晨我兵退五里下寨。末後這一語，是休令明太監聞知。言畢，匆匆徑去。二太監以目相視，忙即回座，鴻中亦入門再飲數巡，說是要摒擋行李，恕不陪飲。鴻中別去，二太監趁這時光，走出帳外，見帳外無人把守，便一溜煙的跑回明京，詳稟崇禎帝。崇禎帝因崇煥擅殺毛文龍，已自不悅，及聞了私自議和的消息，便召見崇煥，責他種種專擅，立命錦衣衛縛置獄中。總兵祖大壽、何可綱，聞主帥無故下獄，頓時大憤，率兵馳回山海關。你想滿洲太宗得了此信，有不特別喜歡麼？陳平間范增，周瑜弄蔣幹，都是這般計策，崇禎帝號稱英明，應亦曉明史事，乃竟墮入敵計，自壞長城，真正可嘆！

明軍失了主帥，驚惶得了不得。偏這滿洲太宗計中有計，不乘勢攻打明京，反向固安、良鄉一帶，去遊弋了一回。明廷還道是滿兵退去，略略疏防，不料滿兵復回轉北京，直逼蘆溝橋。此時守城大將只有滿桂一人還靠得住，此外都是酒囊飯袋，全不中用。崇禎帝封滿桂為武經略，屯西直、安定二門，統轄全軍，一面命各官保薦人才。好好一個大將才，縛置獄中，還要人才何用。當由庶吉士、金聲保薦兩人，一個是遊僧申甫，想是會念退兵咒。一個是翰苑出身劉之綸。崇禎帝立刻召見，適劉之綸未曾在京，應召的只有申甫一人。陛見時問他有何才具？申甫答稱：「能造戰車。」當場試驗，頗覺靈動，遂擢他為副總兵，令他招募新軍，即日赴敵。急時抱佛腳，有何益處？申甫奉了上命，就在京中開局招兵，所來的無非市井遊手，或是申甫素識的僧徒，全然不曉得臨陣打仗的格式，冒冒失失的領了出城，戰車在前，步兵在後，大喊一聲，向滿營衝將過去。滿軍守住營寨，全然不動，前面的戰車也在途中停住了。驀聞滿營中一聲戰鼓，把寨門一開，千軍萬馬，擁殺過來，申甫還催戰車急進，怎奈推車的人早已不知去向。滿軍將戰車盡行撥倒，提起大刀闊斧，殺入明軍，好像削瓜切菜一般。這等遊手僧徒，只恨爹娘少生兩腳，沒命的奪路亂跑。申甫也轉身逃走，不到數步，被一滿員趕到，刀起頭落，把申甫一道魂靈，送到西方極樂世界去了。

崇禎帝聞申甫敗死，越加惶急，命滿桂出城退敵。滿桂奏言眾寡懸殊，未可輕戰。偏這明廷的太監，日日慫恿崇禎帝，催令速戰。是滿桂催命符。崇禎帝既誅魏閹，如何尚用閹寺？令人難解。滿桂只得督領兵官孫祖壽等，出城三里，與滿軍搏戰。這場廝殺，與申甫出戰，全然不同，兵對兵、將對將，賭個你死我活，自早晨起，竟殺得天昏地黑。敘滿桂處亦是不苟。滿洲太宗見部隊戰明軍不下，想了一計，令侍衛改作明裝，就夜黑時混入明軍隊裡。滿桂不防，誤作城內援兵，不料這偽明軍專殺真明軍，一陣騷擾，明軍大亂。可憐這臨陣慣戰的滿桂，竟死於亂軍之中。滿桂又死，明其危矣。滿軍大獲勝仗，個個想踴躍登城，不意太宗竟下令退軍，弄得眾貝勒都疑惑起來。

小子且停一停筆，先謅成一詩，以紀其事云：

大好京畿付劫灰，強胡飽掠馬方回。
誰云明社非清覆，內訌都從外侮來。

畢竟滿洲太宗何故退軍，請到下回交代。

袁崇煥殺毛文龍，後人多議其專擅，愚意不然。將在外，君命有所不受，有利於國，專之可也。況崇禎帝固許其便宜行事乎！唯文龍被殺，部下多投奔滿洲，甘為虎倀，繞道入塞，不得謂非崇煥疏忽之咎。然勤王詔下，即兼程前進，忠勇若此，而崇禎帝多疑好猜，竟信閹豎之讒，誤墮敵人之計，崇煥下獄，滿桂陣亡，明之不亡亦僅矣。讀此回令人嗟嘆不置。

明守將獻城賣友　清太宗獲璽稱尊

卻說滿洲太宗下令退軍，眾貝勒都來諫阻，太宗把意見詳述一番，說得眾貝勒個個嘆服。原來太宗的意思，恐師老日久，有前無繼，轉犯兵家之忌。就使乘勝攻城，應手而下，也是萬不能守。一旦援軍四集，反致進退兩難，所以決意離京，把畿輔打擾一番，擾得他民窮財盡，激起內亂，方好乘隙而入，唾手奪那明室江山。這正是亟肆以敝的計策。確是妙算。當下率領全軍，退至通州，是時已天聰四年了。點目。到通州後，復渡河東行，克香河，陷永平；將到遵化，忽見前面有明軍攔住，歷歷落落的砲彈，向滿軍打來。太宗方令軍士退後，猛聽得豁喇一聲，明軍這邊的大砲，無故炸開，弄得自己打自己。太宗趁這機會，再令軍士向前猛進，此時明軍已紛紛自亂，哪裡當得住滿軍。只是這位統兵大員，偏不肯逃走，麾軍士拚命攔截，自辰至酉，明軍已矢盡力窮，這統兵大員中了滿兵兩箭，墜馬身亡。看官！你道這明將是誰？就是金聲保薦的劉之綸。之綸平日頗研究武備，嘗借貸百金，造成木質大砲；又造獨輪車、偏箱車、獸車，都是輕便利用，因聞崇禎帝召見的消息，夤夜到京，入奏稱旨，超擢兵部侍郎，協理京營戎政，聞得滿營齊退，之綸誓師出追，到了通州，聞滿軍東去，料他必取道遵化，退出關外，遂約總兵馬世龍、吳自勉二人，尾滿軍後，趨向永平，自己由間道到遵化，截滿軍歸路，與馬、吳兩總兵前後夾攻。計亦甚善。誰知馬、吳兩人，違約不追，之綸只領了一支孤軍，駐紮娘娘廟山。待滿軍到來，兩邊相較，已是眾寡不敵；偏這大砲又炸，越加危急。左右請結陣徐退，之綸怒道：「吾受天子厚恩，誓捐軀以報，戰若不勝，願死，敢言退者斬。」到了矢盡力窮的時候，之綸見不可支，大呼道：「死死！負天子恩！」急解佩印付給家人道：「持此歸報朝廷。」不一時，即被滿軍射倒。所剩殘兵，霎時間一掃而空。

太宗復領兵攻陷遷安、灤州，進至昌黎，卻由該縣左應選，率兵民固守，連番進攻，都被擊退。尋聞明廷復起用孫承宗，代袁崇煥守山海關，恐他遣將前來，截斷歸路，遂匆匆收兵回國。既至國都，文武各官都上表慶賀，唯太宗猶有憂色。眾貝勒各來進問，太宗道：「袁蠻子雖已下獄，終究未死，倘或赦罪出來，又要與我國做死對頭，所以放心不下。待他死了，汝等賀我未遲。」過了數日，偵察明京大事的探子，密書馳報，略說：「袁崇煥已經磔死，連家產亦被籍沒。」太宗方欣然道：「難得此公已死，我們可長驅入明了。」自拆股肱，適以利敵。是時范文程在旁，太宗復顧著道：「這是范先生第一功。」文程道：「崇煥雖死，承宗尚在，山海關尚未易下。」太宗道：「待來年再行圖他。只是明兵慣用大砲，我國恰無此火器，須趕緊製造，方可攻明。」文程道：「這正是最要緊的事情。」遂招募工匠，鑄起紅衣大砲，命軍士沿習燃放。

轉瞬間又是一年，眾貝勒復請攻明，太宗約以秋高馬肥，方可進兵。是時孫承宗督師關上，收復灤州、遷安、永平、遵化四城，復整繕關外舊地，軍聲大震。怎奈來了一個邱禾嘉，做了遼東巡撫，偏與承宗意見不合。狹路相逢，無非冤家。承宗議先築大凌河城，以漸而進，禾嘉恰要同時築右屯城。工程日久，兩城都未曾完工，滿軍已進薄城下，這是天聰五年八月內的事情。

太宗帶領精騎，到了大凌河，掘濠豎柵，四面合圍，令貝勒阿濟格等率兵往錦州，遮擊山海關援兵。邱禾嘉聞滿軍已至，急率總兵吳襄、宋偉等，自寧遠趨錦州，是時阿濟格軍尚在中途，錦州城下未見敵人蹤跡。禾嘉令吳襄、宋偉率兵出發，到長山口，遇著滿軍，彼此交戰，不分勝負。兩邊鳴金收軍，各紮駐營寨，準備明日廝殺。是夕，滿洲太宗亦到阿濟格營內，親自督戰。次日，天色微明，滿兵已張開兩翼，向明營撲來。明總兵宋偉堅壘不動，滿軍連衝數次，都被宋偉的營兵槍炮打回。宋偉亦能。太宗命轉攻吳襄營，吳襄忙令營兵齊放槍炮，滿兵亦槍炮迭施。正轟擊間，忽東北角上，颳起一陣狂風，頓時飛石揚沙，天昏如墨，襄軍乘風舉火，烈焰騰騰，撲入滿軍。滿軍正在著急，俄見大雨奔下，風隨雨轉，火勢反向襄軍撲回。襄軍出其不意，霎時大亂，滿軍乘風猛攻，殺得襄軍零零落落，吳襄忙率殘兵逃走。豈真天意。滿軍復馳向宋偉營，此時偉軍見襄軍敗走，已自膽怯，怎禁得滿軍踴躍前來？不消一個時辰，被滿軍衝入營內，宋偉左右阻攔，爭奈支撐不住，也只得向後退下。滿軍隨後趕來，兩路殘軍，抱頭疾走。約數里，忽前面來了一支人馬，統是滿洲服式，擋住去路，後面追兵又至，吳襄、宋偉只得拚了性命，向前衝突；等到殺出重圍，已失去了監軍張道春、副將祖大樂，將士傷亡，不計其數，疾忙趨回錦州。邱禾嘉見了敗軍，驚惶萬狀，弄得束手無策；自是大凌河城，雖連章告意，禾嘉裝作痴聾一般，全不理睬了。這樣無能，何苦與孫承宗反對。且說大凌城守將，便是祖大壽、何可綱二人。他們本是怨恨明帝，只因孫承宗面上，堅守此城。聞援兵已經敗還，特別懊喪。祖大壽有一兄弟名叫大弼，曾官副總兵，有萬夫不當之勇，軍中稱為萬人敵，又因他素性粗莽，不管死活，別號作「祖二瘋子」。他仗著勇力，一意主戰，夜率死士百二十人，易服辮髮，縋城而下，來襲滿營。此公頗有機智，不是一味瘋癲。適值太宗未寢，在帳中閱視文書，大弼執著大刀，當先入帳，把大刀左右亂劈，斫倒滿侍衛兩員。太宗見大弼入帳行凶，忙拔腰下佩劍，擋住大弼的大刀。幸虧太宗有些武力。當下交戰數合，太宗力不逮大弼，漸漸退後。大弼手下的死士，亦陸續入帳，太宗正在著忙，虧得阿濟格等帶領侍衛十員，趕來護駕。一場酣鬥，滿侍衛中，尚有一人被斫斷半臂。極寫大弼。至滿軍越來越眾，大弼始呼嘯一聲，衝圍而出，此時大壽始知大弼出城劫營，出兵接入城去。大弼檢點黨羽，不折一人，只有數名負傷。甘寧百騎劫曹營，祖大弼可謂媲美。次晨，太宗遂下令急攻，大壽、可綱抵死擊退。又過數日，滿軍運紅衣大砲至，擊壞城外數堡，復接連轟城。城上短堞，一半被毀，城中猶是固守。直到冬季，大凌糧盡，食牛馬；牛馬又盡，人自相食。大壽日盼援師，只是不至。唯滿主招降書，屢射入城來，大壽未免動心，與可綱密議。可綱不從，大壽此時也顧不得可綱了。賣國賣友，我恨大壽。夜間令部下親兵，縋城至滿營，投書願降，即於次夕獻城。可綱聞知，急來攔截，被大壽一箭射倒，由滿軍擒捉而去。城內兵士，非降即走。可綱見了太宗，勸降不允，從容就刑。算一個烈士。大弼不服兄意，早率同志出城去了。

大壽叩見太宗，太宗特別優待，命之起坐，親賜御酒一樽。是夕，大壽仍宿大凌城，夢寐間只見何可綱索命。賊膽心虛。及至驚醒，自覺賣友求榮，於情理上很過不去。當時躊躇了一回，又懺悔了一回。翌晨，起見太宗，正值太宗升帳，會議進取錦州。大壽獻計道：「取錦州不難。臣的家小，亦在錦州，現在錦州的守將，尚未知臣降順天朝，若臣佯作潰奔狀，歸賺錦州，作為內應，陛下發兵為外合，取錦州如反掌。臣的家小，亦可藉此取來。」太宗道：「你不要誑語！」大壽設誓允諾，太宗當即命出發。到了錦州，聞邱禾嘉已經被劾，調往南京。關上督師孫承宗亦被言官彈擊，乞休回里。承宗又罷。大壽又把錦州繕城固守，詭報滿洲太宗，說是：「心腹人甚少，各處客兵甚多，巡撫巡按，防守甚嚴，請緩發兵為是。」太宗乃班師而去。

是年冬，孔有德大鬧登州，逐登萊巡撫孫元化，殺總兵張可大。越年，明兵四萬攻登萊，有德等不能敵，馳書滿洲告急。太宗以朝鮮已服，登萊無用，覆書令有德等仍返滿洲。有德遂偕耿仲明把子女玉帛載了數船，直到瀋陽，（應前回）見了太宗說：「遼東旅順，乃是要塞，現在守備空虛，可以襲取。」太宗遂發兵千名，偕孔、耿二人往襲旅順。過了數日，軍中報捷，說是旅順已下，殺死明總兵黃龍，招降副將尚可喜。太宗大悅，即令孔、耿二人回國，留尚可喜居守旅順。孔、耿奉命回國，孔受封為都元帥，耿受封為總兵官，嗣後可喜亦得封總兵。從此耿、尚、孔三將，居然做滿洲開國功臣了。

話休敘煩，且說滿洲太宗自大凌城班師，養精蓄銳，又歷一年。一日，校閱軍隊畢，飭令隨征察哈爾部，並徵集各部蒙古兵，向遼河出發。這察哈爾部在滿洲西北，源出蒙古，就是元朝末代順帝的子孫。當滿洲太祖起兵時候，察哈爾勢頗強大，曾做內蒙古諸部的盟長。他的頭目，叫做林丹汗。天命四年，嘗遺書滿洲，自稱統領四十萬眾蒙古國主，致書水濱三萬滿洲國主。這便是自大的口吻。嗣後嘗脅掠蒙古諸部，諸部受苦不堪，多來歸服滿洲，請滿洲出兵討伐。太宗趁兵馬強壯，遂發兵渡了遼河，繞越興安嶺，向察哈爾背後攻入。林丹汗只防前面的境界，不料滿軍從後面撲來，蒙古本無大城，不過有幾個小小的土圍，便算是頭目所居的都城。滿軍撲到城下，林丹汗似夢初覺，倉猝不及抵敵，只得徒步飛逸。滿軍乘勢追殺，直到了歸化城，捉不住林丹汗，反把明朝邊境的百姓拿來出氣。明民何辜？當下由太宗命分四路兵入明邊：第一路從尚方堡進宣州，到山西省大同應州；第二路從龍門口進長城，到宣州與第一路會齊；第三路從獨石口進長城，到應州；第四路從得勝堡進朔州。四路的兵，長驅直入，好像一群豺狼虎豹，鑽入犬羊隊裡，亂咬亂嚼，隨心所欲，明邊的百姓，無緣無故的遭此大劫。幸虧宣大總督張宗衡、總兵曹文詔、張全昌等，固守城池，擊退滿兵，城中的百姓，還算保全身家性命。滿兵擄了人口牲畜七萬六千，已是滿意，遂即唱了得勝歌，出關而去，不料明廷反將張宗衡、曹文詔等，革職坐戍。功罪不明，刑賞倒置，眼見得明室不久了。

只這位滿洲太宗兩次入明，所得財帛，不計其數。又把內蒙古各部落，統已收服，正是府庫日充、版圖日廓的時候。一日，有察哈爾部遺族來降，太宗問明情由，方知林丹汗逃奔青海，一病身亡，其子額哲，勢孤力竭，只得率領家屬，向滿洲乞降。當下開城納入，行受降禮。額哲叩見畢，獻上一顆無價的寶物。看官！你道是什麼寶貝？乃是元朝歷代皇帝的傳國璽。太宗得璽後，焚香告天，非常得意，於是大開朝賀。諸貝勒聯名上表，請進尊號。邊外諸國，亦都遣使奉書，願為臣屬。蒙古各部，且挑選幾個有姿色的女子，獻入滿洲，甘作太宗的妾媵。吹牛拍馬，一至於此。太宗遂創設三院：一名內國史院、一名內祕書院、一名內弘文院。國史院是編製實錄，記注起居；祕書院是草擬敕書，收發章奏；弘文院是討論古今政事得失，命范文程作為總監，彙集三院文員，恭定稱尊典禮。復營建天廟天壇，添造宮室殿陛，不到數月，大禮已定，建築告成，遂尊太宗為寬溫仁聖皇帝，易國號為大清，改天聰十年為崇德元年。這是清室初造，所以敘述獨詳。擇了吉日，祭告天地。當命在天壇東首，另築一壇，排齊全副儀仗，簇擁御駕，登壇即真。適值天氣晴和，曉風和煦，滿洲文武百官，都隨太宗至天壇，司禮各官，已鵠候兩旁，焚起香燭。太宗下了御駕，龍行虎步地走近香案，對天行禮。拜跪畢，由司禮官讀過祝文，於是諸貝勒擁著太宗，從中階升上即真的壇上，到中間繡金團龍的大座椅前，徐徐坐下。但覺得萬人屏息，八面威風。今而知皇帝之貴。諸貝勒大臣及外藩各使，都恭恭敬敬的向上行三跪九叩禮。孔有德、耿仲明等降將，特別謹肅，遵禮趨蹌，不敢稍錯分毫。宣詔大臣，捧了滿、漢、蒙三體表文，站立壇東，布告大眾，壇下軍民人等，黑壓壓的跪了一地。等到宣詔官讀完諭旨，一齊高呼萬歲萬歲的聲音，遠馳百里。禮畢，太宗慢慢下壇，由眾貝勒大臣扈蹕還宮。次日，上列代帝祖尊號，諡努爾哈赤為承天廣運聖德神功肇紀立極仁孝武皇帝，廟號太祖，追封功臣，配享太廟。名宮殿正門為大清門，東為東翊門，西為西翊門，大殿正殿，仍遵太祖時所定名目，唯後殿改名中宮，皇后居之。中宮兩旁，添置四宮，東為關睢宮，西為麟趾宮，次東為衍慶宮，次西為永福宮，羅列妃嬪，作為藏嬌的金屋。冊封大貝勒代善為禮親王，貝勒濟爾哈朗為鄭親王，多爾袞為睿親王，多鐸為豫親王，豪格為肅親王，岳託為成親王，阿濟格為武英郡王。此外文武百官，都有封賞。拜范文程為大學士，作為宰相。孔有德、耿仲明、尚可喜三降將，亦因勸進有功，得了什麼恭順王、懷順王、智順王的稱號。盈廷大喜，獨太宗尚未盡愜意。看官！你道為何？當日稱尊登極，外藩各使，統行跪拜禮，只有一國使臣，不肯照行，因此逆了太宗的意思，又想出一條以力服人的計策來了。正是：

南面稱尊，居然天子；
西略東封，雄心莫止。

欲知何國得罪太宗，請向下回再閱。

滿軍攻明，起初是專攻遼西，迨得了嚮導，始由蒙古入塞，多一間道，從此左馳右突，飄忽無常。明兵則處處設防，以勞待逸，勝負之勢，已可預決。至察哈爾折入滿洲，長城以北，皆為滿洲所有，明已防不勝防。雖無李闖之肇亂，而明亦不可為矣。若夫滿洲太宗之獲璽，論者謂天意攸歸，故假手額哲以齎獻之。夫璽之得不得，亦何關興替？孫堅袁術，嘗得漢家之傳國璽矣，試問其果終為帝耶？然則滿洲太宗之改號稱尊，實為圖明得志，借獲璽之幸，而作成之耳。雖曰天命，寧非人事？唯清室二百數十年之國祚，由太宗之獲璽稱尊始。故書中特詳述之，所以志始也。

朝鮮主稱臣乞降　盧督師忠君殉節

卻說清太宗登極之日，稱清太宗自此始。有不願跪拜的外使，並非別國，乃是天聰元年征服的朝鮮。朝鮮國王李倧，本與滿洲約為兄弟，此次遣使來賀，因不肯行跪拜禮，即由太宗當日遣還，另命差官貽書詰責。過了一月，差官回國，報稱朝鮮國王，接書不閱，仍命奴才帶回。太宗即開軍事會議，睿親王多爾袞與豫親王多鐸，請速發兵出征。太宗道：「朝鮮貧弱，諒非我敵，他敢如此無禮，必近日復勾結明廷，乞了護符，我國欲東征朝鮮，應先出兵攻明，挫他銳氣，免得出來阻撓。」仍是聲東擊西之計。多爾袞道：「主上所慮甚是，奴才等即請旨攻明。」太宗道：「汝二人當為東征的統帥，現在攻明，但教擾他一番，便可回來，只令阿濟格等前去便了。」是日即召阿濟格入殿，封為征明先鋒，帶兵二萬，馳入明畿，並授他方略，教他得手便回，阿濟格即領命而去。不到一月，阿濟格遣人奏捷，報稱入喜峰口，由間道趨昌平州，大小數十戰，統得勝仗，連克明畿十六城，獲人畜十八萬等語。太宗即復令阿濟格班師，阿濟格奏凱而回。此次清兵入明，不過威嚇了事，明督師兵部尚書張鳳翼，宣大總督梁廷棟，聞得清兵入邊，把魂靈兒都嚇得不知去向，一個不如一個，大明休矣！日服大黃藥求死，聽清兵自入自出。瘟官當道，百姓遭殃，實是說不盡的冤屈。

話分兩頭，且說清廷自阿濟格班師後，即發大兵往討朝鮮。時已隆冬，太宗祭告天地太廟，冒寒親征，留鄭親王濟爾哈朗居守，命武英郡王阿濟格屯兵牛莊，防備明師，睿親王多爾袞豫親王多鐸，率領精騎作了衝鋒的前隊。太宗親率禮親王代善等，及蒙旗漢軍，作為後應。這次東征，是改號清國後第一次出師，比前時又添了無數精采。清太宗穿著繡金龍團開氣袍，外罩黃緞繡龍馬褂，戴著紅寶石頂的緯帽，披著黃緞斗篷，腰懸利劍，手執金鞭，腳下跨一匹千里嘶風馬，左右隨侍的，都是黃馬褂寶石頂雙眼翎，親王貝子，前後擁護的，都是雄糾糾氣昂昂的滿蒙漢軍，畫角一聲，六軍齊發，馬隊、步隊、長槍隊、短刀隊、強弩隊、藤牌隊、炮隊、輜重隊，依次進行，差不多有十萬雄師，長驅東指。

到了沙河堡，太宗命多爾袞及豪格分統左翼滿蒙各兵，從寬甸入長山口，命多鐸及岳託，統先鋒軍千五百名，徑搗朝鮮國都城。這朝鮮國兵，向來是寬袍大袖，不經戰陣，一聞清兵殺來，早已望風股慄，逃的逃，降的降。義州、定州、安州等地，都是朝鮮要塞，清兵逐路攻入，勢如破竹，直殺到朝鮮都城。朝鮮國王李倧，急遣使迎勞清兵，奉書請罪，暗中恰把妻子徙往江華島。那時朝鮮使臣，迎謁太宗，呈上國書。太宗怒責一番，把來書擲還，喝左右逐出來使。即以其人之道，還治其人之身。李倧聞了這個消息，魂不附體，早知今日，何必當初。亟率親兵出城，渡過漢江，保守南漢山，清兵擁入朝鮮國都，都內居民，還未曾逃盡，只得迎降馬前，獻上子女玉帛，供清兵使用。覆巢之下，豈有完卵?幸虧太宗有心懷遠，諭禁姦淫擄掠。入城三日，已是殘臘，太宗就在朝鮮國都，大開筵宴，祝賀新年。

又過數天，復率大兵渡過漢江，擬攻南漢山，適朝鮮國內的全羅、忠清二道，各發援兵，到南漢城，太宗遂命軍士停駐江東，負水立寨。先鋒多鐸，率兵迎擊朝鮮援兵，約數合，朝鮮兵全不耐戰，陣勢已亂，多鐸舞著大刀，左右掃蕩，好像落葉迎風，颼颼幾陣，對面的敵營，成了一片白地。李倧聞援兵又潰，再令閣臣洪某，到滿營乞和。太宗命英俄爾岱、馬福塔二人，齎敕往諭，令李倧出城親覲，並縛獻倡議敗盟的罪魁。李倧答書稱臣，乞免出城覲見，縛獻罪魁兩事。太宗不允，令大兵進圍漢城。

是時多爾袞、豪格二人，領左翼軍趨朝鮮，由長山口克昌州，敗安黃、寧遠等援兵，來會太宗。太宗命多爾袞督造小舟，往襲江華島，一面令杜度回運紅衣大砲，準備攻城。多爾袞即派兵伐木，督工製船，晝夜不停，約數日，造成數十號，率兵分渡。島口雖有朝鮮兵船三十艘，聞得清兵到來，勉強出來攔阻，怎禁得清兵一股銳氣，踴躍登舟。不多時，朝鮮兵船內，已遍懸大清旗幟，舟中原有的兵役，統不知去向。大約多赴龍王宮內當差。

清兵奪了朝鮮兵船，飛渡登岸，岸上又有鳥槍兵千餘名，來阻清兵，被清兵一陣亂掃，逃得精光。清兵乘勢前進，約里許，見前面有房屋數間，外面只圍一短垣，高不逾丈。那時清兵一躍而入，大刀闊斧的劈將進去，但覺空空洞洞，寂無人影。多爾袞令軍士搜尋，方搜出二百多人，大半是青年婦女、黃口幼兒，當由清兵抓出，個個似殺雞般亂抖。多爾袞也覺不忍，婉言詰問，有王妃，有王子，有宗室，有群臣家口，還有僕役數十名，即命軟禁別室，飭兵士好好看守，不叫婦女侍寢，算是多爾袞厚道，然即為下文埋根。一面差人到御營報捷。

是時杜度已運到大砲，向南漢城轟擊，李倧危急萬分，又接到清太宗來諭，略說：「江華已克，爾家無恙，速遵前旨縛獻罪魁，出城來見。」至是李倧已無別法，只得上表乞降，一一如命。清太宗又令獻出明廷所給的誥封冊印及朝鮮二世子為質。此後應改奉大清正朔，所有三大節及慶弔等事，俱行貢獻禮；此外如奉表受敕，與使臣相見禮，陪臣謁見禮，迎送饋使禮，統照事明的舊例，移作事清，若清兵攻明，或有調遣，應如期出兵，清兵回國，應獻納犒軍禮物，唯日本貿易，仍聽照舊云云。李倧到此，除俯首受教外，不能異議半字。當即在漢江東岸，築壇張幄，約日朝見，屆期率數騎出城，到南漢山相近，下馬步行，可憐！行至壇前，但見旌旗燦爛，甲仗森嚴，壇上坐著一位雄主，威稜畢露，李倧又驚又慚，當時呆立不動。到此實難為李倧。只聽壇前一聲喝道：「至尊在上，何不下拜！」慌得李倧連忙跪下，接連叩了九個響頭。可嘆！兩邊奏起樂來，鼓板聲同磕頭聲，巧巧合拍。樂闋，壇上復宣詔道：「爾既歸順，此後毋擅築城垣，毋擅收逃人。每年朝貢一次，不得逾約。爾國三百年社稷，數千里封疆，當保爾無恙。」較諸今日之扶桑國，尚算仁厚。李倧唯唯連聲。太宗方降座下壇，令李倧隨至御營，命坐左側，並即賜宴。是時多爾袞已知李倧乞降，帶領朝鮮王妃、王子及宗室大臣、家眷到了御營。太宗便命送入漢城，留長子次子淏為質。次日，太宗下令班師，李倧率群臣跪送十里外，又與二子話別，父子生離，慘同死別，不由得淒惶起來，無奈清軍在前，不敢放聲，相對之下，暗暗垂淚。太宗見了這般情形，也生憐惜，遂遣人傳諭道：「今明兩年，准免貢物，後年秋季為始，照例入貢。」李倧復頓首謝恩。太宗御鞭一揮，向西而去。清軍徐徐退盡，然後李倧亦垂頭喪氣的歸去了。弱國固如是耳。

太宗振旅回國，復將朝鮮所獲人畜牲馬，分賜諸將。過了數日，朝鮮遣官解送三人至瀋陽，這三人便是倡議敗盟的罪魁，一姓洪，名翼溪，原任朝鮮臺諫，一姓尹名集，原任朝鮮宏文館校理，一姓吳名達濟，原任朝鮮修撰，三人嘗勸國王與明修好，休認滿洲國王為帝，也是魯仲連一流人物，可惜才識不及。此次被解至滿洲，尚有何幸，自然身首異處了。清太宗既斬了朝鮮罪首，無東顧憂，遂專力攻明。適值明朝流寇四起，賊氛遍地，李闖、張獻忠十三家七十二營，分擾陝西河南四川等省，最號猖獗。明朝的將官，多調剿流賊，無暇顧邊，太宗遂命孔有德、耿仲明、尚可喜三降將，攻入東邊，明總兵金日觀戰死，復於崇德三年，授多爾袞為奉命大將軍，統右翼兵，岳託為揚武大將軍，統左翼兵，分道攻明，入長城青山口，到薊州會齊。

這時明薊遼總督吳阿衡，終日飲酒，不理政事，還有一個監守太監鄧希詔，也與吳阿衡性情相似。至清兵直逼城下，他兩人尚是沉醉不醒，等到兵士通報，阿衡模模糊糊的起來，召集兵將，衝將出去，正遇著清將豪格，冒冒失失的戰了兩三回合，即被豪格一刀，劈於馬下。到冥鄉再去飲酒，恰也快活。麾下兵霎時四散，清兵上前砍開城門，城中只有難民，並無守兵，原來監守太監鄧希詔見阿衡出城對敵，已收拾細軟，潛開後門逃去，守兵聞希詔已逃，也索性逃個淨盡。還是希詔見機，逃了性命，可惜美酒未曾挑去。清兵也不勾留，進行至牛闌山，山前本有一個軍營，是明總監高起潛把守。高起潛也是一個閹豎，毫無軍事知識，聞清兵殺來，三十六策，走為上策。崇禎帝慣用太監，安得不亡？清兵乘勢殺入，從蘆溝橋趨良鄉，連拔四十八城，高陽縣亦在其內。故督師孫承宗，時適家居，聞清兵入城，手無寸柄，如何拒敵？竟服毒自盡。子孫十數人，各執器械，憤憤赴敵，清兵出其不意，也被他殺了數十名，嗣因寡不敵眾，陸續身亡。此外四十多城的官民，逃去的逃去，殉節的殉節。

清兵又從德州渡河，南下山東，山東州縣，飛章告急，兵部尚書楊嗣昌，倉猝檄調，一面檄山東巡撫顏繼祖，速往德州阻截，一面檄山西總督盧象昇，入衛京畿。繼祖奉到檄文，忙率濟南防兵，星夜北趨，到了德州，並不見清兵南來，方驚疑間，探馬飛報清兵從臨清州入濟南，布政使張秉文等，統已陣亡，連德王爺亦被擄去。看官！你道德王爺是何人？原來是大明宗室，名叫由樞，與崇禎帝係兄弟行，向係受封濟南，至此被擄，這統是楊嗣昌檄令移師，以致濟南空虛，為敵所襲，害了德王，又害了濟南人民。顏繼祖聞報大驚，又急率兵回濟南，到了濟南，復是一個空城，清兵早已渡河北行。繼祖叫苦不迭，只得據實稟報。楊嗣昌至此，惶急異常，密奏敵兵深入，勝負難料，不如隨機講和，崇禎帝不欲明允，暗令高起潛主持和議，適盧象昇奉調入京，一意主戰，崇禎帝令與楊嗣昌、高起潛商議，象昇奉命，與二人會議了好幾次，終與二人意見不合。未曾出兵，先爭意見，已非佳兆。象昇憤甚，便道：「公等主和，獨不思城下之盟，春秋所恥。長安口舌如鋒，寧不怕蹈袁崇煥覆轍麼？」嗣昌聞言，不禁面赤，勉強答道：「公毋以長安蜚語陷人。」象昇道：「盧某自山西入京，途次已聞此說，到京後，聞高公已遣周元忠與敵講和，象昇可欺，難道國人都可欺麼？」是一個急性人物。隨即怏怏告別。尋奏請與楊、高二人，各分兵權，不相節制。折上，由兵部復議，把宣大山西兵士屬象昇，山海關寧遠兵士屬高起潛。崇禎帝准議，加象昇尚書銜，剋日出師。

象昇麾下，兵不滿二萬名，只因奉命前驅，也不管好歹，竟向涿州出發。忠而近愚。途中聞清兵三路入犯，亦遣別將分路防堵，無如清兵風馳雨驟，馳防不及，列城多望風失守。嗣昌即奏削象昇尚書銜，又把軍餉阻住不發。象昇由涿州至保定，與清兵相持數日，尚無勝敗，奈軍餉不繼，催運無效，轉瞬間軍中絕食，各帶菜色。象昇料是楊嗣昌作梗，自知必死，清晨出帳，對著將士四向拜道：「盧某與將士同受國恩，只患不得死，不患不得生。」眾將士被他感動，不由得哭作一團。我看到此，亦自淚下。旋即收淚，願隨象昇出去殺敵。象昇出城至鉅鹿，顧手下兵士，只剩五千名，參贊主事楊廷麟，稟象昇道：「此去離高總監大營只五十里，何不前去乞援？」象昇道：「他只恐我不死，安肯援我！」廷麟道：「且去一遭何如？」象昇不得已，令廷麟啟行。臨別時執著廷麟手，與他一訣，流涕道：「死西市，何如死疆場？吾以一死報國，猶為負負。」語帶寒潮嗚咽聲。廷麟已去，象昇待了一日，望眼將穿，救兵不至。象昇道：「楊君不負我，負我者高太監，我死何妨，只要死在戰場上面，殺幾個敵人，償我的命，方不徒死。」遂進至嵩水橋，正見清兵峰擁前來，胡哨一聲，把象昇五千人圍住。象昇將五千人分作三隊，命總兵虎大威領左軍，楊國柱領右軍，自己領中軍，與清兵死鬥。清兵圍合數次，被象昇殺開數次，十蕩十決。清兵亦怕他厲害，漸漸退去。象昇收兵紮營。是夜三鼓，營外喊殺連天，炮聲震地，象昇知清兵圍攻，忙率大威、國柱等，奮力抵禦，可奈清兵越來越多，把明營圍得鐵桶相似。兩下相持，直到天明，明營內已炮盡矢竭，大威勸象昇突圍出走。象昇道：「吾受命出師，早知必死。此處正我死地。諸君請突圍而出，留此身以報國！盧某內不能除奸，外不能平敵，罷罷！從此與諸君長別。」此恨綿綿無盡期。遂手執佩劍，單騎衝入敵中，亂斫亂劈，把清兵殺死數十百名，自身也被四箭三刀，大叫一聲，嘔血而亡。如此忠臣。為權閹所陷沒，可恨！

象昇自擢兵備，與流寇大小數十戰，無一不勝，且三賜尚方劍，未曾戮一偏裨，愛才恤下，與士卒同甘苦，此次力竭捐軀，部下親兵，都隨了主帥殉難，大威、國柱，因象昇許他突圍，方殺開血路而去。象昇既死，楊廷麟始徒手回來，到了戰場，已空無一人，只見愁雲如墨，曝骨成堆，二語可抵一篇弔古戰場文。廷麟不禁淚下。檢點遺屍，已是模糊難辨，忽見一屍首露出麻衣，仔細辨認，確是盧公象昇。原來象昇新遭父喪，請守制不許，無奈縗絰從戎。廷麟既得遺屍，痛哭下拜，親為殮埋，遂會同順德知府於潁，聯名奏聞。楊嗣昌無可隱諱，只說象昇輕戰亡身，死不足惜。崇禎帝誤信讒言，竟沒有什麼卹典。到了高起潛星夜遁回，廷臣始知起潛擁兵不救，交章彈劾。起潛下刑部獄，審問屬實，有旨正法。這楊嗣昌仍安然如故，後來督師討賊，連被賊敗，始畏懼自殺。

小子曾有一詩弔盧公象昇云：

> 慷慨誓師獨奮戈，臣心未死恥言和。
> 可憐為國捐軀後，空使遺人雪涕多。

欲知後事如何，下回再行表明。

朝鮮之不敵滿洲，固意中事，然亦由朝鮮漫無防備之故。乞盟城下，屈膝稱臣，受種種脅迫之條約，真是可憐模樣，然亦未始非其自取耳。若明廷統一中原，寧不足與滿清敵？顧於熊廷弼、袁崇煥，則殺之磔之，於孫承宗則免職回里，任其殉節。獨遺一善戰之盧象昇，又為權閹所忌，迫死疆場。誰為人主，而昏憒至死？故人謂亡明者熹宗，吾謂熹宗猶不足亡明，亡明者實崇禎帝。

失輜重全軍敗潰　迷美色大帥投誠

卻說清兵屢次得勝，正擬進取，忽由太宗寄諭，命回本國。多爾袞、多鐸等，因不敢違命，只得率領兵士，仍取道青山口而歸；歸國後，問太宗何故班師？太宗道：「欲奪中原，必須先奪山海關，欲奪山海關，必須先奪寧、錦諸城。否則我兵深入中原，那關內外的明兵，把我後路塞斷，兵餉不繼，進退失據，豈不是自討苦吃麼？」多爾袞、多鐸等，即奏請出攻寧、錦，太宗准奏，即令發兵，直抵錦州。錦州守將還是祖大壽，多方抵禦，屢卻清兵，相持兩年，仍屹然不動，反傷亡了清朝大將岳託。崇德五年，太宗親征，攻錦州不下，遺書責大壽欺罔之罪，大壽不答。太宗把錦州城外四面的禾稼，盡行刈獲，捆載而歸。即是釜底抽薪之計。

六年，太宗大發兵攻錦州，大壽聞知，急向薊遼總督處乞援。薊遼總督洪承疇，巡撫邱民仰，帶了王樸、唐通、曹變蛟、吳三桂、白廣恩、馬科、王廷臣、楊國柱八個總兵，統兵十三萬，馬四萬匹，由薊州東指，直到寧遠，所帶糧草，足支一年。探馬飛報清太宗，太宗即令拔營，向松山出發，不多日已到松山。原來松山在錦州城南十八里，西南一座杏山，兩峰相對，作為錦州城的犄角，向有明兵屯紮，保護錦州。太宗率范文程等，上山瞭望，見岡巒起伏，曲折盤旋，遙望杏山的形勢，與松山也差不多，只有杏山後面，還有一層隱隱的峰巒。太宗把鞭遙指，問范文程道：「杏山外面的峰巒，叫什麼山？」文程答道：「便是塔山。」太宗望了許久，又俯瞰山麓，見遠遠的有旗幟飄揚，料是明軍大營，便下山回帳，令全軍擺成長蛇一般，自松山至杏山，接連紮寨，橫截大道。明軍見清營擋住去路，忙來衝突，被清兵一陣炮箭出退。次日，清兵亦去衝突明營，明軍照例對敵，也將清兵射回。

是夜太宗復與范文程等商議軍務，太宗道：「我兵依山據險，立住營寨，盡可無慮，只是彼此相持，曠日持久，如何是好？」文程道：「何不前去襲他輜重。」這一番把太宗提醒，便道：「他的糧草，我想定在杏山後面，莫非就在塔山這邊。」回應上文，方知上文不是閒筆。文程道：「據臣所料，也是如此。」太宗道：「此去塔山，未知有無間道？」文程把遼西地圖仔細審視，尋出一條僻徑，乃是從杏山左首，曲折繞出，可通塔山，忙將地圖呈閱。太宗閱過地圖，見有間道，心下大喜，便召多爾袞、阿濟格入帳，令率領步卒，夤夜去襲明軍輜重，並將地圖付給，囑他按圖覓路，不得有誤。二人領命，急選健卒數千名，靜悄悄的出營，靠著杏山左側，盤旋過去。可巧星月雙輝，如同白晝，疾走數十里，到了塔山，正交四鼓，昂頭四望，並沒有什麼糧草。故作一折。阿濟格道：「這都是老范主使出來，叫我們白跑了許多路程。」多爾袞道：「且待上山一望，再定行止。」二人便令軍士停住山下，只帶親兵數十名，上山探視，見前面復有一岡，岡上林木蓊翳，辨不出有無輜重，只岡下有七個營盤紮駐，寂靜無聲。多爾袞對阿濟格道：「我看前面七營，定是護著糧草的人馬，正好乘他不備，殺將過去。」遂即下山把部兵分作兩翼，阿濟格率左，多爾袞率右，向明營撲入。這明營內軍士，因有松山大營擋住敵兵，毫不防備，正是鼾聲四起的時候，猛被清兵搗入，人不及甲、馬不及鞍，連逃走都是無暇，哪裡還能抵敵？霎時間七座營盤，統已潰散，清兵馳至岡上，見有數百車輜重，立即搬運下山，從原路馳回。至洪承疇聞報，率兵追趕，已是不及，急得洪承疇面如土色。承疇之才，已可概見。

當承疇出師時，頗小心謹慎，不肯鹵莽，既到寧遠，又由祖大壽遣卒縋城，傳語切勿浪戰，只宜步步立營，逐漸出境。誰知兵部尚書已換了陳新甲，屢遣人促承疇出戰，承疇只得出師松山，把糧草運至筆架岡，留兵七營守護，此次聞被劫去，安得不惱？安得不悔？遲了。沒奈何進逼清營，擬與清兵大戰一場，分個勝負。清太宗料知明軍前來，必捨命衝突，只飭部下堅壁不動。承疇率將士衝殺數次，毫不見效，想出一個偷營的法子，故意的退兵十里下寨。隨令軍士飽了宵夜，扎束停當，靜待中軍號令。是夕天色微黑，淡月無光，到了三鼓，傳令王樸、唐通為第一隊，白廣恩、王廷臣為第二隊，馬科、楊國柱為第三隊，曹變蛟、吳三桂為第四隊，依次出發，後先相應，自己與巡撫邱民仰守住大營。也算持重。王樸、唐通，率兵到清營附近，先敘第一隊。只見清營中裹著一股殺氣，陰森逼人。王樸素來膽怯，向唐通道：「我看清營有備，不如退歸。」唐通道：「奉命前來，有進無退，安可中道折回？」於是唐通在前，王樸在後，整隊望清營撲入。猛聽得一聲號炮，骨轆轆的彈子、豁喇喇的箭桿，從清營齊射出來，把前隊衝鋒的明軍一半打倒。王樸、唐通，急令軍士退回，行不數步，兩邊突出兩支清兵，左係多爾袞、右係多鐸，以兩將對兩將，將明軍衝作兩截。唐通、王樸忙奪路逃走，清兵隨後趕來。正危急間，白廣恩、王廷臣已到，明軍第二隊出現。放過唐通、王樸，把清軍截住。兩邊酣鬥起來，互有殺傷。忽斜刺裡又殺到一支人馬，為首的有三員大將，紅頂花翎，乃是清降將孔有德、耿仲明、尚可喜。以明將攻明將，是清軍二次接應。白廣恩、王廷臣見有清兵續至，無心戀戰，遂且戰且走，清兵不住地追趕，幸虧馬科、楊國柱兵到，明軍第三隊出現。得了援應，方得走脫。

那時曹變蛟、吳三桂一軍，本是明營內的後應兵，待三隊兵馬統行出發，方率兵出營。約里許，見唐通、王樸，率領殘兵回來，兩下晤談，始知清營有備。第一隊軍已經敗還，二將急策馬前進，接應第二、三隊人馬。敘明軍第四隊，另換筆法。忽聽後面鼓角聲喧，炮聲迭發，吳三桂回頭一望，向曹變蛟道：「莫非清兵攻我大營？」曹變蛟道：「如何我們一路行來，並不見有清兵？」語尚未畢，忽一卒從背後趕到，氣喘吁吁的報說大帥有令，請二將軍速回。吳三桂問他情由，答說清兵闖入大營，所以調回二將軍，速去救應。吳、曹二人，忙令軍士轉身馳歸。到了大營相近，見有無數清兵，往來衝陣，洪承疇親自督戰，唐通、王樸等，亦協力抵禦，左阻右攔，尚是招抵不上。曹變蛟一馬當先，殺入清兵隊裡，吳三桂率兵繼入，與清兵馳戰多時，清兵尚是氣勢蓬勃，不肯退回。待白、王、馬、楊四將齊到，方併力將清兵殺退。這一場惡戰，明軍損傷多人，方識得清兵厲害，人人畏懼。

原來清太宗料明營未敗而退，必有詐謀，遂令豪格、阿濟格等從間道繞出明軍背後，襲擊明營，一面令多爾袞、多鐸伏在寨外，孔有德、耿仲明、尚可喜接應兩邊，所以明軍不能得手，反被清兵前後攻擊，受了損失。迤邐寫來，至此方一歸宿。太宗又料明軍經此一挫，勢必退走，當令得勝諸將，於次夜抄出杏山、塔山，分路埋伏，並一一授以密計；自己卻親督大軍，嚴陣以待。一朝易過，漸漸天昏，約值初更時候，探報明營已動，太宗即率軍馳向明營，明洪承疇、邱民仰，率領曹變蛟、王廷臣兩總兵，當即迎戰。那時唐通、白廣恩、馬科、楊國柱、王樸、吳三桂六總兵，因營中餉絕，奉命退回寧遠。六總兵更番斷後，陸續退去，將到杏山，忽山側衝出一彪清軍，截住去路。明軍因前次劫營，受了苦惱，至此復見清兵在前，都嚇得毛髮直豎，勉強上前衝突，方交戰間，這膽小如鼷的王樸，已率部隊扒過山頭，逃入杏山城去了。剩下五個總兵，與清兵相持，但見清兵刀削劍剁，勇悍異常，不由得心驚膽顫，爭先逃走，當即旗靡轍亂，無復行列。驀聽山腰裡鼓聲如雷，馳出一支人馬，高扯明軍旗號，五總兵各自驚異，還疑是寧遠救兵，前來接應，誰知到了面前，這支人馬不殺清兵，專殺明軍，前授密計，至此始覺。弄得五總兵茫無頭緒，叫苦不住。霎時間七零八落，眼見得不能馳回寧遠，只得同王樸一般思想，奔入杏山城內。清兵見他們奔入杏山城，也不追趕，只將明兵所棄的甲冑炮械，搬運一空，向別處去了。不回清營，暗伏下文。

且說洪承疇、邱民仰等，向清兵混戰許久，清兵有增無減，明軍有減無增，方思向西退走，誰知清兵厚集西面，無從殺出；營盤又站立不住，沒奈何退入松山城，鱉入甕中了。清兵將松山城圍住。過了一日，從杏山回來的清兵都到御營報功，說是杏山兵欲奔寧遠，被我軍殺得四散，由杏山到塔山，積屍無數，逼入海裡的也不可勝計。吳三桂、王樸等人，只帶了幾個殘兵，落荒逃去。此處恰從虛寫，免與上文重複。太宗大喜，命范文程一一記功，隨道：「此番洪承疇已中我計，恐插翅也難飛去，現請先生寫一招降書，令他來降。」文程道：「招降洪承疇，恐還沒有這般容易，現只有多寫數書，分致他部下各將，先擾惑他的軍心，方可下手。」太宗稱善，即連寫招降書，逐日射進城去。城中只是堅守，毫不回答。太宗令軍士猛攻，也未見效。這日，李永芳上帳獻計道：「城內有副將夏承德，與臣向係故交，不如臣去一書，餌他高官厚祿，令他獻城。」太宗道：「既有此人，速即修書為是。」永芳寫就書信，呈上太宗。太宗欲召人射入城中，永芳道：「這且不便，須要祕密行事方好。」太宗道：「這是又費周折了。」范文程在旁道：「這也不難。」太宗問他何計？文程道：「臣料松山現已食盡，應想突圍出走，只因我軍四面圍住，無隙可鑽，所以閉城固守，現請暫開一面，令他出來突圍，我即伏兵堵截，不許放出，他定然走回城中，趁此開城的機會，令幹員假扮漢裝，混入城內，便可致書夏承德，暗中行事。」太宗道：「好好！依計而行。」立命豪格授計城西將士，令他遵辦。

是夜，松山城西面圍兵，撤去一角，果然曹變蛟開城出走，被伏兵截住，仍然回城。當時投書的幹員，乘隙混入。次夜幹員回營，報稱與夏承德之子，縋城同來，當於明日夜間獻城。太宗喜甚，命將承德子留住營內，專待明日破城。是時松山城內，糧食已盡，洪承疇等束手無策，只待一死。是日上城巡閱一周，因清兵圍攻略懈，到了傍晚，下城晚餐，到了黃昏時候，忽報清兵已經登城，承疇急命曹變蛟、王廷臣，率兵抵截。自己方思上馬督戰，驀見軍士來報導：「王總兵陣亡。」承疇大驚。少頃，邱民仰又踉蹌趨入，說是：「曹變蛟亦已戰死，公宜自行設法，邱某一死報君便了。」道言未絕，拔出佩刀自刎。可敬。承疇此時，亦拔劍向項，轉思我死亦須保全屍首，不如投繯為是。要死就死，全屍何用？就解下腰帶，掛在梁上。不防背後來了一人，將他一把抱住，旁邊又轉出數人，把承疇捆縛而去。這抱住承疇的人，便是夏承德，捆縛承疇的人，便是李永芳等。承疇知己身被擒，閉目無語，被夏承德等牽到清太宗前。太宗忙令范文程代為解縛，並勸令歸降。承疇道：「不降！不降！」范文程即介面道：「洪先生既到此地，徒死無益，不如歸順清朝，圖後半生的事業。」承疇道：「我知有死，不知有降。」此時恰是滿懷忠義。旁邊惱了多鐸、豪格等，齊說道：「他既要死，賞他一刀就是，何必同他絮聒。」文程以目示意，多鐸、豪格等全然不睬，想拔刀來殺承疇。太宗喝令出帳。即將承疇交與范文程，令他慢慢勸降。原來承疇頗有威望，素為孔、耿諸人所推重，稟明太宗，此次太宗費盡心機，方將承疇擒住，必欲降他以資臂助，所以把他交付文程。文程引承疇到自己營中，把什麼時務不時務，俊傑不俊傑，足足的談了半夜。偏這洪老先生垂著頭，屏著息，像死人一般，隨你口吐蓮花，他終不發一語。次日，仍自閉目危坐，飯也不吃，茶也不喝。范文程又變了一套言語，與他談論許久，他總是一個沒有回答，文程也不覺懊惱起來。唯御營內接連報捷，錦州下了，祖大壽投降了。數年倔強，又出此著。如何對得住何可綱？杏山塔山但已攻克了。太宗命拔營回國，范文程帶了洪承疇，同到國都，又勸了承疇一回，只是不理，回報太宗，太宗也無可如何。但因得勝回來，文武百官，上朝稱賀，原是照例的規矩，宮裡各妃嬪，亦打扮得花枝招展，迎接太宗，一齊的賀喜請安。太宗最愛的，是永福宮莊妃，生得輕盈娥媚，聰明伶俐，她本是科爾沁部貝勒寨桑的女兒，姓博爾濟吉特氏，自獻與清太宗後，列為西宮，生下一子，就是入關定鼎的世祖章皇帝福臨。是夕，太宗便宿在永福宮。次日辰刻，太宗出宮視事，問范文程道：「洪承疇如何？」文程答道：「此老固執太甚，看來是無可曉諭了。」太宗道：「且慢慢再商。」忽報明朝遺職方司郎中馬紹愉等，持書乞和，現在都城二十里外。太宗道：「明朝既來乞和，理應迎接。」便命李永芳、孔有德、祖大壽三人出城，迎接明使。李永芳等去訖，太宗亦退入便殿。才過午牌，有永福宮太監入見，跪報洪承疇已被娘娘說下了。太宗驚喜道：「果有此事麼？」

原來洪承疇人本剛正，只是有一樁好色的奇癖。這日正幽在別室，他是立意待死，毫無他念，到了巳牌，紅日滿窗，几明室淨，正是看花時節。聽門外叮一聲，開去了鎖，半扉漸闢，進來了一個青年美婦，裊裊婷婷的走近前來，頓覺一種異香，撲入鼻中。承疇不由得抬頭一望，但見這美婦真是絕色，髻雲高擁，鬟鳳低垂，面如出水芙蕖，腰似迎風楊柳，更有一雙纖纖玉手，豐若有餘，柔若無骨，手中捧著一把玉壺，映著柔荑，特別潔白。妖耶仙耶。承疇暗訝不已，正在胡思亂想，那美婦櫻口半開，瓠犀微啟，輕輕的撥出將軍二字。承疇欲答不可，不答又不忍，也輕輕的應了一聲。這一聲相應，引出那美婦問長道短，先把那承疇被擄的情形，問了一遍。承疇約略相告。隨後美婦又問起承疇家眷，知承疇上有老母，下有妻妾子女，她卻佯作淒惶的情狀，一雙俏眼，含淚兩眶，頓令承疇思家心動，不由得酸楚起來。那美婦又設詞勸慰，隨即提起玉壺，令承疇喝飲。承疇此時，已覺口渴，又被她美色所迷，便張開嘴喝了數口，把味一辨，乃是參湯。美婦知已入彀，索性與他暢說道：「我是清朝皇帝的妃子，特憐將軍而來。將軍今日死，於國無益，於家有害。」承疇道：「除死以外，尚有何法？難道真個降清不成？」其心已動。美婦道：「實告將軍，我家皇帝，並不是要明室江山，所以屢次投書，與明議和，怎奈明帝耽信邪言，屢與此地反對，因此常要打仗。今請將軍暫時降順，為我家皇帝主持和議，兩下息爭，一面請將軍作一密書，報知明帝，說是身在滿洲，心在本國。現在明朝內亂相尋，聞知將軍為國調停，斷不至與將軍家屬為難。那時家也保了，國也報了，將來兩國議和，將軍在此固可，回國亦可，豈不是兩全之計麼？」娓娓動人，真好口才。這一席話，說得承疇心悅誠服，不由得嘆息道：「語非不是，但不知汝家皇帝，肯容我這般舉動否？」五體投地了。美婦道：「這事包管在我身上。」言至此，復提起玉壺，與承疇喝了數口，令承疇說一允字，遂嫣然一笑，分花拂柳的出去。看官！你道這美婦是何人？便是那太宗最寵愛的莊妃。因聞承疇不肯投降，她竟在太宗前，作一自薦的毛生，不料她竟勸降承疇，立了一個大大的功勞。只小子恰有一詩諷洪承疇道：

浩氣千秋別有真，殺身才算是成仁。
如何甘為娥眉劫，史傳留遺號貳臣？

從此清太宗益寵愛莊妃，竟立她所生子福臨為太子，以後遂添出清史上一段佳話。諸君試看下回，便自分曉。

楊鎬率二十餘萬人山塞，洪承疇率十三萬人赴援，兵不可謂不眾，乃一遇清軍，統遭敗衄。清軍雖強，豈真無敵？咎在將帥之非材。且鎬止喪師，洪且降清，洪之罪益浮於鎬矣，讀《貳臣傳》，可知洪承疇之事蹟，讀此書，更見洪承疇之心術。

清太宗殯天傳幼主　多爾袞奉命略中原

前卷說到洪承疇降清，此回續述。系承疇降清後，參贊軍機，與范文程差不多的位置；又蒙賜美女十人，給他使用，不由得感激萬分。只因家眷在明，恐遭殺害，就依了吉特氏的訓誨，自去施行。當時明朝的崇禎帝，還道承疇一定盡忠，大為痛悼，輟朝三日，賜祭十六壇；又命在都城外建立專祠，與巡撫邱民仰等一班忠臣，並列祠內。崇禎帝御製祭文，將入祠親奠，誰知洪承疇密書已到，略說：「暫時降清，勉圖後報。」崇禎帝長嘆一聲，始命罷祭。閱書中有勉圖後報之言，遂不去拿究承疇家眷。崇禎帝也中了美人計。並因馬紹愉等赴清議和，把松山失敗的將官，一概不問。吳三桂等運氣。且說馬紹愉等到了清都，由李永芳等迎接入城，見了太宗，設宴相待，席間敘起和議，相率贊成，彼此酌定大略。及馬紹愉等謝別，太宗賜他貂皮白金，仍命李永芳等送至五十里外。馬紹愉等回國先將和議情形，密報兵部尚書陳新甲，新甲閱畢，擱置几上，被家僮誤作塘報，發了抄，鬧的通國皆知。朝上主戰的人，統劾新甲主和賣國，那時崇禎帝嚴斥新甲，新甲倔強不服，竟被崇禎帝飭縛下獄。不數日，又將新甲正法。看官！你道這是何故？原來新甲因承疇兵敗，與崇禎帝密商和議，崇禎帝依新甲言，只是要顧著面子，囑守祕密，不可聲張。若要不知，除非莫為。況中外修和，亦沒有多少倒楣，真是何苦！所以馬紹愉等出使，廷臣尚未聞知。及和議發抄，崇禎帝恨新甲不遵諭旨，又因他出言挺撞，激得惱羞成怒，竟冤冤枉枉的把他斬首。從此明清兩國的和議，永遠斷絕了。

太宗得知消息，遂令貝勒阿巴泰等率師攻明，毀長城，入薊州，轉至山東，攻破八十八座堅城，掠子女三十七萬，牲畜金銀珠寶各五十多萬。居守山東的魯王一派，係明廷宗室，仰藥自盡。此外殉難的官民，不可勝計。是時山海關內外設兩總智，昌平、保定又設兩總督，寧遠、永平、順天、保定、密雲、天津六處，設六巡撫，寧遠、山海、中協、西協、昌平、通州、天州、保定設八總兵，在明廷的意思，總道是節節設防，可以無虞，誰知設官太多，事權不一，個個觀望不前，一任清兵橫行。阿巴泰從北趨南，從南迴北，簡直是來去自由，毫無顧忌。

明廷乃惶急得了不得，揀出一個大學士周延儒，督師通州。周本是個齷齪人物，因結交閹寺，納賄妃嬪，遂得了一個大學士頭銜。當時明宮裡面，傳說延儒貢品，無奇不有，連田妃腳上的繡鞋也都貢到。繡鞋上面用精工繡出「延儒恭進」四個細字，留作紀念。這田妃是崇禎帝第一個寵妃，暗中幫他設法竭力抬舉。此次清兵入邊，延儒想買崇禎帝歡心，自請督師，到了通州，只與幕客等飲酒娛樂，反日日詭報勝仗。這清將阿巴泰等搶劫已飽，不慌不忙地回去，明總兵唐通、白廣恩、張登科、和應薦等，至螺山截擊，反被他回殺一陣。張和二將連忙退走，已著了好幾箭，傷發身死，那清兵恰嗚鞭奏凱的回去了。

清太宗聞阿巴泰凱旋，照例的論功行賞，擺酒接風。宴饗畢，太宗回入永福宮，這位聰明伶俐的吉特氏，又陪了太宗，飲酒數巡。是夕，太宗竟發起寒熱，頭眩目暈。想亦愛色過度了。次日，宣召太醫入宮診視，一切朝政，命鄭親王濟爾哈朗與睿親王多爾袞暫行代理，倘有大事，令多爾袞到寢宮面奏。又數日，太宗病勢越重，醫藥罔效，後妃人等，都不住地前來謁候。多爾袞手足關懷，每天也入宮問候幾回。句中有眼。一夕，太宗自知病已不起，握住吉特氏手，氣喘吁吁道：「我今年已五十二歲了，死不為夭。但不能親統中原，與愛妃享福數年，未免恨恨。現在福臨已立為太子，我死後，他應嗣位，可惜年幼無知，未能親政，看來只好委託親王了。」吉特氏聞言，嗚咽不已。太宗命宣召濟爾哈朗、多爾袞入宮。須臾，二人入內，到御榻前，太宗命他們旁坐。二人請過了安，坐在兩旁。太宗道：「我已病入膏肓，將與二王長別，所慮太子年甫六齡，未能治事，一朝嗣位，還仗二王顧念本支，同心輔政。」二人齊聲道：「奴才等敢不竭力。」太宗覆命吉特氏挈了福臨，走近床前，以手指示濟爾哈朗道：「他母子兩人，都託付二王，二王休得食言！」二人道：「如背聖諭，皇天不佑。」多爾袞說到皇天二字，已抬頭偷瞧吉妃，但見她淚容滿面，宛似一枝帶雨梨花，不由得憐惜起來。偏這吉特氏一雙流眼，也向多爾袞面上，覷了兩次。心有靈犀一點通。多爾袞正在出神，忽聽得一聲嬌喘道：「福哥兒過來，請王爺安！」那時多爾袞方俯視太子，將身立起，但見濟爾哈朗早站立在旁，與小太子行禮了，自覺遲慢，急忙向前答禮。禮畢，與濟爾哈朗同到御榻前告別，趨出內寢。回邸後，一夜的胡思亂想，不能安睡。

次晨，來了內宮太監，又宣召入宮。多爾袞奉命趨入，見太宗已奄奄一息，後妃人等擁列一堆，旁邊坐著濟爾哈朗，已握筆代草遺詔了。他挨至濟爾哈朗旁，俟遺詔草畢，由濟爾哈朗遞與一瞧，即轉呈太宗。太宗略略一閱，竟氣喘痰湧，擲紙而逝。當時闔宮舉哀，哀止，多爾袞偕濟爾哈朗出宮，令大學士范文程等，先草紅詔，後草哀詔。紅詔是皇太子即皇帝位，鄭親王濟爾哈朗睿親王多爾袞攝政。哀詔是大行皇帝於某日宴駕字樣。左滿文，右漢文，滿漢合璧，頒發出去，頓時萬人縞素，全國哀號。濟爾哈朗多爾袞一面率各親王郡王貝勒貝子，暨公主格格福晉命婦等，齊集梓宮前哭臨，一面命大學士范文程、率大小文武百官，齊集大清門外，序立哭臨。接連數月，用一百零八人請出梓宮，奉安崇政殿，由部院諸臣，輪流齊宿，且不必細說。

單說太子福臨，奉遺詔嗣位，行登極禮，六齡幼主，南面為君，倒也氣度雍容，毫不膽怯。登極這一日，由攝政兩親王，率內外諸王貝勒貝子及文武群臣朝賀，行三跪九叩首各儀。當由閣臣宣詔，尊皇考為太宗文皇帝，嫡母生母並為皇太后，以明年為順治元年。王大臣以下，各加一級。王大臣復叩首謝恩。新皇退殿還宮，王大臣各退班歸第。自是皇太后吉特氏，因母以子貴，居然尊榮無比；但她是聰明絕頂的人，自念孤兒寡婦，終究未安，不得不另外畫策。畫什麼策？幸虧這多爾袞心心相印，無論大小事情，一律稟報，並且辦理國事，比鄭親王尤為耐勞。正中太后心坎。過了數日，又由多爾袞舉發阿達禮碩託諸人，悖逆不道，暗勸攝政王自立為君，當經刑部訊實，立即正法，並罪及妻孥。吉特太后聞知，特別感激，竟特沛殊恩，傳出懿旨，令攝政王多爾袞便宜行事，不必避嫌。叫他上鉤。多爾袞出入禁中，從此無忌，有時就在大內住宿。宮內外辦事人員，不諒皇太后攝政王兩人苦衷，就造出一種不尷不尬的言語來。連鄭親王濟爾哈朗也有後言。正是多事。多爾袞奏明太后，令濟爾哈朗出師攻明，此旨一發，濟爾哈朗只得奉旨前去，涉遼河，抵寧遠。適值明吳三桂為寧遠守將，嚴行抵禦，急切難下。濟爾哈朗也不去猛攻，越過了寧遠城，把前屯衛中前所中後所諸處，騷擾一番，匆匆的班師回國。

過了一年。便是大清國順治元年，明崇禎帝十七年，是年為明亡清興一大關鍵，故特敘明。元旦晴明，清順治帝御殿，受朝賀禮，外藩各國，亦遣使入覲。「九天閶闔開宮殿，萬國衣冠拜冕旒」，別有一種興旺氣象。過了一月，太宗梓宮奉安昭陵，輻輬首輴，輅仗莊嚴，旌旛亭蓋，車馬駝象，非常熱鬧。皇太后、皇帝、各親王、郡王、貝子、貝勒、暨文武百官以及公主格格、福晉、命婦，都依次恭送。正是生榮死哀，備極隆儀。偏這攝政王多爾袞，特別小心服侍吉特太后；又見太后後面有一位福晉，生得如花似玉，與太后芳容，恰是不相上下。多爾袞暗想道：「我只道太后是個絕代佳人，不料無獨有偶。滿洲秀氣，都鐘毓在兩人身上，又都是我們自家骨肉，倘得兩美相聚，共處一堂，正是人生極樂的境遇，還要什麼榮華富貴？可笑去年阿達禮碩託等人，還要勸我做皇帝。咳！做了皇帝，還好胡行麼？」看官！你道這位福晉是何人眷屬？乃是肅親王豪格的妻，攝政王多爾袞的姪婦。正名定分，暗伏下文。

小子且把多爾袞的痴念擱過一邊，單說奉安禮畢，清廷無事，鄭親王濟爾哈朗仍令軍士修整器械，儲糧秣馬，俟塞外草木蕃盛，大舉攻明。時光易逝，又是暮春，濟爾哈朗擬出師出發，多爾袞恰不甚願意，因此師期尚未決定。這日，多爾袞在書齋中，批閱奏章，忽來了大學士范文程，向多爾袞請過了安，一旁坐下，隨稟多爾袞道：「明京已被李闖攻破，聞崇禎帝已自盡了。」多爾袞道：「有這等事？」文程道：「李闖已在明京稱帝，國號大順，改元永昌了。」多爾袞道：「這個李闖，忽做中原皇帝，想是有點本領的。」文程道：「李闖是個流寇的頭目，聞他也沒甚本領，只因明崇禎帝不善用人，把事情弄壞，所以李闖得長驅入京。現聽得李闖非常暴虐，把城中子女玉帛，搜掠一空，又將明朝大臣，個個綁縛起來，勒令獻出金銀；甚至灼肉折脛，備諸慘毒。金銀已盡，一一殺訖。明朝臣民，莫不切齒痛恨。若我國乘此出師，藉著弔民伐罪的名目，布告中國，那時明朝臣民，必望風歸附，驅流賊，定中原，正在此舉。」明社之屋，借范文程口中敘出，免與本書夾雜。多爾袞聽罷，沉吟半晌，方答道：「且慢慢商量！」文程又竭力慫恿，說是此機萬不可失。可奈多爾袞恰另有一番隱情，只是躊躇未決。所為何事？范文程怏怏告別，次日，復著人至睿親王邸第，呈上一書，多爾袞拆書視之，只見上寫道：

大學士范文程敬啟攝政王殿下：迺者有明流寇，踞於西土，水陸諸寇，環於南服，兵民煽亂於北陲，我師燮代其東鄙，四面受敵，君臣安能相保？良由我先皇帝憂勤肇造，諸王大臣祗承先帝成業，夾輔沖主，忠孝格於蒼穹，上帝潛為啟佑，此正欲我攝政王建功立業之會也。竊唯成丕業以垂休萬禩者此時，失機會而貽悔將來者亦此時，蓋明之勁敵，唯在我國，而流寇復蹂躪中原，我國雖與明爭天下，實與流寇角也。為今日計，我當任賢撫眾，使近悅遠來。曩者棄遵化，屠永平，兩經深入而返，彼地官民，必以為我無大志，縱來歸附，未必撫卹，因懷攜貳。是當嚴申紀律，秋毫勿犯，復宣諭以昔日守內地之由，及今進取中原之意，官仍其職，民仍其業，錄其賢能，恤其無告，將大河以北，可傳檄而定也。河北一定，可令各城官吏，移其妻子，避患於我軍，因以為質；又拔其德譽素著者，置之班行。俾各朝夕獻納，以資輔翼。王於眾論擇善酌行，則聞見可廣，而政事有時措之宜矣。此行或直趨燕京，或相機攻取，要於入邊之後，山海關以西，擇一堅城頓兵，以為門戶，我師往來甚便，唯我攝政王察之！

多爾袞閱畢，嘆道：「這范老頭兒的言語，確是不錯，但我恰有一樁心事，不能與范老頭兒說明，我且到夜間入宮，與太后商量再說。」

是夕，多爾袞入宮去見太后，便把范文程的言語，敘述一遍。太后吉特氏道：「范老先生的才識，先皇在時，常佩服他的。他既主張出師，就請王爺照他行事。」多爾袞道：「人生如朝露，但得與太后長享快樂，已自知足，何必出兵打仗，爭這中原？」太后道：「這卻不是這樣說，我國雖是統一滿洲，總不及中國的繁華，倘能趁此機會，得了中國，我與你的快樂，還要加倍。況你不過三十多歲的人，多爾袞的年紀，就太后口中敘出，無怪太后特沛殊恩。來日正長，此時出去立場大功，何等光輝？何等榮耀？將來親王以下，人人畏服，還有哪個敢來饒舌？」此婦見識，畢竟勝人一籌。多爾袞尚是沉吟，太后見他不願出師，便豎起柳眉，故作怒容道：「王爺要什麼，我便依你什麼。今天要你出師攻明，你卻不去，這是何意？」慌得多爾袞連忙陪罪，雙膝請安道：「太后不必動怒，奴才願去！」太后便對多爾袞似笑非笑的瞅了一眼，多爾袞道：「奴才出師以後，只有一事可慮。」太后問他何事？多爾袞道：「只豪格那廝，很與我反對，屢造謠言，恐於嗣君不利。」太后道：「這卻憑你處置便是。」多爾袞應命出宮。便召固山額真何洛會祕密商議了一回。次晨，何洛會即聯繫數人，共奏肅親王豪格言詞悖妄，恐致亂政。多爾袞即偕鄭親王等，公同審鞫。豪格不服，仍出詞挺撞。多爾袞遂說他悖妄屬實，廢為庶人。無端遭黜，請閱者猜之。於是多爾袞奏請南征，由順治帝祭告天地太廟，不日啟行。啟程這一日，范文程恭擬詔敕。便在篤恭殿中，頒給多爾袞大將軍敕印，敕曰：

朕年衝幼，未能親履戎行，特命爾攝政和碩睿親王多爾袞代統大軍，往定中原。特授奉命大將軍印，一切賞罰，便宜行事。至攻取方略，爾王欽承皇考聖訓，諒已素諳。其諸王貝勒貝子公大臣等，事大將軍當如事朕，同心協力以圖進取，庶祖考英靈，為之欣慰。欽此。

多爾袞叩首受印，隨同豫親王多鐸、武英郡王阿濟格、恭順王孔有德、懷順王耿仲明、智順王尚可喜、貝子尼堪博洛、輔國公滿達海等，率領八旗勁旅、蒙漢健兒，進圖中原，陸續登程，向山海關去了。正是：

雖有智慧，不如乘勢。
天道靡常，一興一替。

欲知多爾袞出師後事，且待下回再詳。

和戰未定，尚非致亡之因，誤在崇禎帝所用非人，卒致外患日迫，內訌乘之。甲申之變，誰謂非崇禎自召耶？若清則國勢方盛，太宗晏駕，以六齡之幼主，安然即位，多爾袞等忠心輔幼，竟爾匕鬯無驚。至於明社已屋，又由多爾袞出師，唾手中原。後人謂多爾袞之肯出死力，皆孝莊后有以籠絡之，然則孝莊后固一代尤物乎？明亡清繼，成於一婦人之手，吾訾其德，吾服其才。

失愛姬乞援外族　追流賊忍死雙親

且說山海關內外的守將，就是明總兵吳三桂，其時三桂已封平西伯。駐守寧遠，因有廷旨促他入援，遂率眾西行。到山海關，聞京師已陷，明帝殉國，遂令軍士紮駐營寨，徘徊不進，忽探馬來報導：「爵帥家屬，盡被李闖拿去了。」三桂大怒，率兵入關。適李闖派降將唐通，齎白銀五萬兩，並三桂父吳襄書札，來招降三桂，途次遇三桂軍，便入帳進見。三桂問明來意，唐通取出吳襄書，交與三桂，三桂拆閱，大略說是：「君逝父存，汝宜早降，不失通侯之賞，猶全孝子之名」云云。三桂遲疑未決，唐通又說道：「崇禎已歿，明已無君，君不能使再生，父寧可以再死？不如歸降為是。」三桂道：「既如此，我為老父故，無奈投降，請君先行回覆，我當入京來見新主。」唐通復索回書，三桂便潦潦草草寫了幾句，並加了封，交與唐通帶回。來往書信，無關緊要，故略之。遂即召集眾將，把降順李闖的緣故，約略說明。部將馮鵬諫阻，三桂不從，即在關上守候交卸。不數日，李闖差來的守關將吏，已率兵趕到，三桂把關上事務，交與來將，遂帶了數千精兵，望燕京出發。

到了灤州，有家人求見。三桂喚入，詳問家中近狀。家人便將吳襄被擄、家產被抄情形，詳細告稟。三桂道：「這倒無妨。我現到京，我父自然釋放，家產也自然發還了。」家人道：「現在京內是鬧得不像樣子，闖王入京，拷逼大臣，苛索財物，且不必說。宮內的皇后妃嬪，多半隨崇禎帝殉節，還有未死的宮娥彩女，都被闖王收為妃妾，日夕姦淫。昨聞我家的姨太太，亦被這闖王選入後宮，不知死活哩。」三桂急問道：「哪個姨太太？」家人道：「便是陳……」三桂便介面道：「是否陳圓圓姑娘？」家人道：「不是陳圓圓姑娘，還有誰人？」三桂不聽猶可，聽了此語，叫了一聲愛姬，望後便倒。

小子要述陳圓圓歷史，且把吳三桂生死，略擱一擱，請諸君先聽我說這位圓圓姑娘。圓圓本太原故家，姓陳名沅，能詩能畫，又善彈琴，因遭亂流落，鬻為玉峰歌伎，豔幟高張，纏頭價重。吳三桂在京師時，曾與她有一面緣，彼此企慕。嗣後沅娘豔名，為藩府田畹所聞，千金購豔，充入下陳，遂改名圓圓。田畹係崇禎帝寵妃父親，仗著皇親勢力，蓄有數百萬家私，自得了陳圓圓，百般愛寵，怎奈老夫少婦終嫌非匹。「石崇有意，綠珠無情」，田畹亦無可如何。

適值李闖陷西安，秦王存樞被執，轉陷太原，晉王求樞又被殺。秦、晉二邸累代積蓄，都掃得乾乾淨淨。田畹暗暗著急，終日愁眉不展，圓圓窺破情景，便乘機進言，說是：「寧遠總兵吳三桂部下都是精銳，國丈何不與他結交，作為護符？」已寓深意。田畹大喜，可巧吳三桂入京覲見，遂設宴相請。三桂正憶著陳圓圓，聞她身入田邸，苦難會面，一聞田畹相邀，忙即赴席。席間說起清兵強悍，與流寇猖獗的事情，田畹便把全家託他保護。三桂謙讓一番，田畹恐他不允，特別殷勤，向後房叫出眾歌姬，奏曲侑酒。三桂仔細一瞧，雖是個個妖豔，但不見那可人兒圓圓姑娘，便問田畹道：「前聞玉峰歌伎陳沅娘，曾入貴邸，如何眾歌姬中，獨無此人？」田畹聽三桂提起圓圓，呆了半晌，只因有事相干，不得不召圓圓出來。少頃，圓圓應召而出，田畹令向三桂行禮。三桂舉手相讓，一面瞧那圓圓，宛似寶月祥雲，別具神采，比當年初見時，雖稍清減，卻越顯出玉質娉婷。圓圓見三桂瞧她，恰嫣然一笑，低垂粉頸，另有一種嬌羞態度。三桂便轉眼看眾歌姬，覺得蠢俗異常，彷彿嫫鹽，便向田畹道：「西子在前，難為眾醜，請國丈令眾姬入室，免得多勞，吳某隻請沅姬鼓琴一曲，靜心領悟，便感國丈厚誼。」田畹即令眾姬退出，命圓圓側坐鼓琴。侍女抱琴與圓圓，圓圓便輕舒皓腕，默運慧心，彈了一曲湘妃怨。弦外寓音。三桂係將門之子，頗識琴心，料知圓圓自怨非偶，不由得自念道：「可惜可惜。」

田畹方欲啟問，忽見家人呈進邸報，接過一瞧，不覺魂馳魄落。三桂從旁遙望，邸報上寫著是：「代州失守，周遇吉陣亡」九個大字，便道：「代州一失，京畿要戒嚴了。」田畹道：「老夫風燭殘年，偏要遭此喪亂，奈何？」三桂趁此機會，竟藉著酒意，慨然答道：「吳某蒙國丈雅愛，願力護尊邸，但有一事相求，請國丈見賜！」田畹問他何事？三桂道：「便是這位沅姬，若承國丈賜與吳某，吳某誓為國丈效死。」田畹聽到此語，又是怒，又是悔，勉強答道：「老夫也不惜一歌伎，但未知圓圓願否？」此時圓圓琴已彈完，就稟告田畹道：「妾隨國丈數年，安忍輕離國丈，但賤妾事小，國丈事大，國丈有命，敢不敬從！」三桂大笑道：「沅姬願了，沅姬願了。」忙起身向田畹謝賜，隨命自己僕役，抬進暖轎，令陳圓圓拜別皇親，押著圓圓上轎，出了藩府，自己上了馬，揚鞭徑去。這位田國丈，弄得目瞪口呆，既不忍割捨，又不好攔阻，只得眼睜睜的由他劫去。

那三桂劫娶圓圓回家，像活寶貝的看待。圓圓又素羨他是當世英雄，三生有幸，兩意相同，真個是你貪我愛，說不盡的綢繆。不料明廷諭旨，飭三桂迅速出關。軍中不能隨帶姬妾，三桂硬著頭皮，別了愛姬，率兵趕到關上，心中恰時時思念這陳姑娘。兒女情長，英雄氣短，自古皆然，不足為三桂責。但為一愛妾故，背了君父，將何以自解？此番得了家人的傳報，知陳姑娘被李闖劫奪了去，頓時魂靈兒飛在九霄雲外，立即暈倒。你要劫人妾，人亦劫你妾，天道循環，何必著急。幸虧家人相救，甦醒轉來，便咬牙切齒，誓報此恨。妻妾之仇，也是不共戴天，禮經上須加入一條。當即率諸將馳回山海關，逐去關上的闖將，令軍士為崇禎帝服喪，設座遙奠，噏血結盟，決志掃滅李闖，為明復仇。這消息傳達燕京，李闖方在宮中取樂，三日不朝，想是得了陳圓圓，特別荒淫。及接到此報，不覺大驚，亟發兵二十萬，下令親征。又命降將唐、通白廣恩，率二萬騎繞出關外，夾攻三桂。

三桂方整備抵禦，忽報清國攝政王多爾袞，帶領雄兵十萬，將到寧遠。三桂惶急道：「內有闖賊，外有清兵，叫我如何對付？」轉念道：「與其把明室江山，送與闖賊，不若送與滿洲人。闖賊闖賊！你要奪我愛姬，我也顧不得許多了。」本心已壞。遂修好一書，令副將楊坤、游擊郭雲龍，赴清軍乞援。此時清攝政王多爾袞正領兵到了翁後，距寧遠城只數里，聞報平西伯吳三桂遣使求見，乃傳令入帳。由楊坤呈上書信，多爾袞即展閱道：

明平西伯山海關總兵吳三桂，謹上書於大清國攝政王殿下：三桂初蒙先帝拔擢，以蚊負之身，荷遼東總兵重任，棄寧遠而鎮山海者，正欲堅守東陲，而鞏固京師也。不意流寇逆天犯闕，京城人心不固，奸黨開門納款，先帝不幸，九廟灰燼，賊首僭稱尊號，擄掠婦女財帛，罪惡已極，天人共憤，眾志已離，敗可立待。我國積德累仁，謳思未泯，各省宗室，如晉文光武之中興者，容或有之。遠近已起義兵，山左江北，密如星布，三桂受國厚恩，憫斯民之罹難，欲興師以慰人心，奈京東地小，兵力未集，特泣血求助。我國與北朝通好二百餘年，今無故而遭國難，北朝應惻然念之，夫除暴翦惡，大順也。拯顛扶危，大義也。出民水火，大仁也。興滅繼絕，大名也。取威定霸，大功也。流賊所聚金帛子女，不可勝數，義兵一至，皆為王有，又大利也。王以蓋世英雄，值此摧枯拉朽之會，誠難再得之時也。乞念亡國孤臣忠義之言，速選精兵，直入中協西協，三桂自率所部，合兵以抵都門，滅流寇於宮廷，示大義於中國，則我朝之報北朝者，豈唯財帛？將裂地以酬，不敢食言。

多爾袞閱畢，見范文程、洪承疇在旁，便將書遞閱。兩人閱過了書，范文程先開口道：「王爺大喜，此番可手定中原了。」不枉前番苦勸。多爾袞道：「這且仗先生等費心。」洪承疇道：「此去中原，何患不滅李闖？但此番是為明討賊的義師，與前次入塞不同，還請王爺發令，申諭將士，經過各府州縣，毋屠人民、毋焚廬舍、毋掠財物。有敢違令，照軍法從事。如此施行，中原人民，定當望風投誠，萬里江山，唾手可下。求王爺明鑑！」多爾袞點點頭，隨道：「吳三桂的來書，如何答覆？」范文程道：「請先招降三桂，令他與李闖交戰，待他兩邊睏乏，我卻率領精銳，援應三桂，驅逐李闖，定卜大勝。」一鼓一吹，描盡虎倀。多爾袞道：「好好！就請先生寫了覆書便是。」

這位才學深通的范老先生，就濡墨拈毫，伸紙疾書道：

大清國攝政王，覆書吳平西伯麾下：

向欲與明修好，屢行致書，曾無一言相答，是以三次逃兵攻略，欲明國之君，熟籌而通好也。若今日則不復出此，唯有底定國家，與明休息而已。予聞流寇攻陷京師，明主慘亡，不勝髮指，用是率仁義之師，沉舟破釜，誓必滅賊，出民水火。及伯遣使致書，深為喜悅，遂統兵前進。夫伯思報主恩，與流賊不共戴天，誠忠臣之義也。伯雖向與我為敵，今亦勿因前故懷疑。昔管仲射桓公中鉤，後為仲父以成霸業。今伯若率眾來歸，必封以故土，晉為藩王，一則國仇得報，一則身家可保，世世子孫，長享富貴，當如帶礪河山，永永無極！

文程寫畢，呈與多爾袞。多爾袞看了一遍，命文程加封，交給來使去訖。多爾袞遂拔營出發，到了連山，遇明使復來，催清兵入關。多爾袞應允，遣回來使。

那時吳三桂日盼清兵到來，不料清兵未至，李闖先到，三桂急將關內的百姓，驅入營中，復挑選精銳，登關固守。正籌備間，猛聽得一聲大砲，如雷震耳，三桂向西瞭望，但見塵頭起處，千軍萬馬，向東而來，後面隱隱有一黃蓋，簇擁著一個鬚眉如戟、鷹目鸛鼻的主帥。三桂料是李闖，恨不得一手抓來，把他碎屍萬段；當即激勵將士，開關出戰。李闖見三桂出來，驅眾直上，把三桂困在垓心。三桂毫不懼怕，率著鐵騎，左衝右突，頓時喊殺連天，山搖地動。從早晨殺到日暮，闖軍尚是未退，三桂恐兵士疲乏，無奈衝開敵陣，率兵入關。李闖也不敢緊逼，令部下一齊下寨。

三桂入關，升堂檢點軍士，已傷亡多人，不禁嚎啕大哭。非哭軍士，實哭愛姬。眾將士亦皆感泣。忽報闖將唐通、白廣恩，昔為明將，今為闖將，何無心肝乃爾？已帶兵二萬，從關外殺來，三桂大驚，即登陣遙望，果見東南角一軍，懸著大順旗號，旋風般的過來。三桂自語道：「真個賊將又來了，內外受敵，奈何？」急煞！語未畢，聽得東北角上，又炮聲震天，一軍復疾馳而至，旗幟飛揚，隱隱有紅黃藍白四色，三桂又自語道：「莫非清兵已到麼？」方在躊躇，見探子已上城飛報，說是清豫王多鐸、英王阿濟格，已率前隊兵到此。三桂不禁轉悲為喜，謝天謝地，為公乎？為私乎？便下關用過夜膳，命眾將士道：「清軍已到，可以無慮。今夜請諸位一意守關，明日我當出見清軍。」

是夕，各軍都休息勿動。至翌晨，唐通、白廣恩進兵突破瓶頸，三桂選了五百精兵，攜著大砲，開關東出。關門甫闢，砲彈隨發，衝開一條血路，直到清營，即下馬求見，當由多爾袞遣將迎入。三桂既入帳，見上面坐著威風凜凜的多爾袞，即倒身下拜。為愛姬故，何妨屈膝。多爾袞出座相扶，請三桂起坐。三桂即哭訴李闖不道、殘毀宮闕、故主自盡、全家被擄的情形。多爾袞道：「說來也是可恨。我到此地，即為貴爵雪仇雪恨而來。」三桂忙接著道：「王爺仗義興師，為吳某報仇雪恨，某非木石，敢負鴻慈？」多爾袞道：「如天之福，得定中原，當以王爵相報。」三桂稱謝，並請速發兵相救。多爾袞點頭，命多鐸、阿濟格入帳，先與三桂相見，隨即對二人道：「你二人帶兵五千，去殺退關外賊軍！」二人奉命前去。多爾袞召進洪承疇、祖大壽等，與三桂共敘寒暄。承疇是三桂故帥，大壽是三桂母舅，至此談及明室情形，各自嘆息。嘆息而已，何足道哉？

不多時，多鐸、阿濟格二人入帳報捷，說賊將唐通、白廣恩已逐走了。原來唐通、白廣恩，自松山一戰，早識清兵厲害，今見清兵來援山海關，早已望風生畏，鼠竄而去。關外未曾大戰，正好虛寫。三桂便請多爾袞入關，守關將士，由三桂點名參謁，復祭告天地，歃血為盟，當下多爾袞命分列坐次，會議軍事。洪承疇道：「現在闖賊率眾東出，都城必然空虛，若潛軍從關外繞道，逾入居庸，襲破京師，待賊回援，我在關之軍躄其後，在京之軍扼其前，任他李闖非常凶悍，也要一鼓成擒，這卻是萬全的計策。」若從承疇之計，三桂家屬，或猶可保。三桂聽這番議論，暗暗著急，忙說道：「關內人民，望大軍如望雲霓，若潛師襲京，多費時日，轉失民望，現不如乘著銳氣，驅逐逆闖，況王爺以順討逆，正應用著堂堂正正的舉動，義師所至，無人不服，何必用這祕謀？」三桂心中，只為那人入京，早一日好一日，所以聞承疇計，極力阻撓，然亦虧他說得圓到。多爾袞道：「闖賊的兵勢如何？」三桂道：「賊兵雖多，統是烏合之眾，三桂只有七千人馬，尚能與他殺個平手，何況王爺帶來大隊，個個英雄，哪有殺不過闖賊的道理？三桂不才，願衝頭陣。」多爾袞道：「既如此，明日與他決一勝負，再作計較。」

翌晨，多爾袞升帳，令吳三桂率領本部人馬攻賊右面，自己的兵馬攻賊左面，一聲鼓號，開關出戰。兩邊排著陣勢，李闖的兵約多一倍。多爾袞向吳三桂道：「貴爵願衝頭陣，請先攻入！」三桂得令，領著本部人馬，向闖兵最多處殺進去了。多爾袞恰領著英、豫二王，馳上東山，立刻觀戰。洪承疇、祖大壽、孔有德、尚可喜等，也隨著多爾袞上山，但見對面山上，李闖亦挾著明太子諸王等，指麾賊眾，賊眾張開兩翼，把三桂軍圍了四五重。三桂軍人人血戰，衝蕩數十回，呼殺聲震動海嶠。多爾袞道：「好厲害！好厲害！自我帶兵以來，入塞也好幾次，從沒有經過這般惡鬥。」對異族則怯，對同室則勇，明朝所以終亡。說時遲，那時快，海濱忽起了一陣怪風，把地土塵沙，捲入空中，頓覺天昏地暗，不辨彼此。多爾袞驚道：「不好了！吳三桂要陷沒陣中了，快去救他！」多鐸、阿濟格應聲而出，躍馬下山，洪承疇、祖大壽、孔有德、尚可喜等亦隨下，一聲號召，萬馬奔騰，齊向敵陣衝入。

李闖正在山上督戰，見大風過處，飛塵四散，霎時塵開見日，有無數辮髮兵，橫躍入陣，督兵的都是紅頂花翎，不覺失聲道：「這是滿洲兵，如何到此？」急麾蓋向山下退走。賊軍不見主子，紛紛大亂，滿漢各軍，追趕四十里，斬首數萬級，方收兵回關。

多爾袞令關內兵民，盡行剃髮，吳三桂首先遵令，髮可剃，愛姬不可失。剃髮已畢，即請作前驅，多爾袞命率兵二萬名，即日就道，星夜前進。李闖奔一城，三桂搗一城。李闖遣使求和，三桂只是不允。一逃一追，直抵燕京城下。李闖馳入京中，令部眾紮在城外，分作十二寨，抵敵三桂。哪禁得三桂當先踹營，無人可當，不到半日，十二寨已攻破八寨，餘四寨亦繞城遁去。李闖又遣兵出城迎戰，又被三桂一陣殺退，真是一夫拚命，萬夫莫當。李闖大懼，復遣使求和，願與三桂平分中原。三桂見了來使，也不令他開口，急喝令斬訖，當即命軍士猛攻京城。忽聽得城上一片哭聲，由三桂抬頭一望，乃是自己的親父母，並妻子等三十多名，都是兩手被縛，負帶刑具，向城下哀告道：「闔家性命，都在呼吸，你不如投降了罷！」三桂到此，憤氣填胸，大呼不降。城上復答道：「你莫非連爹娘都不管麼？你身從何而來？今日為爹娘的，為你一人，要身死刀下，你心何忍！」慘不忍聞。三桂抗聲道：「父母深恩，兒非不知。但兒與闖賊誓不兩立，今日有闖無兒，有兒無闖。若闖賊敢害我父母，兒誓把闖賊生擒活剝，償我父母的命。」忍哉三桂！道言未絕，聽城上撲的一聲，擲下一顆血淋淋的首級，接連又是二三十顆。三桂令軍士拾起一瞧，不由得從馬上墜下。小子敘到此處，又有一詩詠吳三桂道：

秦庭痛哭亦忠臣，可奈將軍為美人。
流賊未誅家已破，忍看城上戮雙親。

欲知三桂性命如何，請諸君再閱下回。

「慟哭三軍皆縞素，衝冠一怒為紅顏。」此係後人詠吳三桂詩。縞素句是賓，紅顏句是主。不有紅顏，何有縞素？是三桂之心，本不可問。且清師入關，不與定酬勞之約，竟爾臣事滿清，甘心剃髮，且願為先導，拚命窮追，激成李闖之怒，戮其父母妻孥。不忠不孝，三桂一人實兼之。讀本回如燃犀照奸，直窮其隱。

闖王西走合浦還珠　清帝東來神京定鼎

卻說吳三桂見城上擲下首級，拾起一看，正是他父母妻子的首級，驚得面色如土，從馬上墜下。當由軍士扶起，不禁捶胸大哭。想是不見陳圓圓首級，故尚未曾暈倒。恰好清兵亦趕到城下，聞報三桂家屬被害，多爾袞即下了馬，勸三桂收淚，並安慰他一番。三桂謝畢，清兵乘著銳氣，攻了一回都城，到晚休息。城內的李闖王，聞滿洲兵也到城下，急得屁滾尿流，忙與部下商議了一夜，除逃走外無別法。遂命部下將所索金銀及宮中帑藏器皿，賫夜收拾，鑄成銀餅數萬枚，載上騾車，用親卒拖著，出後門先發，自率妻妾等開西門潛奔。臨走時，放了一把火，將明室宮殿及九門城樓，統行燒毀，並把那明太子囚挾而去。

時已黎明，清兵方出寨攻城，忽見城內火光燭天，烈焰飛騰，城上的守兵，已不知去向；隨即緣城而上，逾入城內，把城門洞開。吳三桂一馬衝入，軍士亦逐隊進城。外城已拔，內城隨下，皇城已開得洞穿。三桂率兵到宮前，只見頹垣敗瓦，變成了一個火堆。三桂遂令軍士撲滅餘焰，自己恰急急忙忙的，到了家內。故廬尚在，人跡杳然。轉了身，向各處搜尋一番，只有鳩形鵠面的愚夫愚婦，並沒有這個心上人兒。我亦替他一急。他亦無心去迎多爾袞，竟領兵出了西門，風馳電掣般追趕李闖。到了慶都，見李闖後隊不遠，便憤憤的追殺過去。李闖急令部將左光先、谷大成等，回馬迎戰，不數合，已被三桂軍殺敗，勒馬逃走。拋棄甲仗無數，擁積道旁，三桂軍搬不勝搬、移不勝移。等到撥開走路，眼見得闖軍已去遠了。三桂尚欲前進，祖大壽、孔有德等，已從京城趕到，促令班師。三桂道：「逐寇如追逃，奈何中止？」大壽道：「這是范老先生意見，說是窮寇勿追，且回都再議。」三桂猶自遲疑，大壽言：「軍令如山，不應違拗。」三桂無奈，偕大壽等回見多爾袞。多爾袞慰勞一番，三桂道：「闖賊害我故君，殺我父母，吳某恨不立誅此賊。只因軍命難違，姑且從歸，現請仍行往追！」口頭原是忠孝。多爾袞道：「將軍原不憚勞，軍士已經疲乏，總須休養幾天，方可再出。」三桂無言可答，只得辭別到家，仍密遣心腹將士，探聽陳圓圓消息。念念不忘此人。接連兩日，毫無音信，三桂短嘆長吁，悶悶不樂。忽有一小民求見，三桂召入。那小民叩見畢，呈上一書，三桂即展讀道：

賤妾陳沅謹上書於我夫主吳將軍麾下：

妾以陋姿，猥蒙寵愛，為歡三日，遽別徵旌，妾雖留滯京門，魂夢實隨左右。陌頭之感，不律難宣。三月終旬，闖賊東來，神京失守，妾以隸於將軍府下，遂遭險難，以國破君亡之際，即以身殉，夫亦何惜？第以未見將軍，心跡莫明，不敢遽死。闖賊屢圖相犯，妾以死拒。幸闖賊猶畏將軍，未下毒手，令妾得以瓦全。妾之偷息以至於今者，皆將軍之賜也。及闖賊舉兵西走，妾得乘間脫逃，期一見將軍之面，捐軀明志。乃聞將軍復出追寇，不得已暫寓民家，留身以待。今幸將軍凱旋，將別後情形，謹陳大略。伏維垂鑑，書不盡意，死待來命。

看官！這陳圓圓既被李闖擄去，如何李闖西奔，恰把圓圓撇下呢？前未提起，閱者早已懷疑。原來圓圓秉性聰明，聞三桂來追，李闖欲走，她思破鏡重圓，故意的向李闖面前，說明三桂心跡。李闖以留住圓圓，可止追軍，並因妻妾多與相嫉，陰阻其行，故圓圓猶得留京，流徙民家。

三桂得了圓圓書，不禁大喜，忙賞小民二百金，這小民恰得了一注橫財。

今兵役肩輿至民家，接回圓圓。不一時，圓圓已到，款步而入，三桂忙起身相迎。文姬歸來，丰姿如舊。圓圓方欲行禮，三桂已將她一把掖住，擁入懷中，與她接了一回吻，真是活寶貝。才對圓圓道：「不料今日猶得見卿。」圓圓道：「妾今日得見將軍，已如隔世，唯妾身雖幸保全，左右不無疑慮，請今日死在將軍面前，聊明妾志。」說畢，已垂下珠淚數滴，把三桂雙手一推，意圖自盡。一哭一死，這是婦女慣技。三桂將她緊緊抱住，便道：「我為卿故，間關萬里，日不停馳，今日幸得重會，卿乃欲捨我而死。卿死，我亦不願再生。」比君父何如？圓圓嗚咽道：「將軍知妾，未必人人知妾。」三桂急忙截住道：「我不疑卿，誰敢疑卿！」圓圓道：「將軍如此憐妾，妾不死，無以自白，妾死，又有負將軍，正是生死兩難了。」三桂著急道：「往事休提，今日是破鏡重圓的日子，當與卿開樽暢飲，細訴離情。」於是命侍役安排酒餚，到了上房對酌，敘這數月的相思。妾貌似花，郎情如蜜，金缸影裡，半嚲雲鬟，秋水波中，微含春色。既而夕陽西下，更鼓隨催，攜手入帳，重療相如渴病，含羞薦枕，長令子建傾心。此時三桂的心中，全把君父忘卻，未知這位陳圓圓，還記念李闖否？過了數日，少不了從宜從俗，替吳襄開喪受弔。白馬素車，往來不絕。嗣聞多爾袞保奏為王，又是改弔為賀，小子也不願細敘了。

且說清攝政王多爾袞入京後，一切布置，都由范文程、洪承疇酌定。特志兩人，是《春秋》書法。范、洪二人，擬就兩道告示，四處張貼。一道是揭出「除暴救民」四字，羈縻百姓，一道是為崇禎帝發喪，以禮改葬，籠絡百姓。那時百姓因李闖入京，縱兵為虐，受他姦淫擄掠的苦楚，飲恨得了不得，一聞清兵入城，把闖賊趕出，已是轉悲為喜。又因清兵不加殺戮，復為故帝發喪，真是感激涕零，達到極點，還有哪個不服呢？小信小惠，已足服人。多爾袞見人心已靖，急召集民夫，修築宮殿。武英殿先告竣工，多爾袞升殿入座，擺設前明鑾駕，鳴鐘奏樂，召見百官。故明大學士馮銓及應襲恭順侯吳維華，亦率文武群臣，上表稱賀。富貴固無恙也。是日，即繕好奏摺，令輔國公屯齊喀和託及固山額真何洛會，到瀋陽迎接兩宮。

兩大臣去訖，多爾袞退了殿，忽由部將呈上密報。多爾袞一瞧，即召入范文程、洪承疇遞閱。二人閱畢，范文程道：「福王朱由崧在南京監國，將來定與我為難，這事頗要費手。」洪承疇道：「朱由崧是個酒色之徒，不足深慮，只是南京兵部尚書史可法，素具忠誠，未知他曾任要職否？」多爾袞道：「洪先生諒識此人。」承疇道：「他是祥符縣人，素來就職南京，所以不甚熟識。唯他有一弟在京，日前已會晤過了。」多爾袞道：「最好令伊弟招降了他。」承疇道：「恐他未必肯降。但事在人謀，當先與商議便是。」多爾袞點頭，二人隨即退出。

過了數日，迎鑾大臣飭人回報，兩宮准奏，擇於九月內啟鑾。多爾袞遂派降臣金之俊為監工大臣，從京城至山海關，填築大道，未竣工的宮殿，加緊築造；又招集侍女太監，派往各宮承值，宮中需用的器具物件，特遣專員往各處採辦；多爾袞當政務餘閒的時候，亦親去監察，吉特太后所居之宮，想必監察較周。一日，由探馬報稱明福王稱帝南京，改元弘光，命史可法開府揚州，統轄淮揚鳳廬四鎮，江淮一帶，都駐紮重兵了。多爾袞聞報，仍延這洪老先生密議邸中。此時這洪老先生，已託史可法兄弟寄書招降，又與多爾袞代作一書，寄與史公。此書曾載入史鑑，首末無非通套，中間恰說得委婉動人。其文云：

予向在瀋陽，即知燕京物望，咸推司馬。及入關破賊，與都人士相接，識介弟於清班，曾託其手書奉致衷緒，未知以何時得達。比聞道路紛紛，多謂金陵有自立者，夫君父之仇，不共戴天，《春秋》之義，有賊不討，則故君不得書葬，新君不得書即位，所以防亂臣賊子，法至嚴也。闖賊李自成，稱兵犯闕，手毒君親，中國臣民，不聞加遺一矢。平西王吳三桂，介在東陲，獨效包胥之哭，朝廷感其忠義，念累世之宿好，棄近日之小嫌，爰整貔貅，驅除狗鼠。入京之日，首崇懷宗帝後謚號，卜葬山陵，悉如典禮。親郡王將軍以下，一仍故封，不加改削。勛戚文武諸臣，咸在朝列，恩禮有加。耕市不驚，秋毫無擾。方擬秋高天爽，遣將西征，傳檄江南，聯兵河朔，陳師鞠旅，戮力同心，報乃君父之仇，彰我朝廷之德。豈意南州諸君子，苟安旦夕，弗審時機，聊慕虛名，頓忘實害，予甚惑之。國家撫定燕都，乃得之於闖賊，非取之於明朝也。賊毀明朝之廟主，辱及先人，我國家不憚徵繕之勞，悉索蔽賦，代為雪恥，孝子仁人，當如何感恩圖報？茲乃乘逆寇稽誅，王師暫息，遂欲雄踞江南，坐享漁人之利，揆諸情理，豈可謂平？將謂天塹不能飛渡，投鞭不足斷流耶？夫闖賊為明朝祟，未嘗得罪於我國家也，徒以薄海同仇，特申大義，今若擁號稱尊，便是天有二日，儼為勁敵，予將簡西行之銳，轉旝東征，且擬釋彼重誅，命為前導。夫以中華全力，受制潢池，而欲以江左一隅，兼支大國，勝負之數，無待著龜矣。予聞君子之愛人也以德，細人則以姑息，諸君子果識時知命，篤念故主，厚愛賢王，宜勸令削號歸藩，永綏福祿，朝廷當待以虞賓，統承禮物，帶礪山河，位在諸王侯上，庶不負朝廷仗義，興滅繼絕之初心。至南州群彥，翩然來儀，則爾公爾侯，有平西之典例在，唯執事實圖利之！晚近士大夫，好高樹名義，而不顧國家之急，每有大事，輒同築舍。昔宋人議論未定，兵已渡河，可為殷鑑。先生領袖名流，主持至計，必能深維終始，寧忍隨俗浮沉，取捨從違，應早審定，兵行在即，可西可東，南國安危，在此一舉。願諸君子同以討賊為心，毋貪瞬息之榮，而重故國無窮之禍，為亂臣賊子所笑，予實有厚望焉。記有之：「唯善人能受盡言。」

敬布腹心，佇聞明教。江天在望，延跂為勞，書不盡意。

書成，命故明副將韓拱薇及參將陳萬春，齎書去訖。多爾袞照常辦事，除處理國務外，仍是監視工作，足足忙了兩個多月，方報竣工。一日，接到瀋陽諭旨，知兩宮已經啟鑾，遂派阿濟格、多鐸等，率兵出城巡察。嗣是連線來報，聖駕已到某處某處了。多爾袞令於通州城外，先設行殿，命司設監去設帷幄御座，尚衣監去呈冠服，錦衣衛去監鹵簿儀仗，旗手衛去陳金鼓旂幟，教坊司去備各種細樂。大致齊備，傳聞御駕已入山海關，進次永平，即傳集滿漢王大臣，統穿著吉服，往行殿接駕。是日鑾駕已到通州，龍旗煥采，鸞輅和鈴，兩旁侍衛擁著一位七齡天子，生得秀眉隆準，器宇非凡。七歲童子，入做中原皇帝，想必器宇非凡。後面便是兩宮皇太后。這位吉特氏，華服雍容，端嚴之中，偏露出一種撫媚。想從多爾袞眼中看出。多爾袞忙率王大臣等，排班跪接。由太監傳旨平身，始一齊起立，隨鑾駕進了行殿。七齡天子，升了御座，旁立鴻臚寺官，侯王大臣等依次排列，一一唱名，贊行五拜三叩首禮。禮畢，退殿少息，約兩三小時，覆命起鑾，從永定門入大清門，王大臣等仍送迎如儀。是時城內的居民，早已奉到命令，家家門前，各設香案，煙雲繚繞，氣象昇平。鑾駕徐徐經過，入了紫禁城，王大臣等始起身而退，只多爾袞隨駕而入。猛見那已革的肅親王豪格，仍然翎頂輝煌，昂頭進去，多爾袞滿腹狐疑，當時不便明問，只好隨駕入宮。

接連忙了數日，無非是安頓行裝，排設器具，毋庸細說。到了十月朔，順治帝親詣南郊，祭告天地社稷，並將歷代神主，奉安太廟，隨即升武英殿，即中國皇帝位。滿漢文武各官，拜跪趨蹌，高呼華祝，正是說不盡的熱鬧。漢代衣冠一旦休。禮畢，遂頒詔天下，大旨為「國號大清，定都燕京，紀元順治」等語。這是滿清入主中原之始，故不憚詳述。是日，即加封多爾袞為叔父攝政王，因他功績最高，特命禮部建碑勒銘，並定攝政王冠服宮室各制。另定攝政王宮室制度，恐多爾袞尚未快意。又加封濟爾哈朗為信義輔政叔王，名為加封，實是降級。晉封阿濟格為武英親王，復肅親王豪格爵，賜吳三桂平西王冊印。諭旨一下，多爾袞因豪格復爵，心中未免不樂，恰又不便攔阻，只好緩緩設法。是日親王及各大臣家屬，亦統同到京。前文未敘及肅王福晉，故特補敘一筆，非閒文也。畿內已定，復令直隸巡撫衛國允等，平定畿外，於是決議遠略。聞李闖西奔入陝，遂授阿濟格為靖遠大將軍，率同吳三桂、尚可喜等，由大同邊外，會諸蒙古兵，入榆林延安，攻陝西的背後。多鐸為定國大將軍，率同孔有德等，由河南趨潼關，攻陝西的前面。兩路進兵，都用漢將為前導，以漢攻漢，的確是妙計。只可惜這平西王又要與愛姬話別了。兩將軍率兵去訖，多爾袞又遣豪格出師山東，語首特加多爾袞三字，閱者勿滑過。豪格不敢違慢，亦即奉令而去。

那時朝政始稍稍閒暇，多爾袞隨時入宮，與吉特太后共敘離情。一日，正自大內回邸，忽由洪承疇入見，報稱江南遣使左懋第、陳洪範、馬紹愉等，攜帶白金十萬兩、綢緞數萬匹，來此犒師。多爾袞道：「何處的軍士，要他犒賞？」承疇道：「說來可笑。他說是犒我朝軍士呢！還有史可法一封覆書。」說至此，即袖出一書呈上，多爾袞拆開一閱，不禁驚嘆起來。正是：

河山半壁留殘局，簡牘千秋表血誠。

畢竟書中如何說法，且看下回自知。

順治帝之入關，人謂由多爾袞之力，吾不云然。不由多爾袞，將由吳三桂乎？應之曰唯唯否否。三桂初心，固未嘗欲乞援滿洲也，為一愛姬故，迫而出此。然則導清入關者，非陳圓圓而誰？圓圓一女子耳，乃轉移國脈如此。夏有妹喜，商有妲己，周有褒姒，圓圓殆其流亞歟？若多爾袞之經略中原，入關定鼎，亦自吉特太后激勵而來，是又以一婦人之力，肇成大統者，孰功孰罪，閱此書者當於夾縫中求之。

抗清廷丹忱報國　屠揚州碧血流芳

且說清攝政王多爾袞，展閱史可法覆書，不禁驚嘆，因史公來書，是洋洋二大篇，比原書字數還要加倍。當即交洪承疇朗誦，承疇遂徐聲念道：

大明國督師兵部尚書，兼東閣大學士史可法頓首，謹啟大清國攝政王殿下：

南中向接好音，法隨遣使問訊吳大將軍，未敢遽通左右，非委隆誼於草莽也，誠以大夫無私交，春秋之義。今倥偬之際，忽奉琬琰之章，真不啻從天而降也。循讀再三，殷殷致意，若以逆賊尚稽天討，煩貴國憂，法且感且愧。懼左右不察，謂南中臣民偷安江左，竟忘君父之怨，敬為貴國一詳陳之：我大行皇帝敬天法祖，勤政愛民，真堯舜之主也。以庸臣誤國，致有三月十九日之事，法待罪南樞，救援無及，師次淮上，凶問隨來。地坼天崩，山枯海泣。嗟夫！人孰無君？雖肆法於市朝，以為泄泄者戒，亦奚足謝先皇帝於地下哉？爾時南中臣庶，哀慟如喪考妣，無不拊膺切齒，欲悉東南之甲，立翦凶仇；而二三老臣，謂國破君亡，宗社為重，相與迎立今上，以系中外之心。今上非他，神宗之子，光宗猶子，而大行皇帝之兄也。名正言順，天與人歸。五月朔日，駕臨南都，萬姓夾道歡呼，聲聞數里。群臣勸進，今上悲不自勝，讓再讓三，僅允監國，迨臣民伏駕屢請，始以十五日正位南都。從前鳳集河清，瑞應非一，即告廟之日，紫雲如蓋，祝文升霄，萬目共瞻，欣傳盛事。大江湧出枏梓數十萬章，助修宮殿，豈非天意哉？越數日，遂命法視師江北，刻日西征，忽傳我大將軍吳三桂，借兵貴國，破走逆成，為我先皇帝後發喪成禮，掃清宮闕，撫輯群黎，且罷薙髮之命令，示不忘本朝，此等舉動，震古鑠今，凡為大明臣子，無不長跪北向，頂禮加額，豈但如明諭所雲，感恩圖報已乎？謹於八月薄治筐篚，遣使犒師，兼欲請命鴻裁，連師西討，是以王師既發，複次江淮，乃辱明誨，引春秋大義，來相詰責，善哉言乎！然此為列國君薨，世子應立，有賊未討，不忍死其君者立說耳。若夫天下共主，身殉社稷，青宮皇子，慘變非常，而猶拘牽不即位之文，坐昧大一統之義，中原鼎沸，倉卒出師，將何以維繫人心？紫陽綱目，踵事春秋，其間特書如莽移漢鼎，光武中興，不廢山陽，昭烈踐祚，懷愍亡國，晉元嗣基。徽欽蒙塵，宋高嗣統，是皆於國仇未翦之日，亟正位號，綱目未嘗斥為自立，率以正統予之。甚至如玄宗幸蜀，太子即位靈武，議者疵之，亦未嘗不許以行權，幸其光復舊物也。本朝傳世十六，正統相承，自治冠帶之族，繼絕存亡，仁恩遐被，貴國昔在先朝，夙膺封號，載在盟府，寧不聞乎？今痛心本朝之難，驅除亂逆，可謂大議復著於春秋矣。昔契丹和宋，止歲輸以金繒，回紇助唐原非利其土地，況貴國篤念世好，兵以義動，萬代瞻仰，在此一舉。若乃乘我蒙難，棄好崇仇，規此幅員，為德不卒，是以義始而以利終，為賊人所竊笑也。貴國豈其然？往者先帝軫念潰池，不忍盡戮，剿撫互用，貽誤至今，今上天縱英武，刻刻以復仇為念，廟堂之上，和衷體國，介胄之士，飲泣枕戈，忠義民兵，願為國死，竊以為天亡逆闖，當不越於斯時矣。語曰：「樹德務滋，除惡務盡。」今逆賊未服天誅，諜知捲土西秦，方圖報復，此不獨本朝不共戴天之恨，抑亦貴國除惡未盡之憂。伏乞堅同仇之誼，全始終之德，合師進討，問罪秦中，共梟逆賊之頭，以洩敷天之恨，則貴國義聞，照耀千秋，本朝圖報，唯力是視，從此兩國世通盟好，傳之無窮，不亦休乎？至於牛耳之盟，則本朝使臣，久已在道，不日抵燕，奉盤盂從事矣。法北望陵廟，無涕可揮，身陷大戮，罪應萬死，所以不即從先帝者，實為社稷之故。《傳》曰：「竭股肱之力，繼之以忠貞。」法處今日，鞠躬致命，克盡臣節，所以報也。唯殿下實昭鑑之！弘光甲申九月日。

洪承疇讀畢，隨道：「據書中意思，史可法是不肯降順我朝，但照陳洪範傳說，現在明福王用了馬士英、阮大鋮等人，入閣辦事，恐怕就要滅亡呢。」多爾袞問他何故？承疇道：「馬士英向來貪鄙，阮大鋮是魏閹的乾兒，這等人執掌朝綱，還有何幸？」多爾袞道：「有史可法在。」承疇道：「單靠這史老頭兒，也不中用。」史老頭兒不中用，洪老頭兒恰很中用。多爾袞道：「此外有無別說。」承疇道：「來使左懋第恰有四件事要求我朝：第一件，是要在天壽山特立園陵，改葬崇禎帝；第二件，是要索還北京，只肯把山海關外，割界我朝，每年贈我歲幣，只有十萬兩；第三件，我朝與他國書，只許稱可汗，不能稱帝；第四件，來使聘問，要照故明會典，不肯屈膝。」多爾袞勃然道：「左懋第何人？敢說這樣話！」承疇道：「聞他為兵部右侍郎，兼右僉都御史。左懋第係南朝忠臣，故特借承疇口中表明官職，這也是紫陽書法。多爾袞想了一回，便道：「且令他三人暫居鴻臚寺中，再作計較。」

歇了幾天，承疇因染病乞假，不去上朝，忽聞朝中已遣回南使，大吃一驚，忙來見多爾袞，問道：「王爺把南使都遣回了麼？」多爾袞道：「兩國相爭，不斬來使，自然令他回去。」承疇道：「老臣已與陳洪範密約，願招降江南將士。洪範可去，左、馬二人不應遣歸。」多爾袞道：「你日前未曾宣告，今已遣歸，奈何？」承疇道：「請速派得力人員，追回左、馬二人，只放陳洪範回南。」多爾袞點頭，即令學士詹霸，帶著禁軍，飛騎南追，不到兩三日工夫，即將左、馬二人截回。

多爾袞正思遣將南下，忽接西征捷報，說西安已攻下了，不禁大喜。原來李闖率眾入陝，攻陷長安，復令部眾分擾四川、河南等省，尋聞清豫王多鐸已下河南，急遣部將張有聲守洛陽，張有曾守靈寶，不防清兵勢大，二張俱被擊敗，退回關中。李闖又命驍將劉宗敏，帶著人馬，出守潼關，與清兵戰了數次，有敗無勝。李闖復親率鐵騎到關，兩下都是百戰精兵，一攻一守，殺傷相當。這時候，清英王阿濟格等，已向長城繞邊入保德州，結筏渡河，入綏德，克延安，下鄜州，直趨西安。警報傳至李闖，李闖又只得回援，途次正遇阿濟格軍，被他大殺一陣，急急的遁入城中。那時潼關也由多鐸攻破，降了闖將馬世堯，乘勝來會阿濟格，李闖急上加急，仍如在京時放火而逃。始終是一強盜行徑，如何能統中原？這一場，被清兵前截後追，殺得屍橫遍野，血流成渠，是惡貫滿盈之報。只剩了幾十百個殘卒，保著李闖，落荒逃走去了。李闖入陝，已如強弩之末，故書中敘述，亦約略及之。

阿濟格既逐去李闖，與多鐸相會，即聯名報捷。多爾袞大喜過望，即奏請順治帝御殿受賀（此時已是順治二年春天了）。受賀畢，由多爾袞等會議，令阿濟格仍遵前旨，追剿李闖，多鐸移師下江南。小子只有一支筆，不能並敘，且先述多鐸下江南事。

且說南朝的福王，係明神宗孫，福恭王常洵長子，崇禎十六年襲封。因流寇四擾，偕從叔潞王常淓，避難淮安。崇禎帝殉國，鳳陽總督馬士英擬迎立福王，獨南京兵部尚書史可法，以福王有七不可立，一貪，二淫，三酗酒，四不孝，五虐下，六不讀書，七干預有司，一之為甚，其可七乎？擬迎立潞王常。偏這馬士英硬要推戴，勾結總兵高傑、劉澤清、黃得功、劉良佐四人，備齊甲杖，護送福王到儀真。可法無奈，與百官迎入南京，先監國，繼稱尊，以次年為弘光元年。士英帶兵入南京，與可法同為東閣大學士，兩人心術不同，屢有齟齬。可法乃自請出鎮淮揚，率總兵劉肇基於永綏等，同到江北，建議分徐泗、淮海、滁和、鳳壽為四鎮，即命高傑、劉澤清、黃得功、劉良佐四總兵，分地駐紮。名目上歸可法節制，其實統是士英羽翼，哪個肯聽可法號令？史閣部死矣！四總兵聞揚州華麗，爭思居住，先到揚州城下，自殺一場。虧得可法馳往勸解，方各至泛地。自是史可法在揚州駐節，屢上書請經略中原，都被馬士英擱留不報。這位弘光皇帝，偏信馬士英，一切政務，全然不管，專在女色上用心。宮中不足，取諸外府。時命太監出城搜尋，見有姿色的女子，一把扯去。可憐母哭兒號，生離慘別，那弘光帝恰左擁右抱，非常快活。廣羅春方服媚藥，盡情取樂，無愁天子。誰知春宵不永，好事多磨，霓裳之曲未終，鼙鼓之聲已起。北朝的豫親王多鐸，已分軍南下了。

多鐸自奉了移師的上諭，便別了阿濟格，把軍士分作三支，望河南出發。一出虎牢關，一出龍門關，一出南陽，約至歸德府會齊。時河南尚為南朝屬地，巡按御史陳潛夫，保奏汝寧宿將劉洪起，可為統領，令他號召兩河義旅，阻截清兵。馬士英不許，反召回陳潛夫，清兵長驅河上，如入無人之境。史可法聞警，亟令高傑出師徐州，沿河築牆，專力防禦。尋因清兵已下河南府，復促高傑進屯歸德。高傑欲與睢州總兵許定國，互相聯繫，作為犄角，不意定國已納款清兵，送二子渡河為質。高傑尚在夢中，領了數騎，從歸德趨睢州，被定國賺入城內，設宴接風，召妓侑酒。灌得高傑爛醉如泥，連從騎也沒人不醉，大家挾妓酣寢。一聲鼓號，伏兵齊起，高傑從醉夢中驚醒，被四妓揿住，手足動彈不得，刀鋒一下，身首兩分。其餘從騎，也一一被他殺死。一班風流鬼，都入森羅殿去了。牡丹花下死，做鬼亦風流。

定國即至多鐸處報功，多鐸隨進取歸德，三路兵陸續會集。適清都統准塔，隨豪格至山東，因山東已平，奉朝命接應多鐸，亦到歸德來會多鐸軍。多鐸令准塔率本部軍出淮北，自率部隊出淮南。又是二路。准塔到徐州，守將李成棟乞降，進攻宿遷，劉澤清率步兵四萬，船千餘，夾淮相拒。准塔令兵士放炮遙擊，自己恰潛渡上游，繞出澤清背後。澤清不及防備，頓時駭退。准塔追至淮安，澤清遁入海。淮北一帶，望風降清。多鐸由歸德趨泗州，明淮河守將李際遇，焚橋遁去。清兵遂安安穩穩的渡了淮河。

那時赤膽忠心的史可法，聞高傑被殺，流涕太息，忙令高傑甥李本身，往收部眾，又立傑子元爵為世子，撫定軍心。忽報清兵已渡淮河，急督師出御；行至半途，又報泗州緊急，復移師向泗州；行未數里，南京又飛檄召還，說是左良玉謀反，從九江入犯，趕即入衛。風鶴驚心，楚歌四面，可法因勤王事急，不得已舍了泗州，折回江南。史公可憐！

看官！你道這左良玉何故入犯？左良玉夙有戰功，福王封他為寧南侯，駐守武昌，節制長江上游，作為南都屏障。這馬士英偏暗中嫉忌，遇事裁抑，惱得良玉性起，索性借入清君側為名，引兵東下，從漢口到蘄州，列舟三百多里。士英大驚，一面命阮大鋮等，率兵至江上，會同黃得功防堵，一面飛召史可法、劉良佐等入援。可法方渡江抵燕子磯，又遇南京差官，傳來諭旨，以黃得功已破良玉軍，令可法速回淮揚。可法猶欲趨援泗州，探報泗州已失，急還揚州。誰知清兵已從天長、六合長驅而來，距揚州城只三十里。揚州守兵，多半逃竄，至可法入城，城中已無兵可守。飛檄各鎮入援，只一總兵劉肇基，從白洋河趨赴，報稱：「軍心多變，劉澤清已潛降清軍。」弄得可法戰無可戰，只得決計死守。

當時有清室降將李世春，奉多鐸命，入城勸降。看官！你想這效死勿貳的史督師，肯甘心降敵麼？愧殺洪、吳諸人。世春尚未詳說，已被可法叱逐出城。世春去後，可法急令總兵李棲鳳監軍、副使高岐鳳紮營城外，作為援應，自率劉肇基登城巡閱。猛見清兵如江潮海浪一般，推湧前來，倒也不慌不忙，待清兵將臨城下，一聲號令，砲彈矢石，統向清兵打去。清兵前隊，多半死傷，方略退去。相持兩晝夜，可法望見城外兩營，杳無聲響，只有虛幌幌兩座營帳；隔了一宿，連營帳都沒有了。鳳兮鳳兮，何德之衰？可法嘆道：「文官三隻手，武官四隻腳，奈何奈何？」劉肇基獻策道：「城內地高，城外地低，可決淮河之水，灌入敵軍，不怕敵軍不退！」可法道：「民為貴，社稷次之。敵軍未必喪亡，淮揚先成魚鱉，於心何忍？」到了此時，還顧戀百姓，可謂仁人。遂不從肇基之言，專務固守。

多鐸接連攻城，已是數日，兵士已被傷無數，頓時憤不可遏，督兵猛撲數次，都被守兵擊退。可法檢點守兵，亦已許多受傷，料知城孤援絕，終難持久，嚙了指血，草定遺表，還勸這位弘光皇帝去讒遠色，勉力圖存。又作書寄與母妻，不及家事，但云我死當葬我高皇帝陵側。精忠報國，如見其心，讀此為之泫然。遂交與副將史得威，令他逸出城外馳報去訖。到了第七日，城內的砲彈矢石，所剩無幾，可法正在著急，陡聞炮聲突發，城堞隨崩，憑你史督師忠心貫日，也是無法可施，只好拚著命與他血鬥。兩下激戰許久，城內外屍如山積，清兵踐屍入城，劉肇基率士民巷戰，殺傷十餘人而死。可法見清兵已入，肇基陣亡，忙拔劍自刎。忽來了參將張友福把劍奪去，擁可法出小東門。可法大呼道：「我便是史督師。」此時城內外統是清兵，聞可法自呼，不問真偽，一陣亂剁，可憐柱石忠臣，已成碧血，從此精誠浩氣，直上青雲。踰年，家人以袍笏招魂，葬於揚州城外的梅花嶺。明史上說他是文文山後身，小子曾有《梅花嶺弔古詩》道：

休言史乘太荒唐，燕市揚州一樣芳。
留得忠魂埋此土，嶺梅萬樹益馨香。

多鐸既得了揚州，下令屠殺十日，這般慘戮的情形，小子恰有些不忍說了。

後人著有《揚州十日記》，看官可以參閱，小子且停一停筆，待下回再敘。

史閣部一書，義正詞嚴，可奪故人之氣，惜所主非人耳。向使明福王任賢勿貳，去邪勿疑，則正位南京，猶仍漢代衣冠之舊。吾正望其不亡，乃淫荒無度，黜正崇邪；馬阮用事，援引閹黨；中書隨地有，都督滿街走，監犯多如羊，職方賤如狗，相公只愛錢，皇帝但吃酒。胡兒南下，四鎮拋戈，徒一遺之史閣部，懷才莫試，茹苦含辛，卒抗節揚州城下，豈不哀哉？本回全為史閣部寫照，歷表忠悃，令人不忍卒讀。

棄南都昏主被囚　捍孤城遺臣死義

卻說揚州被清兵攻入，警報傳至南京，與雪片相似。馬士英急遣總兵鄭鴻逵、副使楊文驄，率師堵截江上。這鄭楊兩人，統是馬黨，鑽營奔去，得了一個高官，曉得什麼兵略，只把砲彈隔江亂放，詭報勝仗。偏這清兵故意趨避，到了砲彈聲歇，他卻乘著黑夜，渡江而來。待明營驚醒，清兵已經殺入，鄭楊二人不知所措，只得率兵逃走。楊文驄逃至蘇州，鄭鴻逵越加膽小，直奔到杭州，好算是逃將軍第一。清兵遂進陷鎮江。那時弘光皇帝恰羅列美女，飲酒取樂，不讓當年陳叔寶。至鎮江失守的消息報入宮中，他還擁著美人，不住的飲酒。虧他鎮定。次日，又由太監入報，清兵自丹陽句容，迤邐前來，至是弘光帝方有些著急，連喚奈何。太監道：「現聞黃得功屯兵蕪湖，請皇上趕緊前去，叫他保駕才好。」弘光帝忙收拾行裝，挈了愛妃，潛開通濟門出走。次晨，馬士英入朝，聞弘光帝已經逃去，忙入宮中，見太后皇后正在著忙，哭得似淚人兒一般。太后都不管，弘光帝全無心肝。士英命侍衛備駕出宮，自與阮大鋮率親兵數千名，挾了太后皇后等，匆匆逃去。

南京城內，人心惶惶，總督京營忻城伯趙之龍，束手無策，與大學士王鐸等，密議了一條救急的妙法，倒也大家心安。過了兩日，清兵始到城下，趙之龍即將議定的法子，施行出來，令屬員寫了降書一道，齎赴清營。多鐸大喜，准其投降。趙之龍即率十七侯伯，開了城門，匍匐道旁，迎接清兵，衣冠掃地。多鐸入城安民。因馬到即降，破格寬宥，禁止部兵擄掠，所以南京還算安靜。特別提出，想見其擄掠多矣。休息一天，即遣貝勒尼堪、貝子屯齊，進兵蕪湖，追擒弘光帝。適明將劉良佐奉檄入援，途次遇著清兵，並不抵禦，當即迎降。尼堪令為前驅，直達蕪湖江口。

是時江南四鎮，高傑被殺，二劉降清，單剩了一個黃得功，他前時奉命去攻左良玉，良玉已死，其子夢庚敗走，得功因回屯蕪湖。忽見弘光帝狼狽奔到，大驚道：「陛下何故輕身到此？」弘光帝流淚道：「南京無一人可恃，唯卿秉性忠誠，所以冒死前來，仗卿保護。」何不叫馬士英、阮大鋮等保護？得功道：「陛下死守京城，臣等尚可盡力，奈何輕身來此？且臣方對敵，何能扈駕？」弘光帝不禁大哭。得功無法，只得留住弘光帝，願效死力。

不數日，清兵已到江口，得功戎裝披掛，執了佩刀，坐下小舟，督部下渡江迎戰。遙聞對岸有人大叫道：「黃將軍何不早降？」視之，乃劉良佐，不覺怒叱道：「汝乃甘心降敵麼？」言未畢，忽有一箭射來，正中喉間左偏，鮮血直噴，得功痛極，將佩刀擲去，拔去箭鏃，大叫一聲，暈絕舟中。總兵田雄見得功已死，起了壞心，一手將弘光帝掖住，復令兵士縛住弘光愛妃，送至對岸，獻入清營。尼堪命將弘光帝及愛妃推入囚車，解至南京，多鐸即遣使獻俘。可憐這位風流天子，只享了一年豔福，到此身為俘虜，與愛妃同畢命燕京，長辭人世去了。與愛妃同死，冥中有伴了。

江南已定，范文程、洪承疇等，撰頌詞，修賀表，又有一番忙碌。過了數日，又有兩處捷報，一是英親王阿濟格，報稱追逐李闖，無戰不勝，闖賊遁至武昌，入九宮山，被村民斫斃，獲住賊叔及妻妾，並死黨左光先、劉宗敏等，俱審實正法了。了結李闖，即從阿濟格奏報中敘明，以省筆墨。一是豫親王多鐸，報稱安慶、寧國、常州、蘇州、松江各府，統已降順，別遣貝勒博洛及新授援浙閩總督張存仁，南下杭州去了。此時佳音迭至，喜氣盈廷，皇太后吉特氏及攝政王多爾袞，統喜歡得了不得。兩人復私下商議，南征西討諸將帥，在外多時，應召他回朝休養，再作後圖，國家大事，偏稱私議，句中有句。遂令英、豫兩親王，奏凱還朝。

是時英親王阿濟格，正由武昌順流東下，略定江西，降左良玉子夢庚，得師十萬，聞廷寄到來，仍自江西回湖北，規定全省，隨即北還。豫親王多鐸接到召還的諭旨，收拾金銀財帛，並選了江南美婦數名，帶同北返。那時美婦中有一個孀姝，姓劉名三季，後來做了豫王福晉，便是從這次挈去，稗史中曾稱作孀姝奇遇，小子不得不略略說明：這個劉三季，係虞邑黃亮功的繼妻。亮功病歿，三季守孀，被清軍掠獻多鐸。多鐸見她天然秀媚，不同凡豔，就要逼她侍寢。三季抵死不從，把頭觸柱，險些兒作了血汙美人。幸虧婢媼眾多，把她攔住。她尚大哭大踴，弄得亂頭散髮，別個婦女，到這般田地，也沒甚可觀，偏這三季髮長委地，萬縷香絲，光同黑漆，尤覺動人憐愛。多鐸不敢相強，只令婢媼小心服侍，多方勸解。到了回京的時候，便帶了三季同還，居以大廈，被以華縠，奉以珍饈，三季毫不轉意，隨後聞她有個愛女，名叫珍兒，流落江南，遂令清兵沿途訪覓，竟被尋著，致書三季，三季始漸漸解憂。事有湊巧，豫邸福晉忽喇氏，一病身亡，多鐸又令能說能話的婢媼，許她作為繼室。畢竟婦女心腸，未免勢利，不由的化剛為柔。婦女失貞，大都如此。多鐸遂派良工制就鳳冠命服，賜與三季，三季親手收了。多鐸喜極，就命侍女十餘名，把三季換了穿戴，簇擁登堂，成就大禮。從此下邑孤孀，居然做極品命婦了。

當時英、豫二王還朝後，與攝政王多爾袞相見，俱蒙殷勤款待，獨肅王豪格，自山東還京，見了攝政王，偏碰著許多釘子，竟不知所為何因。讀者試猜之！攝政王平日，喜歡中亦帶著三分愁悶，一班攀龍附鳳的功臣，從旁窺測，無從捉摸；可巧貝勒博洛的捷音，又到北京，原來馬士英自南京出走，奉了弘光帝母妃，南走杭州，適潞王常淓，流寓在杭，馬士英就勸他監國。潞王尚未允洽，不意清貝勒博洛，已率兵抵餘杭，馬士英與總兵方國安，上前迎敵，連戰連敗，向西竄逸。清兵追至錢塘江，沿江立營，杭人料他潮至必沒，誰知潮神也趨奉清兵，竟三日不至。清兵渡江攻城，潞王無兵無餉，哪裡還能固守？只好與巡撫張秉貞等，開門乞降罷了。攝政王看了捷報，也無甚得意，淡淡的擱過一邊，他的心思，無非與豪格反對，苦於無法可除，正在躊躇。忽報故明兵部尚書張國維等，奉了魯王朱以海，監國紹興，故明禮部尚書黃道周等，奉了唐王朱聿鍵，稱帝福建，多爾袞皺了一回眉，便召范文程、洪承疇等會議，並問：「魯唐二王，是否前明嫡派？」承疇答稱：「魯王是明太祖十世孫，世封山東，唐王是明太祖九世孫，世封南陽。」多爾袞道：「明朝的子孫，為何有這般多呢？一個弘光方才除掉，偏偏又興起兩個來。」言未畢，復有警報傳到，明給事中陳子龍、總督沈猶龍、吏部主事夏允彝、聯合水師總兵黃蜚、吳志葵，起兵松江；明兵部尚書吳易、舉人沈兆奎，起兵吳江；明行人盧象觀、奉宗室子瑞昌王盛瀝，起兵宜興；明中書葛麟、主軍王期昇、奉宗室子通城王盛澂，起兵太湖；明主事荊本徹、員外郎沈廷揚，起兵崇明；明副總兵王佐才，起兵崑山；明通政使侯峒曾、進士黃淳耀，起兵嘉定；明禮部尚書徐石麟、平湖總兵陳梧，起兵嘉興；明典吏閻應元陳明遇，起兵江陰；明僉都御史金聲，起兵徽州，有幾個是通表唐王，遙受封拜，有幾個是近受魯王節制，還有明益王朱由本據建昌，永寧王朱慈炎據撫州，明兵部侍郎楊應麟據贛州，各招五嶺峒蠻，冒險自守等語。螳斧雖不足當車，然皆為故明宗室遺臣，不謂無志，故每條上皆繫以明字。多爾袞皇然起立道：「這麼，這麼！起兵的人，東數支，南數支，看來東南一帶，是不容易到手了。」范文程道：「爝火之光，何足以蔽日月？總教天戈一指，就可一概蕩平。」多爾袞道：「英豫二王，甫命還朝，不便再發，現在驅遣何人？」文程道：「莫如洪老先生。他能文能武，請他督理南方軍務，定能奏效。」承疇聞言，謙遜一番。多爾袞不允，承疇方唯唯聽命。既作貳臣，何必強辭？擬令貝勒博洛，仍駐杭州，貝勒勒克德渾暨都統葉臣，出守江南。三人議定，便照例奏請，即於次日下旨。承疇以下，除博洛在杭外，各奉命去訖。

越宿復下一諭，令海內軍民人等，薙髮易服，違者立斬。原來清帝入關，政從寬大，薙髮與否，暫聽民便，此次諭下，怕死的人，哪個敢以頭易髮？自然奉旨遵行。是時江南使臣左懋第尚羈居北京太醫院，他的隨員艾大選也遵旨薙髮，被懋第杖死。多爾袞聞了此事，命懋第弟懋泰進去詰責。懋第正色道：「汝乃滿清降官，何得冒稱吾弟？」叱出懋泰，懋泰回報多爾袞，多爾袞親自提審，懋第直立不跪。多爾袞喝令跪下，懋第道：「我乃天朝使臣，安肯屈膝番邦？」多爾袞道：「汝國已亡，汝主已戮，尚有何朝可說？」懋第道：「大明宗支，散處東南，一日不盡，一日不亡，就使絕滅，我是明臣，甘為明死，要殺就殺。」多爾袞道：「汝已食清粟一年，還得自稱明臣麼？」懋第道：「汝奪明粟，無理已甚，反說我食清粟，真是強橫！」可殺不可劫，確是純儒。多爾袞道：「你何故殺你隨員？」懋第道：「我殺隨員，與你何干！」多爾袞道：「你為何不肯薙髮？」懋第道：「頭可斷，髮不可斷。」如聞其聲。多爾袞道：「好個倔強的男子！」頗識英雄。語未畢，左側閃出一人道：「懋第為崇禎帝來，可饒命，為福王來，不可饒命。」懋第怒目道：「你是大明會元陳名夏，有何面目敢來插嘴？你怕死，我不怕死。」多爾袞道：「你不怕死，就令你死。」命左右推出宣武門外處斬。懋第已死，多爾袞暗暗嘆息道：「明朝的臣子，如此忠義，恐怕中原是未能平定呢。」

不言多爾袞擔憂，且說清貝勒勒克德渾率兵南下，沿途所經，多望風迎降。蘇州巡撫王國寶、松江提督吳兆勝、吳淞總兵李成棟，統遣使奉書，願效麾下。勒克德渾用以漢攻漢的計策，令降臣前驅，出兵略地。到了常州，擊敗松江水師黃蜚、吳志葵，進略崑山，戰勝王佐才，旁陷崇明，又破了荊本徹，乘勝到嘉定，圍攻數日。偏這侯峒曾、黃淳耀二人，激勵兵民，死守不下。那時為虎作倀的李成棟，運到大砲數尊，接連攻城，守兵猶隨缺隨修，毫不退怯。可奈天意偏不令固守，一陣陣的大雨，似傾盆的下來，雨過炮發，隨處崩陷，成棟引著清兵，一擁入城。侯、黃二人，猶率死士巷戰，自朝至暮，峒曾力竭，挈二子投水死。淳耀入僧舍自縊死。城中尚有未死的兵民，被成棟下令屠戮。今日屠，明日屠，後日又屠，接連三天，共死了數萬人，遍地皆血肉了。成棟之肉，其足食乎？幸虧勒克德渾檄成棟攻松江，方才罷手，率兵離城。後人稱為嘉定三日屠，便是這場慘劇。

成棟既離了嘉定，便與清將馬喇希恩格圖會合，進襲松江，松江係沈猶龍把守，成棟恰想出一條賺城計，令兵士偽作漢裝，冒充黃蜚、吳志葵軍，夤夜叩城。猶龍墮入狡謀，開城放入。成棟飭兵士亂殺亂斫，並一陣亂箭，射死了沈猶龍。松江既陷，成棟復出師攻江陰，正在發兵，忽有清兵入報，將黃蜚、吳志葵二人，由金山獲到。看官！你道這吳、黃二人，如何被獲呢？原來吳、黃二人，自常州退至松江，被馬喇希恩格圖，分兵追襲，連戰連敗，船既被焚，身亦遭擒。成棟恰視為奇貨，竟帶了二人至江陰。暗伏下文。江陰故典史閻應元，夙諳兵法，為城中士紳推舉，一意抗清，清將軍勒克德渾，曾遣降將劉良佐往攻。那城上的守具，一是毒矢，一是火磚，一是木銃，毒矢射人即死，火磚著人即燃，木銃中儲火藥，投下時，機發木裂，火藥猛爆，所當立靡，這都是閻應元監工造成，用禦敵軍。良佐的部兵，圍攻數日，多燒得焦頭爛額。良佐想得一法，用牛皮帳遮蔽兵士，令之穴城，不意城上擲下巨石，牛皮洞穿。良佐復將牛皮帳作三層，用九梁八柱，架將起來，擋住巨石。那時城上恰用燒滾的桐油，撥將下去，帳篷又破。良佐正急得了不得，李成棟已到，率生力軍去猛撲一番，也被守兵擊退。成棟大怒，將黃蜚、吳志葵，推至城下，令他勸降。讀至此，始知成棟用意。黃、蜚緘口無言，還是吳志葵說了數語。應元答道：「大明有降將軍，無降典史。」良佐亦拍馬向前，遙語應元道：「區區江陰，寧能久守，若變計降清，爵位不在良佐下，請足下三思！」應元道：「大明養士三百年，不料出汝等候伯，毫無廉恥。應元猶有心肝，寧為義死，不為利生。」言畢，一聲梆響，火箭齊發，慌得良佐連忙倒退，拍馬而回。黃蜚、吳志葵已被火箭射傷，由軍士牽回清營，未幾病歿。會江寧運到大砲數十尊，馬喇希恩格圖，亦率兵趕到，四面夾攻，守兵死傷無數，仍是抵死勿動。奈老天又連日霪雨，把城堞沖壞數處，守兵防不勝防，竟被清兵攻入後門。應元血戰一場，身中數箭，乃下馬投入水中。清兵追至，將應元曳出，牽至劉良佐、李成棟前，應元罵不絕口，遂被殺。陳明遇舉家自焚，滿城男婦，無一降者。李成棟又倡議屠城，將城內外居民，一一殺訖，屍如山積，共計城內死九萬七千餘名，城外死七萬五千餘名。後來江陰遺民，只有五十三人躲避寺觀塔上，方得保全。自從清兵南下，殺戮最慘的地方，揚州、嘉定以外，要算江陰。堅強不屈的好男兒，要算故典史閻應元。小子曾記江陰城樓，有閻典史絕筆一聯云：

八十日帶髮效忠，表太祖十七朝人物。
十萬人同心死守，留大明三百里江山。

欲知以後情事，且看下回分解。

弘光帝之死不足惜。四鎮中有黃得功，使臣中有左懋第，臨難捐軀，足為南朝官吏留一氣節。至魯王監國，唐王稱帝，故明遺老，多投袂而起，力圖規復，事雖不成，志實可嘉。閻典史以區區微官，死守孤城八十日，尤見忠誠。本回直敘事實，而詳略不同，亦費斟酌。

南下鏖兵明藩覆國　西征奏凱清將蒙誣

卻說江陰被陷，明遺臣已亡了一半，只有宜興、太湖、吳江、徽州等處，尚有抗清的明臣。至是勢孤力危，眼見得要保不住了。宜興的瑞昌王盛㴐，是由盧象觀擁戴，象觀謀潛襲南京，密約城內同黨，作為內應；適洪承疇到江南，搜出奸細，設伏城外，待象觀率兵到來，伏兵四起，把象觀的兵殺得七零八落，連瑞昌王也遭擒戮。只象觀奪路亂竄，奔投葛麟王期昇，象觀方到太湖，清降將吳兆勝已奉洪承疇命令，率兵踵至。兩下打了一仗，葛麟王期昇的兵艦，統被清兵火箭射入，隨風延燒，葛王等躍岸逃去。通城王盛澂，已隨了火德星君，歸位去了。又亡了兩個明宗室。

吳兆勝又進攻吳江，途中遇著吳易伏兵，殺得大敗虧輸，失去兵船二十艘。當貝勒博洛自杭州北還，擊敗徐石麟於嘉興，逐走陳梧於平湖，沿途略地，直至吳江，遇著吳兆勝敗軍，與之聯合，再攻吳易。吳易總道兆勝敗走，不復防備，誰知清兵四面分攻，炮擊火燃，將吳易軍艦燒得一隻不留。

江南民兵，至此已盡，洪承疇遂遣都統葉臣、總兵張天璜，進攻徽州。故明僉都御史金聲，方招募義勇，分駐要塞，聯繫故巡撫邱祖德，職方郎中尹民興，推官溫璜吳應箕等，互為援應，並遣使通表福州。是時唐王在福州稱帝，年號隆武，接閱金聲奏牘，喜不自勝，命他為右都御史，兼兵部右侍郎，總督諸道兵馬。金聲亦感激圖報，取旌德，拔寧國，聲威頗振。怎奈人心未死，天意難違，節守忠操，行不讓乎孤竹，志圖規復，事更棘於厓山。清兵從間道入叢山關，直趨績溪，繞出金聲背後，金聲急麾兵回援，正與清兵相持。忽來了賊心賊肝的黃澍，口口聲聲，說要恢復大明，金聲道他是故明臣子，可共患難，不意他竟暗通清將，乘夜開城，放入清兵。一班遺老，被殺被擒，只逃脫一個尹民興。內中有個江天一，係金聲高足弟子，同時被清兵擒住，見了承疇，說承疇是個死人，竟將崇禎帝祭承疇文朗誦起來。身雖臨危，語總快意。承疇聽得面紅耳赤，不禁老羞成怒，將擒住的人，一一斬訖。

此時建昌撫州，已被清降將金聲桓率兵攻克。益王朱由本、永寧王朱慈炎俱竄死。長江上下游略定，捷報紛紛到京，提心吊膽的攝政王又稍稍稱快。只魯、唐二王，尚踞浙閩，不得不再行進攻。意欲遣豪格前去，適流賊張獻忠，盤踞四川，任情屠掠，難民流徙他處，紛紛泣籲清廷。多爾袞遂趁這機會，命豪格為靖遠大將軍，令偕平西王吳三桂等西略四川。浙閩的軍事，仍令博洛前行，封他為征南大將軍，偕都統圖賴，貝子屯齊，南下杭州。

小子不能並敘，只好先敘博洛南下事：博洛奉命南下，仍到杭州，聞魯、唐二王自相水火，不覺大喜。看官！你道這魯、唐二王，何故相仇呢？唐王是叔，魯王是姪，唐王欲魯王退就藩屬，嘗遣使齎餉銀十萬兩，犒勞浙東軍士，魯王不納。這餉銀卻被方國安劫去，強盜行為，何知禮義？浙、閩遂成仇敵。博洛聞此消息，正好乘隙進攻，漁人來了。率兵渡錢塘江涉江將半，東南風起，來了一隻乘風鼓浪的大艦，艦首立著一位盔甲鮮明的主將，正是故明兵部尚書張國維。兩下鏖眾搏戰，不一時，博洛的坐船被明軍擊了一個大窟窿，驚駛回岸，清兵亦相率奔回，登岸返城。國維乘勝至城下，竭力攻打，忽報方國安擁了魯王已至東岸，國維只得退回迎駕，暫時休息。可巧馬士英、阮大鋮二人，亦奔到國安營，國安與他臭味相投，便在魯王面前力為保薦，又請調國維守義烏。國維一去，清兵遂運舟載炮，大舉渡江。國安不敢力拒，亟挾魯王遁回紹興。清兵渡江而進，國安大恐，馬、阮二人，遂勸他降清，且嗾執魯王以獻。幸虧魯王察覺，單身走脫，至石浦，遇著故定西侯張名振，航海東去。方國安竟率馬士英、阮大鋮等，赴清營投降。

大鋮復導清兵進攻金華，金華城守未堅，被清兵用炮轟入，殺戮甚慘，故明大學士朱大典闔門殉節。轉攻義烏，張國維抵死守禦，無如勢孤力弱，餉匱兵虛，相持數日，漸漸支撐不住。國維知不可為，遙望江南，拜別明陵，作了絕命詩三章，投水而死。浩氣千秋。清兵遂入義烏，進拔衢州，明知府伍經正等皆死節。浙東已定，博洛遂下令移師福建，眼見得唐王也保不住了。

且說唐王據守福建，頗思振作，不似弘光帝的昏庸，宮內也沒有什麼嬖寵，只有王妃曾氏，知書達禮，好算一位賢內助。當時長江下游的民兵，統已淪亡，只楊廷麟尚固守贛州，受唐王封為兵部尚書，又有故湖廣總督何騰蛟，收降李闖餘眾，與湖南巡撫堵胤錫，上書唐王，力謀恢復。唐王封騰蛟為定興伯，兼東閣大學士，胤錫為兵部右侍郎，兼右僉都御史。

騰蛟請唐王移都湖南，被鄭芝龍等所阻。芝龍係海盜出身，崇禎初，始投降明朝，代平海寇，明朝擢封為南安伯。他仗著擁戴功勞，握了重權，挾制唐王。唐王無奈，命大學士黃道周出關募兵，為扈衛計。道周手無寸鐵，只帶著幕客數員，間關跋涉，直抵婺源。偏這洪承疇偵悉行蹤，竟遣兵襲擊中途，將他截獲。那時忠誠貫日的黃道周，怎肯做承疇第二?迫降不允，但從容賦詩，書絕命詞於衣帶間。臨刑這一日，過東華門，立住不走，向監斬官道：「此處與高皇帝陵寢相近，便是道周死地，不必他去。」監斬官憐他忠烈，就在東華門外行刑，幕下士賴雍、蔡紹謹、趙士超等皆從死。

唐王聞道周殉難，痛哭一場，決意冒險赴湘，自福州出發，直至延平。其時楊廷麟亦遣使迎駕，怎奈鄭芝龍嗾使軍民，劫王留閩，自願出關拒敵。唐王行推轂禮，送他出關。他一到關前，適洪承疇遣使招降，許他侯爵，他遂假託海寇入犯，須往備禦，拜疏即行。守關將士，多隨了芝龍前去，仙霞嶺二百餘里，空無一人。清貝勒博洛遂自衢州出發，率兵過嶺，長驅入關。方國立、馬士英、阮大鋮三人，引匯入金衢，未得褒賞，怏怏失望，有不願隨行的意思。清兵迫令速行，大鋮稍為遲慢，被清兵推入崖下，腦裂身死。國安、士英，隨至建寧，密議通閩，被博洛搜出私書，將二人雙雙斬首。

博洛既陷了建寧，直指延平，唐王聞報大驚，急召左右商議，延平知府王士和請唐王速奔汀州，唐王欲士和扈蹕，士和道：「臣有守城責，當與城存亡，只求聖駕無恙，臣死亦瞑目了。」於是唐王急挈了曾妃，並擁十餘簏殘書，倉皇出走。是梁湘東一流人物。士和聞清兵將到，亦麾眾出避，自己退入內署，整冠自縊。清兵入城後，復西追唐王。唐王奔至汀州，從騎已多半潰散，只有故總兵姜正希率兵來衛，方得入城守禦。清前鋒統令努山，閱七日始抵汀州城下，正希出戰不利，退回城中。忽報城西有明軍數百名，豎幟前來，正希只道是遺老入衛，開城相應，誰料來者都是敵兵，急忙揮眾抵敵，已是不及。那時清兵蜂擁入城，霎時間已將唐王曾妃等擄去。正希還思截奪，可奈箭如飛蝗，不能上前，部兵多被射傷，只得遁走。清兵擄了唐王等，東渡九瀧江，渡將半，忽聽得一聲嗚咽道：「陛下宜殉國，妾先去了。」清兵忙各注視，見曾妃已躍入水中，撈救無及，只落了汪汪碧水，渺渺貞魂。賢哉曾氏，不愧知書達禮。曾妃已死，清兵監守愈嚴，唐王屢思自盡，苦無覓死地，遂想了一個絕粒的法子，沿途不食半菽。連尋死也要用計，可憐可嘆。既到福州，城內外已統是清兵紮駐，貝勒博洛早襲占福州了。努山牽唐王見博洛，博洛也不細問，令幽繫別室。這唐王已槁餓數日，奄奄垂盡，是夕便滴下血淚幾許，長嘆一聲，瞑目而逝。福唐桂三王中，還算唐王死得明白。博洛分兵下漳泉諸郡，閩地盡為清有。鄭芝龍即奉表降清，獨芝龍的兒子成功，前蒙唐王賜姓，封為御營中軍都督，受明厚恩，不肯攜貳，竟約了鄭鴻逵、鄭彩，出奔海島去訖。犛牛之子騂且角。博洛在閩休養數天，尚想發兵下贛，嗣接到洪承疇諮文，說已遣降將金聲桓，攻拔吉安及贛州，明守將楊廷麟投水自盡，江西郡縣已次第肅清了。楊廷麟殉節事，於此處敘明。博洛遂拜本告捷，靜待後命。

話分兩頭，且說清肅親王豪格偕平西王吳三桂，發兵西行，到了陝西，適明舊將孫守法、王光恩、武大定、賀珍等，起兵興安、漢中，進踞西安。豪格令總督孟喬芳和洛輝，率兵攻破西安，連下興安、漢中，孫守法等遁走，遂留貝子滿達等，搜陝西餘孽。自與吳三桂進軍四川，此時四川人民已被張獻忠殺死大半。獻忠自得四川後，僭號大西國王，無一日不殺人民，將卒以殺人多少論功，小孩多被蒸食，婦女被擄，令部眾輪流姦淫，並割下弓足，聚成一大堆，號稱蓮峰。偽府中養獒數千，部下朝會，必縱獒使嗅，被嗅者立斬，叫做天殺。又立出一種剝皮刑，皮未剝盡，其人已死，就將司刑的人剝皮抵罪。偽都督張君用、王明等數十人，殺人最少，即加剝皮刑，並屠全家。自古以來，無此殘賊。因此兵民交憤，常欲暗殺獻忠。獻忠聞知，不問誰何，一意屠戮；復盡毀成都宮室，拆去城牆，自率部眾出川北，欲盡殺川北守兵。偽將劉進忠遁入陝西，到漢中遇著清兵，下馬乞降，願為嚮導。豪格遂令進忠前行，部兵後隨，日夕催趲，直達四川西充縣界，紮下營盤，飭前哨往探。回報獻忠正在西充屠城，豪格立命拔營，到了鳳凰山，正值漫天大霧，曉色迷濛，遂即逾山前進。適獻忠屠盡西充，麾眾出城，兩下相遇，被清兵衝殺過去，一陣亂劈，獻忠不知清兵多少，還拿著殺人的手段，左抵右擋。霎時間日光微逗，大霧漸開，獻忠左右四顧，手下所剩無幾，連義子孫可望、劉文秀、李定國等人都不知去向，此時方著急起來，大吼一聲，殺開血路，望西而走。獻忠嗜殺人粗莽可知，故作者又另具一種敘法。清章京雅布蘭見獻忠脫逃，忙抽弓搭箭，覷住獻忠頭顱，射了過去，一聲喝著，獻忠已翻身落馬。雅布蘭即縱馬上前，拔刀去殺獻忠，清兵踴躍隨上，刀斬槍戳，把這窮凶極惡的劇賊，葅為肉醬。不足償川民之命。豪格遂分兵四剿，計破賊營百有三十，四川略定。

吳三桂忙向豪格賀喜，偏這豪格悶悶不樂。三桂問故，豪格只是不答，反滴下幾點淚來。三桂越加動疑，只是呆看豪格。遲了半晌，方見豪格答道：「兔死狗烹，也是常事，但我又不在此例。」三桂驚異道：「莫非功高招忌麼？」豪格嘆道：「並非功高招忌，乃是色上有刀。」說至此，又復停住。三桂已是猛悟，不敢再提此事，另說拜本奏捷等情。豪格道：「勞你囑咐文稿員，辦一奏摺便了。」寫盡豪格牢騷。三桂應聲退出，飭繕奏疏，與豪格聯銜報捷。

過了一月，諭旨已下，命豪格還朝，留吳三桂鎮守漢中，特簡總兵李國英為四川巡撫，豪格就把一切政務交與李國英，自偕吳三桂回至漢中，復與三桂話別。臨別時握三桂的手道：「汝宜保重！我們恐不復相見了。」斷頭語。三桂勸慰一番，並託豪格寄書家中，擇日遷移家眷。沅姬有福，豪格可憐。豪格應允，就帶了本旗人馬，回京覆命。

順治帝御殿慰勞，賜宴回邸。征夫遠歸，陌頭宜慰，誰知香衾未穩，緹騎忽來，驀地將豪格牽入宗人府，縛置囹圄，說他剋扣軍餉，浮領兵費。豪格欲上書辯誣，偏偏被上峰阻抑，好似啞子吃黃連，說不盡的苦惱。又聞得福晉博爾濟錦氏，竟日夜留住攝政王府中，原來為此。那時羞憤交並，免不得懨懨成病。不到一月，把生龍活虎的英雄，變作了骨瘦形枯的病鬼。

是時鄭親王濟爾哈朗、英親王阿濟格，統紛論攝政王的過失，連他兄弟多鐸，也有後言。弟偎紅，兄亦倚翠，何庸後言？不意貝子屯齊，竟訐告鄭親王罪狀，有旨革去親王爵，降為郡王，罰銀五千兩。英親王張蓋午門，又犯大不敬的罪名，亦降為郡王。豫親王把黃紗衣一襲贈與吳三桂子應熊，復說他私饋禮物，罰銀二千兩，這幾個豪貴勛戚，為了細故，或貶或罰，還有何人敢忤攝政王？自然人人吹牛、個個拍馬，今日一本奏疏，說是攝政王如何大功，宜免跪拜禮；明日又上一本奏疏，說是攝政王視帝如子，帝亦當視王如父，此時順治帝不過十餘齡，外事統由攝政王主持，內事都由太后吉特氏處置，這數本奏摺呈入太后眼中，不由得滿懷歡喜，就降下兩道懿旨，一道是說攝政王勛勞無比，不應跪拜，著永遠停止，一道是說叔父古稱猶父。此後皇上宜尊攝政王為皇父。從此攝政王多爾袞，毫無拘忌，凡宮中什物及府庫財帛，隨意挪移，太后尚賜他禁臠，遑論什物財帛。日間在宮與太后敘舊，夜間在邸與肅王福晉取樂，好算是清皇親內第一個福星了。小子曾有一詩為豪格呼冤云：

欲加之罪豈無辭，縲紲橫施不自知。
為語人休貪豔福，由來禍水出娥眉。

欲知後事如何，且待下回續敘。

南中義旅，屢仆屢興，其弊在散而無紀，渙而不群。唐，魯二王，以叔姪之親，亦自相水火，獨不思輔車相依，唇亡齒寒。曩令戮力同心，共圖興復，則清將雖勇，亦多屬酒色之徒，豈必不可敵者，乃滿盤散沙，不值一掃，魯王遁，唐王俘，東南遺老，大半淪亡，寧不可恫？若張獻忠之殘虐，自古罕匹，史稱川中人民，被殺亦萬萬有奇，天道好生，胡不早為誅殛，而必假手於清軍耶？天清豪格為明誅馬阮，復為川民戮獻忠，係清帥中之最得人心者，乃偏令其釁起帷房，不得其死，天耶人耶？帝閽何處，欲問無從，讀本回，令人感嘆不置。

立宗支粵西存殘局　殉偏疆巖下表雙忠

且說明唐王敗沒後，其弟聿逃至廣州，故明大學士蘇觀生等倡議兄終弟及，奉聿為帝，改年紹武，招海上，徐、馬、鄭、石四姓盜魁，授為總兵，又去招安海盜。太屬不鑑覆轍。冠服不及裁製，就假諸優伶，暫時服用。正是一班優孟，可笑！同時肇慶恰擁立桂王由榔。桂王係明神宗孫，世封梧州，由故明兵部尚書丁魁楚，及兵部侍郎瞿式耜，迎駕勸進，改年永曆，頒詔湖南雲貴等省。湖廣總督何騰蛟，與湖南巡撫堵胤錫，奉詔稱臣，願為擁護。那時桂王恰遣給事中彭燿，主事陳嘉謨，敕諭廣州，令聿退就藩王禮，並與蘇觀生爭敘倫次，斷斷抗辯，惱得觀生性起，將彭、陳二人殺訖，即日發兵攻肇慶，令番禺人陳際泰督師。桂王亦遣兵部林嘉鼎，率兵赴三水拒敵。比閩、浙情形，又降一等。這陳際泰用了誘敵計，殺敗林嘉鼎，乘勢薄肇慶，虧得瞿式耜督兵至峽口，力禦際泰，肇慶方安。

觀生得了捷報，不由得意氣揚揚，大作威福。小勝即驕，何足成事？忽聞清降將李成棟，奉貝勒博洛命，由閩趨粵，連下潮州惠州，觀生尚毫不在意。過了數日，城外炮聲四起，始出署探望，驀見清兵已擁進東門，急忙召兵持戰。倉猝調遣，哪裡還來得及？就使來了幾個兵卒，也統做了無頭之鬼。觀生沒法，逃至給事中梁鍙家，邀鍙同死。鍙佯為應諾，分室投繯，觀生已直挺挺的懸在梁上，梁鍙恰慢騰騰的踱出房中。當即解下觀生屍首，獻與清軍，復導清軍追擒聿。觀生以此等人為友，安得不死？聿用此等人為臣，安得不亡？聿被獲，清卒仍照常饋食。聿道：「我若飲汝一勺水，何以見先人於地下？」揮去食具，夜間乘守卒不備，即解帶自縊。與乃兄聿鍵相似，可謂難兄難弟。

成棟既得廣州，分兵攻高雷各州，自督軍進攻肇慶。此時瞿式耜尚在峽口，即奏請增兵，決一死戰。偏偏桂王左右，有個司禮監王坤，只勸桂王西走。丁魁楚也附和王坤，遂不從式耜言，連夜出奔。式耜聞信，急回軍挽駕。到了肇慶，聞桂王已西去數日；馳至梧州，又聞桂王已奔平樂；及抵平樂見桂王，那時肇慶梧州，統已失陷。復由王坤倡議，轉走桂林。式耜想出言勸阻，轉思桂林通道湖廣，可與何騰蛟相倚，亦非無策，乃扈駕前行。

獨丁魁楚遲遲不發，密遣人至成棟處求降，比王坤且不如。數日未得回音，只得收拾財帛，挈領妻妾子女出城。城外僱了四十號船，裝載眷屬及行李，一帆風順，直達岑溪，巧與成棟船相遇，魁楚便投刺請謁，總道成棟以禮相待，既過了成棟船，但見成棟端坐不動，忽一聲拍案道：「左右與我拿下這匹夫！」魁楚尚欲有言，可奈兩手已被反縛。又見有數十人綁縛過來，仔細一望，不是別人，正是自己的嬌妻美妾、寵子愛女，不由的心如刀割，忙即跪下，哀求饒命。成棟道：「你的主子，哪裡去了？」魁楚道：「已去桂林。」成棟道：「你為何不隨去？」魁楚道：「聞得將軍到此，特來投誠。」成棟道：「我處卻不容你貪詐的賊子。」魁楚道：「魁楚並沒有什麼貪詐。」成棟笑道：「你不貪詐，哪裡有許多金帛？你今不必狡賴，吃我一刀便了。」魁楚哭道：「願盡獻船中所有，贖我老命！」早知命重財輕，何必貪財壞命？成棟道：「你的金帛，已在我處，還勞你獻什麼？」魁楚大哭道：「願乞一子活命！」成棟不由分說，喝令左右，將魁楚子斬訖，接連又將他妻女斬訖，妾四人斬了兩個，留了兩個。以兩妾代一子，總算成棟有情，然被人受用，何如盡付刀下？魁楚嚇得魂飛天外，跌倒船中，砉然一聲，化為兩段。可為貪詐者鑑。

成棟既殺了魁楚，即入據平樂，越宿復進攻桂林。桂王聞報大恐，適武岡鎮將劉承胤，奉何騰蛟命，率兵到全州。王坤復請桂王往投，式耜苦諫不從，自願留守桂林，桂王乃命麾下焦璉為總兵，助式耜守城，當偕王坤等走全州。不二日，清兵已到桂林城下，總督朱盛濃、巡按御史辜延泰，皆杳如黃鶴，只式耜仗著一片忠心，激勵將士，由焦璉帶領出城，與清兵連戰兩晝夜。式耜亦出城督陣，再接再厲，連卻清兵。及回城後，苦乏庫帑，將夫人邵氏的簪珥，盡行取出，充作軍餉。守兵感激涕零，誓殺退清兵。是夕，即搗入清營，人自為戰，把清兵殺得落花流水，棄甲而逃，當即追趕數十里而回。越是拚命，越是得生。

式耜又命焦璉收復平樂梧州，遣人至桂王處報捷。時桂王已至全州，鎮將劉承胤開城出迎，起初尚盡禮，後來漸漸跋扈，自稱安國公，黨羽爪牙，統封伯爵，將司禮監王坤，逐出永州。王坤該逐，只是桂王吃苦。且揚言清兵將至，瞿式耜已降清，迫桂王徙武岡州。既到武岡，承胤愈加專恣，桂王不堪脅迫，密遣人求救於何騰蛟。是時清廷正命孔有德為平南大將軍，偕耿仲明、尚可喜等，進兵湖南，所向皆克。騰蛟麾下的鎮將，或遁或亡，連騰蛟也不能抵禦，自長沙走衡州，堵胤錫亦出走永定衛。清兵連拔長沙湘陰，進薄衡州，騰蛟又自衡奔永，尋又被清兵追逼，直走白牙市。途次接桂王密函，匆匆走謁。桂王與他密議良久，怎奈騰蛟只赤手空拳，沒有能力可除承胤。適趙印選、胡一青兩將從贛州到武岡，桂王乃命二將隸屬騰蛟，密令後圖。騰蛟領命，辭還白牙，途次被承胤黨羽圍住，虧得趙、胡兩人前護後擁，殺出重圍。既還白牙市，聞瞿式耜戰勝桂林，並規復廣西全省，遂徒步往依。到了桂林，與式耜相見，情投意合，稍稍安心。尋聞劉承胤已降清兵，武岡被陷，免不得一番驚惶，式耜愈加著急。嗣探得桂王已潛走象州，乃聯名奏請還駕。至桂王已回桂林，即開了一番會議，命湘粵諸將分路出守，互相接應，諸將領命去訖。

這清將軍孔有德，降了武岡，進拔梧州，正擬入攻桂林，忽聞金聲桓、李成棟統已附明，江西、廣東兩省，復為明有，不覺大驚，忙引兵趨還湖南。途中已接到促歸的上諭，別命尚可喜、耿仲明移師救江西，他樂得半途歇舵，匆匆北上去了。

單說金聲桓本左良玉部將，清師南下，聲桓自九江趨降，清廷授聲桓為總兵，令取江西全省。江西已定，聲桓自恃功高，欲升巡撫，不意清廷卻簡任章于天撫贛，一場大功，化作流水，免不得怏怏失望，密與黨羽王得仁擬通款永曆。事尚未發，被巡按御史董學成察悉，告知章于天。聲桓得此消息，索性一不做，二不休，令王得仁闖入撫署，殺了學成，縛住於天，迎在籍故明大學士姜曰廣入城，號召全省，通表桂王，又做那故明臣子。反覆小人，不足道也。

此事傳到廣東，廣東提督李成棟，與聲桓的境遇，大略相似。成棟本高傑部將，以徐州降清，奔走東南，屢作功狗，自桂林敗退後，又擊死明遺臣陳邦彥、張家彥、陳子壯等，還紮廣州，未沐重賞，總督佟養甲，復遇事抑制，忿懣得了不得。一日，接到金聲桓密函，約他反正，他尚躊躇未定；是夕，入愛妾珠圓室，悶悶不樂。這珠圓是雲間歌伎，被成棟擄掠得來，寵號專房，一雙慧眼，煞是厲害，窺破成棟情形，即喁喁細問。成棟將聲桓密函，遞與一閱。珠圓閱畢，便問成棟道：「據將軍看來，反正的事情，應該不應該？」成棟沉吟不語。珠圓道：「清朝是滿族，我輩是漢人，為什麼幫了滿清，自戕同種？妾看反正事情，極是正當辦法。況將軍曾為明臣，如何甘降異族？妾實難解。」這婦人大有見識，與陳圓圓判若天淵。成棟不覺起立道：「看你不出，你卻有這番議論，我非無意反正，但恐反正後，清兵到來，勝負難料，萬一戰敗，如卿玉質娉婷，也恐殃及。」珠圓也起立一旁，柳眉微蹙道：「將軍為妾故，甘心遺臭，這反是妾累將軍，妾請即死，以成將軍之志。」言畢，將成棟身上的佩劍拔出，刺入頸中。成棟連忙攔阻，已是血濺蛸蠐，遺蛻委地，遂抱屍大哭一場，隨說道：「好，好，是了，是了！」煞是可佩！遂取了前明冠服，對著珠圓的屍首，拜了四拜，命即入殮。

次晨，令部兵齊集教場，聲言索餉，佟養甲出城撫輯，成棟劫養甲叛清，一面傳檄遠近，一面上表桂王。此報一傳，四方騷動，蜀中故將李占春及義勇楊大展等起兵，分據川南、川東，張獻忠餘黨孫可望、李定國等，率眾據雲南、山西，大同鎮將姜壤據山陝，皆上表桂王，願為臣屬。何騰蛟復自桂林出發，乘湖南空虛，攻克衡、永各州，聯繫湖南諸鎮將。魯王以海，亦遣張名振等進略閩、浙海濱。風雲變色，斥騎滿郊，弄得清廷遣將調兵，非常忙碌。

當由攝政王多爾袞，大開軍事會議，以漢將多不可恃，應派親貴重臣，分地征剿。遂命都統譚泰為征南大將軍，同著都統和洛輝，自江寧赴九江，會了耿仲明、尚可喜，專攻江西、廣東，復濟爾哈朗親王原爵，封勒克德渾為順承郡王，會了孔有德，專攻湖南、廣西，連孔、耿、尚三王，亦差親貴監守，真是嚴密得很！進博洛為端重郡王，尼堪為敬謹郡王，令攻大同，吳三桂、李國翰等，分征川陝，洪承疇仍留鎮江寧，經略沿海各地。大兵四出，晝夜不停。

譚泰等到了江西，連拔九江、南康、饒州諸府，直達南昌省城。金聲桓方攻贛州，聞報急返，譚泰令精兵四伏，另率羸卒誘敵，遇著聲桓前隊，一戰便走。聲桓驅兵前進，到了七里街，伏兵盡起，四面放箭，將聲桓射下馬來。清兵正上前來殺聲桓，忽閃出一員醜將，面目漆黑，髮具五色，手執一柄大刀，盤旋左右，把清兵嚇得個個倒退。眼見得聲桓被救，走入城中。這醜將尚與清兵酣鬥一場，從容回城。清兵探得醜將姓名，就是王得仁，因呼他為王雜毛。譚泰命軍士用鎖圍法，掘濠載版，遍築土壘，為久攻計。聲桓大窘。王得仁請出襲九江，斷敵餉道，聲桓不從，只遣人縋出城外，向李成棟處求救。誰知待了月餘，杳無音信，城中糧食又將告盡，不由得緊急萬分。

這王雜毛日夕巡城，始終不懈，清兵怕他厲害，不敢猛攻。可巧城東武都司署內，有一年輕女子，身容窕窈，楚楚動人，被王雜毛窺見，即到都司署求為繼室，不由武都司不肯，巧鳳隨鴉，難為都司女。剋日成婚，大開筵宴。自金聲桓以下，都去賀喜，不是賀喜，直是賀死。各盡歡而散。居圍城中，有何歡喜？大約都是祈死。三更將盡，城外炮聲大震，聲桓亟登陴探視，見清兵群集得勝門，忙率眾抵禦，不料有清兵一隊，暗從進賢門緣梯而上，城遂陷。聲桓率眾巷戰，身中兩箭，舊時的箭瘡復發，遂投水死。姜日廣亦赴水自盡，清兵即搜剿餘眾，到了王雜毛署內，還是閉門高臥。當即斬門而入，猛見王雜毛裸體出來，清兵曉得厲害，一陣亂箭，把雜毛身上插成刺蝟一般，可憐這武都司女，亦死於亂軍之中。原來清兵已偵得王雜毛娶婦消息，先數日故意緩攻，到了雜毛娶婦這一夕，始下令攻城，卻又佯攻得勝門，暗令奇兵從進賢門入，遂得了南昌城。

南昌既下，進趨贛州，贛州守將王進庫，本未歸明，前時金聲桓攻贛，進庫偽稱願降，只是誘約不出。後來聲桓向粵乞援，李成棟亦越嶺來攻，進庫仍用老法子，去賺成棟。成棟還軍嶺上，嗣因進庫背約，復大舉攻贛，進庫乘其初至，突出精騎拒戰，擊退成棟。成棟走信豐，清兵由贛州南追，警報達成棟左右，僉議拔營歸廣州。成棟不允，部下大半亡去。那時成棟進退兩難，只命左右進酒痛飲；飲盡數鬥，醺然大醉，左右挽他上馬，到了河邊，不辨水陸，策馬徑渡，渡至中流，人馬俱沉，明時遺臣，多亡於成棟之手，一死不足贖罪，但是有負珠圓。部兵四散，清兵遂進陷廣州。

是時清鄭親王濟爾哈朗亦率兵下湖南，湖南諸鎮將，望風奔潰。何騰蛟聞警，亟自衡州趨長沙，到了湘潭，探悉清兵將到，遂入湘潭城居守。城內虛若無人，正想招集潰兵，忽有舊部將徐勇求見，騰蛟開城延入，徐勇帶數騎入城，見了騰蛟，低頭便拜。拜畢，勸騰蛟降清。騰蛟道：「你已降清麼？」徐勇才答一「是」字。騰蛟已拔劍出鞘，欲殺徐勇，踴躍起，奪去騰蛟手中劍，招呼從騎，擁騰蛟出城，直達清營。騰蛟不語亦不食，至七日而死。湘、粵諸將，聞騰蛟凶信，多半逃入桂林。桂王復欲南奔，式耜力諫不聽，遂走南寧。一味逃走，真不濟事。

會清恭順王孔有德，已轉戰南下，克衡、永各州，進逼桂林。式耜檄諸將出戰，皆不應；再下檄催促，相率遁去。桂林城中，至無一兵，只有明兵部張同敞，自靈州來見。式耜道：「我為留守，理應死難，爾無城守責，何不他去？」同敞正色道：「昔人恥獨為君子，公乃不許同敞共死麼？」可謂視死如歸。式耜遂呼酒與飲，飲將酣，式耜取出佩印，召中軍徐高入，令齎送桂王。是夕，兩人仍對酌。至天明，清兵已入城，有清將進式耜室，式耜從容道：「我兩人待死已久，汝等既來，正好同去。」倒也有趣。便與偕行。至清營，危坐地上。孔有德對他拱手道：「哪位是瞿閣部先生？」式耜道：「即我便是，要殺就殺。」有德道：「崇禎殉難，大清國為明復仇，葬祭成禮，人事如此，天意可知。閣部毋再固執。我掌兵馬，閣部掌糧餉，與前朝一轍，何如？」式耜道：「我是明朝大臣，焉肯與你供職？」有德道：「我本先聖後裔，時勢所迫，以至於此。」同敞介面大罵道：「你不過毛文龍家走狗，遞手本、倒夜壺，安得冒託先聖後裔？」罵得痛快，讀至此應浮一大白。有德大憤，自起批同敞頰，並喝左右刀杖交下。式耜叱道：「這位是張司馬，也是明朝大臣，死則同死，何得無禮？」有德乃止，復道：「我知公等孤忠，實不忍殺公等，公等何苦，今日降清，明日即封王拜爵，與我同似，還請三思。」式耜抗聲道：「你是一個男子漢，既不能盡忠本朝，復不能自起逐鹿，靦顏事虜，作人鷹犬，還得自誇榮耀麼？本閣部累受國恩，位至三公，夙願殫精竭力，掃清中原，今大志不就，自傷負國，雖死已晚，尚復何言。」語語琳瑯。

有德知不可屈，館諸別室，供帳飲食，備極豐盛。臬司王三元、蒼梧道彭擴，百端勸說，只是不從，令薙髮為僧，亦不應，每日唯賦詩唱和，作為消遣。過了四十餘日，求死不得，故意寫了幾張檄文，置諸案上，被清降臣魏元翼攜去，獻諸有德。有德命牽出兩人就刑，式耜道：「不必牽縛，待我等自行。」至獨秀巖，式耜道：「我生平頗愛山水，願死於此。」遂正了衣冠，南面拜訖。同敞在懷中取出白網巾，罩於身上，自語道：「服此以見先帝，庶不失禮。」遵同就義。同敞直立不仆，首既墜地，猶猛躍三下。時方隆冬，空中亦霹靂三聲。浩氣格天。式耜長孫昌文逃入山中，被清降將王陳策搜獲，魏元翼勸有德殺昌文，言未畢，忽仆地作吳語道：「汝不忠不孝，還欲害我長孫麼？」須臾，七竅流血死，但聞一片鐵索聲。有德大驚，忙伏地請罪，願始終保全昌文。也只有這點膽量。一日，有德至城隍廟拈香，忽見同敞南面坐，懍懍可畏，有德奔還，命立雙忠廟於獨秀巖下。瞿張二人唱和詩，不下數十章，小子記不清楚，只記得瞿公絕命詩一首道：

從容待死與城亡，千古忠臣自主張。
三百年來恩澤久，頭絲猶帶滿天香。

式耜一死，自此桂王無柱石臣，眼見得滅亡不遠了，容待下回再敘。

何騰蛟、瞿式耜二公，擁立桂王，號召四方，不辭困苦，以視蘇觀生之所為，相去遠矣。梁鋆、丁魁楚、劉承胤輩，吾無譏焉。然何、瞿二公，歷盡勞瘁，至其後勢孤援絕，至左右無一將士，殆所謂忠藎有餘，才識未足者。至若金聲桓、李成棟二人，雖曰反正，要之反覆陰險，毫不足取，即使戰勝，亦豈遂為桂王利？是亦梁鋆、丁魁楚、劉承胤等之流亞也。本回為何、瞿二公合傳，附以張司馬同敞，餘皆隨事敘入，為借賓定主之一法，看似夾雜，實則自有線索，非徒鋪敘已也。

創新儀太后聯婚　報宿怨中宮易位

卻說清鄭親王濟爾哈朗及都統譚泰兩軍，俱已奏捷清廷，鄭親王且奉旨還朝，獨博洛尼堪出征大同，尚與姜瓖相持不下，且四處接到警耗，統是死灰復燃的明故官，招集數百人或千人，東馳西突，響應姜瓖。博洛不得不分兵堵禦，一面遣人飛報北京，請速添兵。攝政王多爾袞竟率英王阿濟格等，自出居庸關，拔去渾源州，直薄大同，與博洛相會。攻撲數日，城堅難下。適京中齎來急報，因豫王多鐸出痘，病勢甚重，促多爾袞班師。多爾袞得了此信，遣人招姜瓖投降，瓖答以闔城誓死，乃留阿濟格幫助博洛，自率軍退還。到了居庸關，聞多鐸已歿，忙入京臨喪。劉三季仍要守孀，大約是個孤鸞命。越日，肅親王豪格亦斃獄中，多爾袞許豪格福晉往獄殮葬。姪婦葬夫，必由其叔允許，想是滿清特別法。又數日，孝端皇太后崩（孝端太后，係順治帝嫡母），她生平不預政治，所以宮內大權統由吉特氏主張，此次崩逝，宮廷內應有一番忙碌。唯吉特太后，前時雖握大權，總不免有些顧忌，到此始毫無障礙，可以從心所欲了。伏筆。

多爾袞因太后崩逝，召阿濟格還，令貝子吳達海往代。過了月餘，始接到大同軍報，略稱各處叛兵，多半平定，只大同仍然未下。多爾袞未免焦急，再遣阿濟格西行。阿濟格一到大同，城內已經食盡，守將楊振威，刺殺姜瓖，開城降清。阿濟格入城，恨城內兵民固守，殺戮無數，並剷去城牆五尺，當即上書奏捷。朝旨令誅楊振威，即日班師。阿濟格奉旨，將楊振威綁出正法，隨將政務交與地方官，奏凱還朝。

攝政王多爾袞，既接山陝捷音，心中自然舒暢，在邸無事，正好與肅王福晉朝歡暮樂。偏這攝政王元妃，屢與攝政王反目。醋瓶倒翻了。攝政王看她似眼中釘，氣得元妃終日發抖，釀成一種鼓脹病。心病還須心藥治，心藥難求，心病日重，到了臨危時候，欲與攝政王訣別。怎奈貴人善忘，待久不至，那元妃越發氣悶，霎時間痰湧而逝。死不瞑目。當時大小官員，得此消息，忙去弔喪。太后亦贈了許多賻儀。兩白旗牛錄章京以上各官，及官員妻妾，都為服孝，其餘六旗統去紅纓。發靷這一日，車馬儀仗，不亞梓宮。送葬的大員，擬了敬、孝、忠、恭四字，作為元妃的謚法。想又是范老先生手筆。攝政王也無心推究，遂將這四字封贈元妃，算是飾終的道禮。以後繼室的問題，不言可知，總輪著這位裊裊婷婷的姪婦了。

喪事已畢，攝政王擬擇定吉日，與肅王福晉成婚，成就了正式夫婦。忽來了宮監二人，說是奉太后命，召王爺入宮。攝政王不敢違慢，即隨了宮監入見太后。太后屏去宮女，與攝政王密談半日，攝政王方出宮回邸。是何大事？既到邸中，即著人去請范老先生，又令邀同內院大學士剛林，及禮部尚書金之俊議事。三人應召而至，攝政王特別謙恭，將三人邀入內廳，命左右進酒共飲。飲到半酣，攝政王令左右至外廂伺候，自與范老先生耳語良久。說話時，攝政王面目微赬，范老先生也覺皺眉。刻劃盡致，令人費解。語畢，由范老先生轉告剛林、金之俊。畢竟金之俊職掌禮部，熟諳儀注，說是這麼辦，這麼辦，便好成功。愈敘愈迷。攝政王聞言大喜，即向三人拱手道：「全仗諸位費心！」三人齊聲道：「敢不效力。」次日即由金之俊主稿，推范老先生為首，遞上那從古未有的奏議。看官！你道奏說什麼話？小子尚記大略。內稱「皇父攝政王新賦悼亡，皇太后又獨居寡偶，秋宮寂寂，非我皇上以孝治天下之道。依臣等愚見，宜請皇父皇母，合宮同居，以盡皇上孝思。伏維皇上聖鑑」云云，原來為此，真是從古未有。此本一上，奉批王大臣等議復。鄭親王濟爾哈朗等，向知多爾袞厲害，不敢不隨聲附和。覆命禮部查明典禮，由金之俊獨奏一本，援引比附，說得盡善盡美。如何援引，如何比附，惜著書人未曾錄明。當於順治六年冬月，由內閣頒發一道上諭，略云：

> 朕以沖齡踐祚，撫有華夷，內賴皇母皇太后之教育，外賴皇父攝政王之扶持，仰承大統，倖免失墜。今皇母皇太后獨居無偶，寂寂寡歡，皇父攝政王又賦悼亡，朕躬實深歉仄。諸王大臣合詞籲請，僉謂父母不宜異居，宜同宮以便定省，斟情酌理，具合朕心。爰擇於本年某月某日，恭行皇父母大婚典禮，謹請合宮同居，著禮部恪恭將事，毋負朕以孝治天下之意！欽此。

上諭即頒，太后宮內及禮部衙門，忙碌了好幾天。到了皇父母大婚這一日，文武百官，一律朝賀，內閣復特頒恩詔，大赦天下。各省風化案，不唯宜赦，還應加賞，金之俊何見不及此？京內外各官加級，免各省錢糧一年。

太后與攝政王倍加恩愛，不必細說，只是攝政王尚憶念姪婦，未免偷寒送暖，嗣經太后盤詰，無可隱諱，不知攝政王如何懇求，始由太后特恩，許為側福晉。順治七年春月，攝政王多爾袞復立肅王福晉博爾濟錦氏為妃，百官仍相率趨賀。後人曾有數句俚詞道：「漢經學，晉清談，唐烏龜，宋鼻涕，清邋遢。」即指此事，唯《東華錄》上，只載攝政王納豪格福晉事，不及太后大婚，聞由乾隆時紀昀所刪。

閒文少敘，單說攝政王多爾袞，既娶了太后，又娶了肅王福晉，真是一箭雙鵰，非常快樂。此外妃嬪，雖尚有一、二十人，多爾袞都視同嫫母，不去親幸。旁人各自豔羡，無如好色的人，有一種癖病，得了這一個，又想那一個，得了那一個，又想把天下美人都收將攏來，藏在一室。銷金帳裡，夜夜試新，軟玉屏中，時時換舊，方覺得心滿意足。俗語說得好：「痴心女子負心漢。」多爾袞也未免要作負心人了。

一日，朝鮮國王李淏，遣使進貢，並呈一奏摺，內稱：「倭人犯境，欲築城垣，因恐負崇德二年之約，故特籲請，俾免殘破之患」等語。多爾袞覽了一遍，猛觸起一件情緒來，即命朝鮮來使暫住使館，候旨定奪。又宣召內大臣何洛會入府，授了密語，到使館中，與朝鮮使臣相見。兩下商議多時，朝使唯唯聽命，別飭隨員馳稟國王。這國王李淏，前曾入質清朝，因其父李殁後，得歸國嗣位，深感多爾袞厚恩，此時不得不唯命是從，立命返報。當由何洛會稟知多爾袞，次日即發下朝鮮國奏牘，批了「准其築城欽此」六字。使臣即奉命而回。著書人又故作祕密，令閱者猜疑。

過了月餘，攝政王府內，竟發出命令，率諸王大臣出獵山海關。王大臣奉命齊集，等候出發。越宿，攝政王出府，裝束得異樣精采，由僕從擁上龍駒，一鞭就道，萬馬相隨，不多日，已到關外。此時正是暮春天氣，日麗風和，草青水綠，一路都是野花香味，四面蜂蝶翩翩，好像歡迎使者一般。經過了無數高山、無數森林，並不聞下令駐紮，到了寧遠，方入城休息。一住三日，亦沒有圍獵命令。醉翁之意不在酒。諸王大臣紛紛議論，統是莫名其妙。只何洛會出入稟報，與攝政王很是投機。王大臣向他詰問，也探不出什麼消息。何洛會搗鬼，著書人亦搗鬼。次日，又下令往連山驛，諸王大臣一齊隨行。到了連山，何洛會已經先到，帶了驛丞，恭迎攝政王入驛。但見驛館內鋪設一新，五光十色，爛其盈門，把王大臣弄得越發驚疑。攝政王直入內室，何洛會也隨了進去。歇了片刻，始見何洛會出來，招呼諸王大臣略談原委，王大臣俱相視而笑，閱者尚在夢中，無從笑起。隨即偕何洛會同赴河口，迤邐前行。淡光映目，但見岸側有一大船，岸上有兩乘彩輿，輿旁有朝鮮大臣站立，見王大臣至，請了安，便請艙中兩女子登陸上輿。兩女子都服宮裝，高綰髻雲，低垂鬟鳳，年紀統將及笄，彷彿一對姊妹花。當由何洛會及諸王大臣，導引入驛，下了輿，與攝政王交拜，成就婚禮。諸王大臣照例恭賀，便在驛中開起高宴。這一夕間，巫峽層雲，高唐雙雨，說不盡的歡娛。

但這兩女究係何人？恐閱者已性急待問，待小子從頭敘來。這兩女子係朝鮮公主，崇德年間，多爾袞隨太宗征朝鮮，攻克江華島，將朝鮮國王家眷，一一拿住，當面檢驗，曾見有幼女二人，年僅垂髫，頗生得丰姿楚楚。多爾袞映入眼波，料知長成以後，定是絕色。及朝鮮乞盟，發還家屬，多爾袞亦擱過不提。此次朝鮮國奏請築城，陡將十年前事，兜上心來，遂遣何洛會索娶二女，作為允許築城的交換品。朝鮮國此番築城，應稱作公主城。朝鮮國王無可奈何，只得飭使臣送妹前來。多爾袞恐太后聞知，所以祕密行事，假出獵為名，成就了一箭雙鵰的樂事。一箭雙鵰四字，特別確切。住驛月餘，方挈了朝鮮兩公主入京。此時對了肅王福晉，未免薄倖，多爾袞也管不得許多，由她怨罵一番，便可了事。只太后這邊，不便令知，當暗囑宮監等替他瞞住。

自是多爾袞時常出獵，臨行時，定要朝鮮兩公主相隨。不耐福晉怨罵，所以挈豔出獵，可惜瞞不住閻羅奈何？青春易過，暑往寒來，多爾袞一表儀容，漸漸清減，旦旦而伐之，可以為美乎？只出獵的興趣，尚是未衰。是年十一月，往喀喇城圍獵，忽得了一種咯血症，起初還是勉強支持，與朝鮮兩公主，研究箭法，後來精神恍惚，竟至上床閉著眼，只見元妃忽喇氏，開了眼，乃是朝鮮兩公主。多爾袞自知不起，但對了如花似玉的兩公主，怎忍說到死字？可奈冥王不肯容情，厲鬼竟來索命，臨危時，只對著兩公主垂淚，模模糊糊的說了「誤你誤你」四字。半年恩愛，即成死別，確是誤人不少。

多爾袞已歿，訃至北京，順治帝輟朝震悼。越數日，攝政王柩車發回，帝率諸王大臣縞服出迎。太后未知在列否？奠爵舉哀，命照帝制喪葬。帝還宮，令議政諸王，會議睿親王承襲事。是時已值殘臘，王大臣照例封印，暫從擱置。至順治八年正月，始議定睿親王襲爵，歸長子多爾博承受。只是人在勢在，人亡勢亡，當多爾袞在日，勢焰熏天，免不得有飲恨的王大臣，此次正思乘間報復，適值順治帝親政，下詔求言。王大臣遂上摺探試，隱隱干涉攝政王故事。唯皇太后尚念攝政王舊情，從中調護，折多留中不發。王大臣探悉此情，復賄通宮監，令將多爾袞私納朝鮮公主稟白太后。太后方悟多爾袞時常出獵，就是借題取巧，竟發恨道：「如此說來，他死已遲了。」王大臣得了此句綸音，便放膽做去，先劾內大臣何洛會，黨附睿親王，其弟胡錫，知其兄逆謀，不自舉首，應加極刑。得旨，何洛會及弟胡錫，著即凌遲處死。

原來順治帝已十五齡，窺破宮中曖昧，亦懷隱恨，方欲於親政後加罪洩憤，巧值王大臣攻訐何洛會，便下旨如議。王大臣得了此旨，已知順治帝隱衷，索性推鄭親王列了首銜，追劾睿親王多爾袞罪狀。雖是多爾袞自取，然亦可見炎涼世態。大略說他種種驕僭，種種悖逆，並將他逼死豪格，誘納姪婦等事，一一列入。又賄囑他舊屬蘇克薩哈詹岱穆濟倫，出首伊主私制帝服，藏匿御用珠寶等情，順治帝不見猶可。見了這樣奏章，就大發雷霆，赫然下諭道：

據鄭親王濟爾哈朗等奏，朕隨命在朝大臣，詳細會議，眾論僉同，謂宜追治多爾袞罪，而伊屬下蘇克薩哈詹岱穆濟倫，又首伊主在日，私制帝服，藏匿御用珠寶，曾向何洛會吳拜蘇拜羅什博爾惠密議，欲帶伊兩旗，移駐永平府，又首言何洛會曾遇肅親王諸子，肆行罵詈，不述肅王福晉事，想係為吉特太后遮羞。朕聞之，即令諸王大臣詳鞫皆實，除將何洛會正法外，多爾袞逆謀果真，神人共憤，謹告天地太廟社稷，將伊母子並妻，所得封典，悉行追奪。布告天下，咸使聞知。

此諭下後，復詔雪肅親王豪格冤，封豪格子富壽為顯親王。鄭親王富爾敦，亦受封為世子。又將剛林、祁充裕二人，下刑部獄，訊明罪狀，著即正法。大學士范文程，也有應得之罪，命鄭親王等審議。嚇得這位范老頭兒，坐立不安，幸虧他素來圓滑，與鄭親王不甚結怨，始議定了一個革職留任的罪名。范老頭兒免不得向各處道謝，總算是萬分僥倖。

話休敘煩，且說順治帝尚未立后，由睿親王在日，指定科爾沁卓禮克圖親王吳克善女為后。是年二月，卓禮親王吳克善送女到京，暫住行館，當由巽親王滿達海等，請舉行大婚典禮。順治帝不許。明明遷怒。延至秋季，仍沒有大婚消息。這位科爾沁親王在京，已六七月，未免煩躁起來，只得運動親王，託他稟命太后，由太后降下懿旨，令皇帝舉行大婚禮。順治帝迫於母命，不好違違，只得命禮部尚書準備大典，即於八月內欽派滿、漢大學士尚書各二員，迎皇后博爾濟錦氏於行轅。龍旌鳳輦，倍極輝煌，宮娥內監侍衛執事人等，分隊排行，簇擁皇后入宮，至丹墀降輿。這時候天子臨軒，百官侍立，諸王貝勒六部九卿，沒有一個不到，正是清室入關後第一次立后盛舉。宮女攙扶皇后，徐步上殿，那皇后穿著黃服繡帔，滿身都是金鳳盤繞，珍翠盈頭，珠光耀目，當即面北而立，由禮部尚書捧讀玉冊，鴻臚寺正卿贊禮，導皇后跪伏聽命。冊讀畢，鴻臚寺導皇后起立，文華殿大學士，捧上皇后寶璽，武英殿大學士，捧上璽綬，由坤寧宮總監跪接，轉授宮眷，佩在皇后身上。皇后再向帝前俯伏，口稱臣妾博爾濟錦氏，謹謝聖恩。謝訖，帝退朝，皇后正位，群臣朝賀。禮畢入宮，笙簫迭奏，仙樂悠揚，隨與皇帝行合巹禮。次日，帝率后到慈寧宮請安，遂加上皇太后尊號，稱為昭聖慈壽恭簡皇太后。敘立后事，已見大禮齊備，不應無端廢立。只是順治帝終究不樂，隔了兩年，竟將皇后降為靜妃，改居側宮。大學士馮銓等，奏請「深思詳慮，慎重舉動，萬世瞻仰，將在今日。」帝不省，反嚴旨申飭。禮部尚書胡世安等復交章力諫，奉旨「皇后博爾濟錦氏，係睿王於朕幼衝時，因親定婚，冊立之始，即與朕意志不協，宮闈參商。該大臣等所陳，未悉朕意，著諸王大臣再議。」鄭親王濟爾哈朗復奏聖旨甚明，無庸再議。全是私意。於是改冊科爾沁鎮國公綽爾濟女為后，從前的正宮博爾濟錦氏，竟自此不見天日，幽鬱而死。

小子曾有詩詠順治帝廢后事云：

國風開始詠雎鳩，王化由來本好逑。
為怨故王甘黜后，倫常缺憾已先留。

清宮事暫且按下，小子又要敘那明桂王了。

諸君少安，請看下回。

本回全敘多爾袞事，納肅王福晉與娶朝鮮二女，《東華錄》紀載甚明，固非著書人憑空捏造。至如母后下嫁事，乾隆以前，聞亦載諸《東華錄》。胡人妻嫂，不以為怪，嗣聞為紀昀刪去。此事既作為疑案，然證以張蒼水詩，有「春官昨進新儀注，大禮躬逢太后婚」二語，明明指母后下嫁事，是固無可諱言者也。多爾袞好色亂倫，罪狀確鑿，但身歿以後，諸王彈劾，競為其暗蓄逆謀，此則羅織成文，未足深信。以手握大權之多爾袞，捽孤兒如反掌，何所顧忌而不為乎？彼投阱下石之徒，誣陷成案，吾轉為多爾袞慨矣。若順治帝為隱怨故，至廢其后博爾濟錦氏，尤失人君之道。觀其敕諭禮臣，謂后辦睿王所主議，冊立之始，即與朕意志未協，是則后固明明無罪者，特嫉睿王而遷怒於后耳。遷怒於后而廢之，謂非冤誣得乎？冤誣臣子且不可，況夫婦乎？本回歷歷表明，於睿王之功過，順治帝之得失，已躍然紙上。

李定國竭忠扈駕　鄭成功仗義興師

卻說明桂王自竄奔南寧後，湖廣各省，已為清有，清封孔有德為定南王，鎮守廣西，耿仲明為靖南王，尚可喜為平南王，鎮守廣東。為後三藩伏根。旋耿仲明死，其子繼茂襲爵，鎮守如舊。桂王勢日窮蹙，不得已求救於孫可望。這可望係張獻忠黨羽，認獻忠為義父，本是個殺人不眨眼的魔星，獻忠伏誅，他即竄入雲南。雲南本故明黔國公鎮守地，被土官沙定洲所逐，夫人焦氏自焚死，可望偽稱焦夫人兄弟，助天波復仇，擊退定洲，乘勢蟠踞。其黨李定國、劉文秀、艾能奇、白文選、馮雙禮等，推可望為部長。可望遣定國追殺定洲，定洲死，雲南全省，統歸可望，可望遂僭稱為王，國號後明，以干支紀年，鑄興國通寶錢，居然稱孤道寡起來。南面王人人想做，何怪可望？只是李定國與可望同等，可望稱尊，定國不樂，可望借閱武為名，到了操場，專尋定國隙頭，將定國杖了五十，定國憤恨不已。可望恐人心離散，思借名服眾，遂備黃金三十兩、琥珀四塊、馬四匹，遣使至桂王處求封。桂王命可望為景國公，定國文秀等封列侯。可望不受，自稱秦王，竟派兵襲黔東，陷川南，把故明的鎮將，殺逐得乾乾淨淨。桂王窮竄南寧，朝不及夕，沒奈何再遣欽使，封可望為冀王，可望仍不受。又加封真秦王，乃令部將到南寧迎駕。一面派李定國、馮雙禮等，率步騎八萬，由全州攻桂林，一面派劉文秀、王復臣、張光璧等，率步騎六萬，分道出敘州重慶，直攻成都。

這李定國一枝兵，鋒利無前，所到之處，無人敢當。沅靖武崗全州，統被定國攻破，孔有德忙檄部將沈永忠，出去抵截，不值定國一掃。永忠退至桂林，定國亦接踵追至。桂林兵少，有幾個守陴將士，瞧見定國兵到，都靜悄悄的溜脫。有德不能守禦，奔入府中，偕其妻痛哭一場，雙雙自縊。可償瞿式耜等性命。百姓獻了城，定國飛章告捷，使者回來，報稱永曆帝已移駕安隆，封主帥為西寧郡王，定國倒也心喜。忽報清親王尼堪，率隊至湘，清經略洪承疇，又自江寧至長沙，湖南危急。定國立率步騎往救，到了辰州，陣斬清降將徐勇，可償何騰蛟性命。進至衡州，遇著清尼堪大兵。兩下對仗，定國佯敗，誘清兵追至叢林，一聲號炮，推出無數偉象，張牙舞爪，向清兵亂撲。這清兵向來沒有見過，頓嚇得魂膽飛揚，逃命都來不及，還管什麼主帥？尼堪正想拍馬回奔，突遇一象衝到，將馬推翻，把尼堪掀倒地下，這象便從尼堪身上騰過，霎時皮破血流，死於非命。極寫定國，為後文扈駕張本。

定國得了勝仗，暫駐武崗，方思進攻衡州，忽報秦王有使命到來，請至沅州議事。定國欲行，右軍都督王之邦，出帳諫阻。定國問他緣由，之邦道：「近聞秦王劫了永曆帝，居安隆所，陽為尊奉，實是禁錮，每日餚饌，很是惡劣，他早已有心篡逆，只怕你王爺一人，此番請至沅州，有何好意？倘或前去，必遭毒手。」定國道：「我若不去，孫可望必定追來，衡州尚有清兵，兩面夾攻，如何對待？」之邦道：「不如退回廣西，再作後圖。」定國點頭，謝絕來使，竟引本部向廣西退去，馮雙禮自回。

孫可望得去使回信，不由的心中憤怒，親率人馬追趕；途次遇著劉文秀敗還，方知入川各軍，已被吳三桂殺敗，復臣中箭身亡。川中打仗，用虛寫實，為李定國抬高身分。驚愕之餘，越加懊惱，沒奈何帶了文秀，向寶慶出發。中道又會著馮雙禮一同進行。到了寶慶，巧與清兵相遇。這清兵就是尼堪部眾，由貝勒屯齊接領，南徇衡永，望見可望軍中的龍旗，隨風飄舞，屯齊即拔箭在手，搭在弓上，颼的一箭，射倒龍旗，立率精騎沖入敵陣。可望部下，不見帥旗，已自慌張，又經清兵搗入，銳不可當，便擁著可望逃走。文秀、雙禮，本是不得已相隨，至此亦一齊退去。可望吃了一場大虧，遁至貴州，搜獲故明宗室，一律殺死，賊性復發。遂自率內閣六部等官，立太廟，定朝儀，改邱文為八疊，盡易舊制。一心思想做皇帝。

桂王在安隆聞報，料知可望心變，與中官張福祿、閣老吳貞毓等密商，遣林青陽至廣西，召李定國前來扈駕。青陽出發，託詞乞假歸葬，一去不還。桂王等得不耐煩，又差翰林院孔目周官前往催促，不料被馬吉翔得知消息。馬本孫可望心腹，自然暗報可望，可望立派部將鄭國至安隆，迫桂王交出首謀，曹操、司馬懿尚親自逼宮，可望只令部將進逼，可謂每況愈下。桂王戰慄不能答。還虧中官福祿自出承認，與吳貞毓等同受械繫，由鄭國嚴刑拷訊，共得通謀十八人，即將福祿凌遲，吳貞毓處絞，其餘斬首。冤冤相湊，林青陽回來覆命，亦被鄭國殺死。鄭國回報可望，可望即遣白文選至安隆劫駕。桂王聞文選到來，嚇得魂不附體，只是嗚嗚哭泣。活像一女子狀態，安得成中興事業？文選進宮，見桂王神色慘沮，也覺黯然，遂跪奏道：「孫可望遣臣迎駕，原來不懷好意。臣聞西寧王將到，令他護駕，尚可無慮。」桂王扶起文選道：「得卿如此，不愧忠臣。但可望勢力浩大，奈何？」文選道：「可望蓄謀不軌，部下都說他不是，劉文秀已通款西寧了。他逆我順，何必畏他？」桂王才放了心。

過了數日，果聞定國兵到，即開城延入。定國恰恭恭敬敬的行了臣禮，桂王喜出望外，親書詔敕，封定國為晉王。定國即請桂王駕幸雲南，並言劉文秀在雲南待駕，可以無虞。桂王恨不得立刻脫險，即令定國文選等扈蹕，剋日出發，安安穩穩的到了雲南。劉文秀果不爽舊約，排隊迎入；進了城，把可望府第改作行宮。文秀受封為蜀王，文選受封為鞏昌王。部署甫定，警報遙傳，孫可望興兵犯闕，桂王命文選馳諭可望，與他議和。可望將文選拘住，偽上奏章，請歸妻孥。桂王即派人送還可望妻子。可望因妻子還黔，遂大起兵馬，入犯雲南。可望部將馬進忠等，多不直可望，與文選定了密計，進說可望道：「文選威名服眾，欲要攻滇，非令他為將不可。」可望道：「他與李定國勾通，如何可使為將？」馬進忠道：「聞他現已悔過，願為大王效力。」可望遂命進忠引入文選，文選佯作恭順狀態，一味趨承，喜得可望手舞足蹈，立命文選為大元帥，馬進忠為先鋒，發兵十四萬先行。留馮雙禮守貴州，自率精兵為後應。

警報飛達滇中，桂王下旨削可望封爵，命晉王李定國、蜀王劉文秀，發兵討賊。定國文秀，不過帶了萬人，甲仗又不甚完全，到了三岔河，望見敵軍已紥駐對岸，眾寡相去，不啻數倍。定國與文秀商議，文秀擬借交趾地界，作戰敗退處地，定國慨然道：「永曆孤危，全仗你我兩人，協力禦敵，若未戰先怯，是自喪銳氣，何以行軍？現在只有拚命與戰，決一雌雄。我想孫賊部下，多半離心，未必定是他勝我敗。」定國、文秀的心術，可見一斑。計議已定，即於翌晨渡河前進。那對岸的敵軍，卻退後數里，一任定國兵上岸。定國望將過去，見敵陣中懸有龍旗，料知可望亦到，遂率兵徑搗中堅。此衝彼阻，才交得三、五合，定國部將李本高身中兩箭，跌斃馬下。定國大驚失色，方欲退兵，忽見可望陣後紛紛大亂。左有馬進忠，右有白文選，旗幟鮮明，從可望軍內自行殺出，招呼定國揮兵大進。弄得可望神志昏亂，忙拍馬而逃。定國驅殺至十里外，方與白文選、馬進忠兩人，並轡而回。看官！你想這次打仗，不是白文選等暗中用計，哪肯容定國渡河、戰勝可望呢？

可望奔回貴州，遙望城門緊閉，城上豎著的旗幟，大書明慶陽王馮字樣，不覺驚訝起來，正思呼城上人答話，猛見馮雙禮上城俯視道：「我已歸順永曆帝了，永曆帝封我為慶陽王，命守此城，與你無涉。」這數語氣得可望發昏，回顧手下殘騎，所剩無多，不能再戰；且妻子統在城中，若與他爭鬧起來，定是性命難保，不得已忍氣吞聲，求雙禮還他妻子。雙禮乃開了半扉，就門隙中放出數人，可望一瞧，妻孥如故，財物蕩然，禁不住垂下淚來。他的妻子更不必說。半生搶劫，一日全休。可望痴立一回，方挈著妻子徑奔長沙，投降清經略洪承疇去了。

這事且擱過一邊，小子要敘出一個海外英雄來。看官！你道海外英雄，姓甚名誰？就是鄭芝龍的兒子鄭成功。應第十六回。芝龍降清，成功獨航海赴廈門，募兵興義，仍奉隆武正朔；至隆武帝殉國，永曆帝正位，復遣使奉表永曆，受封為延平郡公。成功竟大舉攻閩，連陷漳浦、海澄等縣，進圍長泰。清閩、浙總督陳錦，自舟山移師赴援，一場海戰，被成功殺得大敗虧輸，不但長泰被陷，連平和、詔安、南靖等處，統被成功奪去。陳錦惶急萬狀，急向清廷求援，清封芝龍為同安侯，令作書勸成功歸降。成功接閱文書，看到「父既歸清，兒亦宜薙髮投誠」等語，不禁憤憤道：「今來一薙髮國，當即薙髮，倘來一穿心國，我亦將遵命穿心麼？」快人快語。

即拒絕來使，下令進攻漳州，並懸賞購陳錦首。

歇了幾天，忽來了兩個閩人，獻上陳錦首級。成功問兩人姓名職務，一個是陳錦記室李進忠，一個是陳錦僕人庫成棟。成功又問是誰殺陳錦，成棟應聲是我，說聲未絕，兩手已被成功親卒反縛，由成功喝令處斬，怪極！嚇得成棟跪求饒命，連進忠亦跪倒叩頭。成功指成棟道：「你與陳錦有主僕之誼，如何忍心害主，把他首級來獻？我原是懸賞購陳錦首，但你不應殺他，所以我特罪你。」復問進忠道：「這罪奴有妻子否？」進忠道：「有的，現亦隨來。」成功道：「好好。他妻子到來，應照賞格發給，教他死亦瞑目。」賞罰確得當，是英雄作用。便命左右推出成棟斬訖，隨將賞銀付與進忠，令他轉交成棟妻子。進忠領了賞銀，不敢多說，就退出帳外去了。保全性命，還算幸事。忽廈門又來使人，報稱魯王以海，自舟山逃到廈門，應否接待？成功道：「魯、唐叔姪，自相魚肉，太屬可恨。」應該責備。使人說：「魯王已奉表永曆，削去監國名號了。」成功道：「既如此，應照明宗室例優待便是。」看官！你道魯王何故到廈門，他自竄身海外，隨身只有張名振一人。應十六回。很是蕭條，幸浙中遺臣張肯堂等，渡海奔赴，約得十餘人，遂把南澳作了根據地。嗣後襲踞舟山，約故行人張煌言，共圖恢復。不料清總督陳錦、都統金礪、提督田雄等，駕著大艦，來攻舟山。魯王也遣張名振、張煌言等，率兵迎敵。開了幾仗，倒也沒甚勝負，怎奈天不容明，海面上陡起大霧，罩住舟山。清兵乘霧攻入，守兵措手不及，相率潰散。名振、煌言，亟奉魯王出走。名振弟名揚，闔室自焚。張肯堂自縊死。魯王的妃子張氏及禮部尚書吳鐘巒、兵部尚書李向中等，皆殉難。清兵復分追魯王，魯王窮蹙無歸，不得已走依成功。成功遣使人回廈門，自督軍圍攻漳州，適清都統率兵至璋，與城中守兵夾攻成功。成功腹背受敵，只得退保海澄。金礪追至城下，被成功一陣擊退，乃留兵守海澄，自回廈門見魯王，復與張名振、張煌言晤談。兩下各述己志，二張是始終為魯，成功是始終為唐，彼此不便節制，商定了一個分地駐紮、互相援應的計策。二張奉魯王移駐金門，煌言復招集遺眾，進窺南京，到了吳淞口，襲奪清艦數十艘，進破崇明，轉趨丹陽，謁明太祖陵，激勵軍士，直指南京出發。忽聞魯王逝世，只得折回吳淞，尋又聞名振病亟，馳回金門。到金門後，名振已死，僅留遺書一函，勸他勉圖恢復。主喪友歿，日暮途窮，煌言至此，不禁涕淚交并。天實為之，謂之何哉？沒奈何為主發喪，為友營葬，把出兵的念頭，暫時擱置。

這且慢表，且說鄭成功駐節廈門，改稱廈門為思明州，分所部為七十二鎮，設立儲賢館、儲才館、察言司、賓客司、印局、軍器局等，井然有序。廳間供永曆帝位，有所封拜，必向座奏聞。部下感他忠義，無不敬服。當張煌言帶兵入江，正擬出師策應，嗣聞魯王名振相繼謝世。煌言退回金門，也自嘆息一番，專使弔唁，暫休兵不動。一日，清廷派了兩位欽差，齎敕來廈，封成功為海澄公。成功道：「我只知奉明帝敕，不知有清帝敕。」將來使遣回。隔了一月，成功弟渡，隨了清使三人，又到廈門。成功與清使相見於報恩寺中，清使令成功跪受詔書，成功道：「成功係大明臣子，不受清詔。」清使阿山道：「今日奉皇上聖旨，賜汝福、興、泉、漳四府地，皇恩不可謂不重，汝宜受詔，薙髮投誠。」成功正色道：「四府本是明地，何勞爾國賞賜？爾國舊封，只建州一區，如今踞我中原，太屬無理，成功愧不能為明恢復，還說要我薙髮降敵麼？海不枯，石不爛，成功不降清。」言畢，拱手自回。

是晚，鄭渡入見成功，出其父芝龍書，並略說「兒若不降，父命難保。」成功閱父書畢，慨然道：「忠孝不能兩全，為稟老父，乞諒愚忠。」鄭渡再三相勸，成功只是不從，鄭渡痛哭而出。次日，清使挈鄭渡北去，成功忙寫了覆書，遣鄭蘬追上鄭渡，將書交訖，鄭蘬自回。鄭渡隨清使歸報芝龍，呈上覆書。芝龍拆書瞧閱，上寫道：

兒以孤身僻居海隅，嘗欲效秀夫之節，修包胥之忠，藉報故國，聊達素志。不意清廷海澄公之命，突然而至，兒不得已按兵以示信，繼而四府之命又至，兒又不得已按兵以示信；談席未終，敕使乃嘵嘵以薙髮為請。嗟嗟！今中國土地數萬里，亦已淪陷，人民數萬萬，亦已效順，官吏亦已受命，衣冠禮樂，制度文物，亦已更易，所僅留為殘明故跡者，兒頭上數根髮耳。今而去之，一旦形絕身死，其何以見先帝於地下哉？且自古英雄豪傑，未有可以威力脅者，今乃嘖嘖以薙髮為詞，天下豈有未稱臣而輕自去髮者乎？天下豈有彼不以實許，而我乃以實應者乎？天下豈有不相示以信而遽請薙髮者乎？天下豈有事體未明，而遂欲糊塗了事者乎？父試思之！兒一薙髮，將使諸將盡薙髮耶？又將使數十萬兵士皆薙髮耶？中國衣冠相傳數千年，此方人性質，又皆不樂與滿夷居。一旦盡變其形，勢且激變，爾時橫流所激，不可抑遏，兒又竊竊為滿夷危也。昔吾父見貝勒時，甘言厚幣，父今日豈盡忘之？父之尚有今日，天之賜也，非滿夷之所賜也。兒志已決，不可挽矣。倘有不諱，兒只縞素復仇，以結忠孝之局。

兒成功百拜。

芝龍閱畢，蹙著眉道：「我的老命，看來要斷送在他手中了。」隨將原書呈奏順治帝。順治帝本封芝龍為同安侯，至是將他削職圈禁。一面命沿海督撫，固守汎界；一面飭鄭親王世子濟度為定遠大將軍，率師防閩。濟度出京，聞成功已連擾閩、浙海濱，進據舟山，遂兼程南下。到閩後，與成功連戰數次，一些兒沒有便宜，反失了戰艦幾艘，喪了戰將幾員。成功連獲勝仗，遂大治兵馬，銳意規復。從徵甲士，選定十五萬，五萬習水戰，五萬習騎射，五萬習步擊，另外挑選萬人，來往策應。適自滇中來使，封成功為延平郡王，招討大將軍、金門張煌言亦率兵來會，成功大喜，遂豎起奉旨招討的大旗，命中軍提督甘輝為先鋒，總兵馬信萬禮為第二隊，親統大軍為後援，請張煌言前導。揚旍鼓棹，陸續前進，行到羊山，忽遇著數陣颶風，撞沉巨艦數十艘，漂沒士卒數千名，不祥之兆。於是只好停泊舟山，修理舟楫。

忽接到數處警報，海澄守將黃梧及舊部將施琅，俱背鄭降清，清兵三路攻滇，成功不覺大憤，忙將舟楫修竣，揚帆再出。張煌言統領前部，由崇明入江，至金、焦二山，但見江中橫截鐵索，舟不能前。煌言令人泅水，暗把鐵索斫斷，遂乘著風潮，聯檣而進。到了瓜洲，與清提督管效忠相遇。兩下酣鬥，鄭軍奮勇齊上，效忠寡不敵眾，鳧水而逃，被鄭軍水師統領羅蘊章，入水追擒，推出斬首，當下掃清瓜洲敵艦，直逼鎮江，炮聲隆隆，震驚天地，城外北固山上，駐有清兵，下山來救，由鄭軍一陣亂斫，殺得馬仰人翻，濠平屍積。敗兵逃入城中，門未及閉，鄭軍一擁而入，城遂陷。鎮江屬邑，望風迎降。成功命直搗南京，帳下一人大叫道：「不可，不可！」正是：

鬥力不如鬥智，用兵先在用謀。

未知此人是誰，待下回再行交代。

有孫可望之跋扈，適形李定國之忠，有鄭芝龍之卑鄙，益見鄭成功之義，一則扈蹕滇中，一則興師海外，雖其後齎志以終，卒鮮成效，然忠義固有足多者。成功心跡光明，尤加定國一等，故敘述亦特別生色。張煌言、張名振二人夾寫在內，即為明捐軀諸遺老，亦並敘姓名，作者風世之心，可概見矣。文字之不苟作如此。

日暮途窮寄身異域　水流花謝撒手塵寰

卻說鄭成功欲進攻南京，帳內有部將諫阻，這部將便是中軍提督甘輝，當下獻計道：「我軍深入南京，清廷必發兵來救，前有守兵，後有援兵，我軍孤處其間，豈非陷入重圍？現不如將我軍分作兩路，一路取揚州，堵住山東來軍，一路據京口，截斷兩浙漕運，嚴扼咽吭，號召各郡，南畿不戰自困，那時可以唾手而得了。」甘輝之說，未始非策，然必須雲貴未破，方用得著，否則能保清軍不自江而下耶？成功道：「此計未免太迂。據我看來，南京清兵，多已調往雲貴，現在不乘勝攻取，更待何時？況清提督馬進寶，已自松江遣人通款，南京城虛援絕，還有多大本領，敢與我對敵？自然是馬到成功了。」遂不聽甘輝之言，命水軍泝江而上，直至南京。先向孝陵前率軍祭奠，隨後作了一篇檄文，傳布遠近；令張煌言別率所部，由蕪湖進取徽、寧各路，自率兵攻南京。

兩江總督郎廷佐聞鄭軍已至，急遣將分守要害，成功圍攻不下，唯接連得煌言捷報，說是太平、寧國、徽州、池州等府，都已攻克，成功不勝欣喜，料想南京一城，不日可拔。成功之心已驕矣。忽報郎廷佐遣人下書，成功傳見，把來書閱看，乃是願獻城池，唯城內人心不一，須要慢慢勸導，限期半月，方可獻納。成功喜甚，即批迴照准。其實郎廷佐的書信，乃是緩兵之計，他已聞得雲、貴獲勝，桂王遠遁，清兵可自西返東，來援南京，因此託詞獻城，寬延時日。成功不知是詐，竟墮入他計中，按兵不攻了。

小子且把雲、貴獲勝的事情，插敘數行：自孫可望降了洪承疇，具述桂王庸弱的情形，承疇遂上表清廷，請乘機大舉。清政府本無心西略，欲棄雲、貴兩省，給與桂王偏安，及得了承疇奏疏，承疇為滅永曆之魁。遂定議西征。命貝子洛託為寧南靖寇大將軍，會同經略洪承疇，從湖南出發；命平西王吳三桂為平西大將軍，偕都統墨爾根李國翰，從漢中四川出發；命都統卓布泰為征南大將軍，率提督錢國安，向廣西出發。三路兵馬，擬至貴州會齊，同入雲南。洛託、承疇一軍，出靖沅、鎮遠，至貴陽，擊走守將馬進忠，遂入據貴陽城。三桂一軍，由重慶至遵義，擊退守將劉鎮國，獲糧三萬石、降兵五千，遂入占遵義城。卓布泰一軍，亦連陷南丹、那地、獨山諸州，至貴陽來會。三路連章告捷，清廷復授豫王子信郡王鐸尼為安遠大將軍，率禁旅至貴州，總統三路兵馬。鐸尼令洛託、承疇，略屯貴陽，辦理糧餉，自督諸軍三路入滇。每路兵五萬，各帶著半月糧草，浩蕩前進。

是時，桂王部下劉文秀已死，軍政統歸李定國執掌。定國聞貴州已陷，亟遣白文選至七星關，抵住西路，馮雙禮至雞公背，抵住中路，張光壁至黃草壩，抵住東路，自守北盤江鐵索橋，居中策應。清兵三路，明兵亦三路。七星關係滇、蜀交界的要險，峭岸阻江，山同壁立，三桂到了關外，見關內已有人守住，料難攻入，他卻佯作攻狀，別遣部將繞出苗疆，拊擊背後，文選只防前面進攻，不料後面復有清兵出現，頓時驚潰，竄入霑益州。明軍一路已敗。黃草壩在南盤江右岸，由張光璧率師扼守，將江中各船，一概擊沉，阻住清軍渡江。卓布泰到了左岸，無船可濟，便在岸上紮營。兩邊隔江發炮，未曾接仗，適有泗城土司岑繼祿，到卓布泰前獻策，教他繞道下游，渡過對岸。卓布泰從土司言，遂於夜間分兵，直走下游，用人泅水，把鑿沉各船，扛至岸側，塞好漏洞，乘夜潛渡。張光璧尚呆守南盤江，誰知清兵已至北盤江。李定國聞清兵過河，急率兵三萬，堵住雙河口。清兵殺奔前來，定國揮軍死戰，擊退清兵。到了次日，清兵復至，乘風縱火，火隨風捲，野燎燭天，定國抵當不住，只得退走。明軍二路俱敗。到了北盤江見馮雙禮亦狼狽奔回，報稱清兵勢大，不勝抵禦，雞公背已被奪去。明軍三路俱敗。定國驚懼，將江內鐵索橋燒斷，與雙禮走回雲南，清兵追至北盤江，見對岸已無明軍，便搭造浮橋，逾江而進。

明桂王聞定國敗還，擬連夜出奔，行人任國璽獨請死守，尚在未決，只見定國進來，泣奏一切，桂王便與議去守情形，定國道：「行人議是，但前途尚寬，今暫移蹕，捲土重來，猶為未遲。」桂王聽了此語，遂決意出走永昌，命定國斷後。行未數里，白文選自霑益追至，定國遂把殿後軍，付與文選，自率精騎扈駕前去。清兵三路會齊，直入雲南城，洪承疇亦自貴陽趨雲南。鐸尼令諸軍進追桂王至玉龍關，遇著白文選軍，乘勢猛撲。文選部下，只有數千人馬，哪裡禁得住三路大軍？苦戰多時，人馬將盡，便拍轉馬頭，率領殘卒，逃出右甸去了。

警報傳至永昌，桂王復匆匆逃走。定國令總兵靳統武，帶兵四千扈駕，自率精兵六千，據住磨盤山，專待清兵。磨盤山在永昌城東，一名高黎貢山，為西南第一穹嶺，山路崎嶇，僅通一騎，定國料清兵窮追，必從此山經過，遂把六千兵分作三支，令部將竇名望，率兵二千伏住山口，高文貴率兵二千伏住山腰，王璽率兵二千伏住山後。自己高坐山巔，管著號炮。遙望清兵迤邐前來，正是漫山遍野，不辨多少，他卻自言自語道：「任你無數人馬，到了此地，恐怕虎落檻阱，無能為力了。」

歇了半晌，見清兵已從山口進來，因山口狹隘，將橫隊變作直隊，魚貫而進，不禁大喜。約歷一、二時，清兵入山，還不過一萬多名，猛聽得一聲炮響，清兵個個下馬，停住不進。接連又是無數炮聲，霎時煙霧迷濛，只覺得鼓角聲、喊殺聲、兵器碰撞聲，合著天上的風聲、山谷的回聲，鬧成一片，正自驚疑不定，突然來了一個飛炮，向空墜下，不偏不倚的，在定國頭上滾將下來，故作驚人之筆。嚇得定國心頭亂跳，急忙把頭一偏，那飛炮恰恰在定國身邊擦過，墜落腳邊。前面塵土，被這飛炮一激，揚起空中，任你定國智勇深沉，也自鎮定不住，忙轉身逃落山下，向西急走。到了半路，始見高文貴踉蹌奔來，手下殘兵，只剩一千多人，報稱：「清兵迭放巨炮，煙火滿山，我軍無從暗伏，不得已出來對仗，可奈清兵勢大，竇、王二將，已經陣亡，六千人已失四千，某只得衝圍前來。」定國道：「可恨可恨，不知誰人洩漏消息。」隨即合兵而去。

原來清兵自雲南出發，渡過路江，沿途經過，不遇一敵，他即仗著銳氣，越嶺進行，適有故明大理寺卿盧桂生，熱心富貴，竟至鐸尼軍前，報說山上有伏。桂生可惡。鐸尼急令前隊，舍騎而步，以炮發伏。伏兵齊起，與清兵鏖鬥一場，殺死清都統以下十餘員，精兵數千。竇名望、王璽亦戰死。此次若非桂生洩計，就使不能殺盡清兵，也要大大吃虧，只是天已亡明，不容定國成功，所以清兵得轉敗為勝。可為長太息者此也。

那時桂王西走騰越，為從官李國泰、馬吉翔所阻，轉走南甸，順著江流前去。到一大河，四望無際，招問土人，答稱此河名囊木河，過河即是緬甸國界。靳統武請走還騰越，李國泰、馬吉翔不從。桂王恐清兵追來，亦不願退回，巧值故黔國沐天波前來扈駕，說與緬人相識，遂決議渡河。唯靳統武不願，仍奔覓定國去了。

桂王至緬甸境，緬人令從官盡去兵器，方許前行。桂王無奈，命從官拋棄兵械，僱了車馬，進鑾暮，緬人具四舟來迎。行三日，至緬都，不令桂王登岸。又五日，至赭硜停舟，方導桂王上陸，引入草屋中。屋外編竹為城，左右都是緬婦貿易。緬人多短衣赤足，桂王從官，亦忘卻本來面目，雜入緬婦貿易場中，坐地喧笑，呼奴縱酒，正是孱君無志，徒成失國之寓公，從吏貪生，甘作窮途之丐卒，這且按下慢提。

且說清信郡王鐸尼，因桂王已奔緬甸，奏捷北京，得旨令大軍回朝，留吳三桂鎮守雲南，封三桂妻為福晉，命其子應熊在京供職，妻以太宗第十四女和碩公主，清降將中，要算是第一優待了。順治帝以蕩平雲、貴，方擬郊迎功臣，飲至策賞，不期江南警報，紛紛遞到，順治帝大驚，忙召滿廷文武，商議退敵，便道：「朕即位十數年，南征北討，沒有一日安息，現聞雲、貴已捷，明宗垂盡，朕道是輿圖一統，得享承平，不料這個鄭成功，又來作祟，江南四府三州二十二縣，都報失守，南京危在旦夕，看來還不能安枕。朕想做皇帝很沒趣味，倒不如做個和尚，像西藏的達賴、班禪，安閒也安閒，尊榮也尊榮，豈不快活自在麼？」順治帝自知苦趣，頗已悟道，奈何後人偏喜做皇帝？當時文武百官都跪奏道：「天子英武聖明，古今無兩，區區小丑，不日敉平，何庸過勞聖慮。」

順治帝道：「朕擬簡率六師，自去親征，除絕那廝逆眾，然後脫卸萬幾，擇個安靜地方，去享清福。明日各王大臣，隨朕至南苑閱師，不得有誤！」文武百官，齊聲遵旨而出。次日，各官都先集南苑，恭候御駕，到了辰牌時候，御駕已至，兩旁文武站立，俟順治帝登座，個個請過了安，遂命滿漢健兒、八旗勁旅，整整地操練了一天。操畢，御駕回宮，次晨升殿，擬擇日出師。適兵部尚書呈遞驛奏，系是江南總督郎廷佐拜發，內稱崇明總兵梁化鳳，擊退鄭逆，陣斬賊將甘輝等，鎮江、瓜州俱已克復。世祖大喜，命梁化鳳為江南提督，先圖形進呈，並授內大臣達素為安南將軍，會同閩、浙總督李率泰進擊廈門，務絕根株。旨下，文武百官，又皆叩賀，隨即退朝不表。

唯這梁化鳳如何擊退鄭成功？應由小子表明。上文說到鄭成功進薄南京，中了郎廷佐的緩兵計，按兵不攻，這是成功第一失著。郎廷佐恰飛檄調兵，梁化鳳即奉檄往援，兩邊相持數日，化鳳登高望敵，遙見敵營不整，樵蘇四出，軍士都在後湖嬉遊，鄭軍如此怠玩，安得不敗？然亦由驕盈而致。便入署稟明廷佐，夤夜襲營。是夕，化鳳帶了勁騎五百，潛出神策門，先搗白土山，出鄭軍不意，衝入前鋒餘新寨內。餘新從睡夢中驚醒，倉卒起來，不及持械，被化鳳活擒而去。成功聞報，忙率軍相救，化鳳已自入城，無從奪回餘新。次晨，成功因廷佐失信，令甘輝守營，自出江上調發水師，夾攻南京。不料成功去後，清兵傾城出來，殺入鄭營，甘輝上前攔阻，兩下酣戰，勝負未分。突聞營後射入銃炮，後隊不戰先亂。甘輝前後受敵，只自死戰不退，無奈部將多已逃走，僅剩數百殘兵，東衝西突，哪裡還支持得住？清兵執著長槍，四面攢聚，甘輝尚竭力招架，無如馬已被搠，蹶倒前蹄，眼見得甘輝墜地，不得生存了。

此時成功適在江上，見敗軍陸續奔來，方知大營已破，長嘆一聲，命殘兵次第下船，自己亦匆匆下艙。未曾坐定，梁化鳳已率水師追到，把火箭火球拋擲過來。成功無心戀戰，急飭軍艦東走，駛到崇明，已喪失了好幾艘。遂揚帆出海，逃回廈門，張煌言尚在徽寧，聞報鄭軍敗退，剛在驚疑，忽長江上游，來了一支清兵，乃是從貴州凱旋，還援江南。煌言揮兵奮擊，打沉敵艦數艘，餘艦退去。誰知夜間炮聲震天，煌言登舟四望，前後左右，都是敵艦，連忙換坐小船，偷出重圍。回頭一瞧，自己的艦隊，盡由祝融氏替他收拾，也無暇顧惜，只命水手駛入小港，舍舟登陸，逾山過嶺，繞出浙省，仍渡錢塘江出海。到了海外，聞鄭成功去奪臺灣，頓足浩嘆，遂貽書成功，略說道：

中原板蕩，明社為墟，僅存思明州一塊土，為四海所屬望，遺民所依歸。殿下奈何棄此十萬生靈，而與紅毛夷爭海島乎？且苟安一隅，將來金、廈兩門，亦不可守。古人云：「寧進一寸死，毋退一尺生。」唯殿下實圖利之！

原來閩海中有一大島，名叫臺灣，直長二千五百里，橫闊五百里，倒是一個海外桃源。成功父芝龍為海盜時，曾恃此島為出沒地，芝龍入降，此島為荷蘭人所據。荷蘭向稱紅毛夷，在島中寄泊市舶，並築土城數十處，屯住僑民。成功自江南敗歸，以進取無成，謀奪臺灣為窟穴，適清靖南王耿繼茂，自廣東移鎮閩地，與將軍達素、總督李率泰，分出漳州、同安，合攻廈門，被成功一鼓擊退。回應前文。成功遂移師至臺灣，巧值潮漲風順，麾艦進鹿耳門，荷人倉卒難支，遂與成功議和，願即遷讓。荷人已去，成功遂入居臺灣，與金、廈作為犄角。獨這張煌言恐他無志恢復，因作書相勸，待了多日，不見回音，乃浮海至臺州，到南田島停泊，入居島中，暫且慢表。

再說吳三桂留守雲南，本沒有什麼大事，可以安穩度日，他偏欲剪滅明宗，上了一本奏章，這奏叫做「三患二難疏」。他說：「李定國、白文選等，託名擁戴，引著潰眾，肆擾邊境，患在門戶；土司易被煽惑，偏地蜂起，患在肘腋；投誠將士，或繫念故明，邊聞有警，攜貳乘機，患在腠理；這便叫做三患。」又說：「滇中米糧騰踴，輸挽絡繹，在在需資，養兵難，安民亦難；這便叫做二難。」總結是：「當及時進剿，淨盡根株，方得一勞永逸」等語。順治帝因中原混一，已存一厭世心，不欲再勞兵眾，清不欲除永曆，偏這三桂硬要出頭，真正可殺！覽了此奏，猶在遲疑。朝上一班大臣，都贊成三桂議論，乃命內大臣愛星阿為定西將軍，赴滇會剿。愛星阿到滇後，與三桂進兵木邦，擒住白文選，直入緬境。一面傳諭緬酋，索獻桂王，一面飛報捷音。

順治帝得此捷奏，料知大功告成，已在旦夕，悠然遠念，有心高蹈。只是宮中有位董鄂妃，乃是南中漢人，被擄北去，沒入宮內，順治帝見她身材窈窕，秀外慧中，竟把她特別寵幸，封為貴妃。「回頭一笑百媚生，六宮粉黛無顏色。」少年天子，未免多情，為此一縷絲牽，未忍遽辭塵網。這老天偏要成全順治帝初志，竟降了二豎下來，陪著董妃左右，從此董妃日漸瘦弱，一病不起，膏肓成痼，藥石無靈，可憐一朵嬌花，竟與流水同逝。順治帝十分悲痛，輟朝五日，特諭禮部，略稱：「皇貴氏董鄂妃薨逝，奉聖母皇太后懿旨，宜追封為皇后，以示褒崇。朕仰承慈諭，用特追封，加以謚號，謚曰孝獻莊和至德宣仁端敬皇后。」順治帝頗稱英武，只廢后寵妃兩大案，為一生缺憾。禮部奉旨，辦理喪葬事宜，自必特別從豐，無庸細說。這是順治十七年仲秋事。梧桐葉落，翡翠衾寒，轉眼間霜雪連天，益增忉怛。順治帝經此慘事，益看破世情，遂於次年正月，脫離塵世，只留重詔一紙，傳出宮中。詔曰：

太祖太宗創垂基業，所關至重，元良儲嗣，不可久虛。朕子玄曄，佟氏所生，八歲岐嶷穎慧，克承宗祧，茲立為皇太子；即遵典制，持服二十七日，釋服即皇帝位，特命內大臣索尼、蘇克薩哈、遏必隆、鰲拜為輔臣。伊等皆勛舊重臣，朕以腹心寄託，其勉矢忠藎，保翊沖主，佐理政務，布告中外，咸使聞知。

此詔一傳，各王大臣非常驚疑，都說昨日早朝，皇上康健如恆，怎麼今日會晏起駕來？且遺詔上面，亦並沒有說起病源，正是奇怪得很。當下照例哭臨，輔政四大臣及信郡王鐸尼、大學士洪承疇等，奉了八齡的新主，即帝位於太和殿，這便是皇三子玄曄嗣位。擬定年號叫康熙，次年改元，尊為清聖祖仁皇帝。後人有清涼山贊佛詩，相傳是詠清世祖事，其詩道：

雙成明靚影徘徊，玉作屏風壁作臺。
薤露凋殘千里草，清涼山下六龍來。

詩中有「雙成」及「千里草」字樣，是暗指董鄂妃，清涼山是五臺山上一峰，是暗指世祖出家，小子也不能辨別真假，只好作為疑案。

順治朝事已終，下回開篇，要說康熙朝了。

翦滅明宗之策，始之者洪承疇，成之者吳三桂。二人舊為明臣，何無香火情乃爾？清世祖頗稱知足，本欲留片土以存明祀，而洪、吳二臣，先後慫恿，箭在弦上，不得不發，其初心固堪共諒也。厥後中原大定，敝屣尊榮，借過眼之曇花，證前途之覺果，斯正所謂大解脫者。明眼人瀏覽本章，應知所褒貶矣。

弒故主悍師徼功　除大憝沖人定計

卻說康熙帝即位，由四位輔政大臣，盡心佐理，首擬肅清宮禁，將內官十三衙門，盡行革去。什麼叫做十三衙門？即司禮監、尚方司、御用監、御馬監、內官監、尚衣監、尚膳監、尚寶監、司設監、兵仗局、惜薪司、鐘鼓司、織染局便是。這十三衙門中，所用的都是太監，順治帝在日，曾立內十三衙門鐵牌，嚴禁太監預政，只因衙門未撤，終不免鬼鬼祟祟，暗裡藏奸，康熙帝即位，就裁撤十三衙門，宮廷內外，恭讀上諭，已自稱頌不置。清聖祖為一代令主，所以開場敘事即表明德政。到了元年三月，平西王吳三桂、定西將軍愛星阿先書三桂，特標首惡。奏稱：「奉命征緬，兩路進兵，緬酋震懼，執偽永曆帝朱由榔獻軍前，滇局告平。」此奏一上，特降殊旨，進封三桂為親王，鎮守如故，命愛星阿即日班師。原來桂王寄居緬甸，本已困辱萬分。李定國時在景線，連上三十餘疏，迎駕往彼，都被緬人阻住。定國復出軍攻緬城，緬人固守不下，忽聞清兵亦來攻緬，只得引還景線。適緬酋巴哇喇達姆摩弒兄自立，欲借清朝的勢力，壓服緬人，遂陰使通款清兵，願執獻桂王。三桂應允，限期索獻。緬酋遂發兵三千，圍住桂王住所，託名詛盟，令從官出飲咒水。馬吉翔先出，開了頭刀，李國泰作了吉翔第二，接連是走出一個，殺死一個，共死四十二人。唯沐天波與將軍魏豹，格死緬人數名，自刎而亡。馬、李等死有餘辜，唯沐天波似覺可惜。桂王自知不免，含淚修書，遣人投遞清營，交與吳三桂，其辭非常沉痛，詳錄如下：

將軍新朝之勛臣，亦舊朝之重鎮也。世膺爵秩，封藩外疆，烈皇帝之於將軍，可謂厚矣。國家不造，闖賊肆惡，覆我京城，滅我社稷，逼我先帝，戮我人民，將軍志興楚國，飲泣秦庭，縞素誓師，提兵問罪，當日之初衷，固未泯也。奈何遂憑大國，狐假虎威，外施復仇之名，陰作新朝之佐？逆賊既誅，而南方土宇，非復先朝有矣。諸臣不忍宗社之顛覆，迎立南陽，枕蓆未安，干戈猝至，弘光北狩，隆武被弒，僕於此時，幾不欲生，猶暇為社稷計乎？諸臣強之再三，謬承先緒，自是以來，楚地失，粵東亡，驚竄流離，不可勝數。猶賴李定國迎我貴州，接我南安，自謂與人無患，與世無爭矣。而將軍忘君父之大德，圖開創之豐功，提師入滇，覆我巢穴，由是僕渡荒漠，聊借緬人以固我圉，山遙水長，言笑誰歡，只益悲矣。既失山河，苟全微息，亦自息矣。乃將軍不避阻險，請命遠來，提數十萬之眾，窮追逆旅，何以視天下之不廣哉？豈天覆地載之中，猶不容僕一人乎？抑封王賜爵之後，猶欲殲僕以徼功乎？既毀我室，又取我子，讀鴟鴞之章，能不慘然心惻乎？將軍猶是世祿之裔，即不為僕憐，獨不念先帝乎？即不念先帝，獨不念列祖列宗乎？即不念列祖列宗，獨不念己之祖若父乎？不知大清何恩何德於將軍，僕又何仇何怨於將軍也？將軍自以為智，適成其愚，自以為厚，適成其薄，千載而下，史有傳，書有載，當以將軍為何如也？僕今日兵衰力弱，煢煢之命，懸於將軍之手矣，如必欲僕首領，則雖粉骨碎身，所不敢辭；若其轉禍為福，或以遐方寸土，仍存三恪，更非敢望，苟得與太平草木，同沾雨露於新朝，縱有億萬之眾，亦當付於將軍矣。唯將軍命之！

這封書信，若到別人手中，也要存點惻隱，為桂王顧卹三分，偏這忍心害理的吳三桂，毫不動心，仍檄催緬酋速獻桂王。桂王方等三桂覆書，忽見緬兵七八十名，蜂擁而入，不問情由，把桂王連人帶座，抬了就走。還有桂王眷屬二十五人，號哭相隨。桂王此時精神恍惚，由他抬著，經過了若干路程，滿望是荊蔓葛藤，無情一碧。正是荊天棘地。到了緬都城外，見有大營數座，旗幟分懸，右首是平西大將軍字樣，左首是定西大將軍字樣，緬兵從平西大將軍營內進去，放下桂王，出營自去。這裡自有營兵接住，桂王問此處是哪裡？營兵道：「是清平西大將軍吳王爺大營。」桂王道：「是否平西王吳三桂。」營兵應了一個「是」字，桂王嘆了數聲。又見眷屬多蓬頭赤足，被緬兵押令入營，到桂王前，個個放聲大哭。營內走出一員部將，大喝道：「王爺出來，休得胡鬧！」眷屬被他一嚇，噤住哭聲。

少頃，一位雄糾糾氣昂昂的大員，帶了數名護衛，緩步出來，對了桂王，一個長揖。桂王見他頭戴寶石頂，身穿黃馬褂，早料著是大將軍模樣，恰故意問是誰人？答稱「清平西王吳……」說到吳字，停住。桂王道：「你便是大明平西伯吳三桂麼？」偏要提出「大明」二字，桂王也算辣口。三桂聞得「大明」二字，好像天雷劈頂一般，頓時毛骨俱悚，不由的雙膝跪下，顫聲道：「是。」天良終自難泯。桂王道：「好一個平西伯，果然能幹！可惜是忘本了。但事到如今，也不必說，朕正思北去，一謁祖宗十二陵寢，你能替朕辦到，朕死亦瞑目了。」三桂仍顫聲道：「是。」桂王命他起來。三桂即辭歸營內，對眾將道：「我自從軍以來，大小經過數百戰，並沒有什麼恐懼，不意今日見這末代皇帝，偏令我跼蹐難安，真正不解，真正不解！」有何難解？隨令部將護著桂王及桂王家眷，簇擁前行，自己邀同愛星阿，拔營歸滇。不幾日到了雲南省城，將桂王拘禁別室，與愛星阿商議處置桂王的法子。愛星阿擬獻俘北京，聽朝廷發落。吳三桂道：「倘中途被劫，奈何？據我愚見，不如奏請就地處決為是。」愛星阿係滿人，尚不欲死永曆，何吳三桂，悍忍至此？愛星阿不便抗議，照三桂意拜發奏摺。到了四月十四日，奉了清聖祖諭旨：「前明桂王朱由榔，恩免獻俘，著即傳旨賜死。欽此。」志明月日，作為明宗絕滅一大紀念。三桂立即升帳，傳齊馬、步各軍，將桂王及眷屬二十餘人，都擁到篦子坡法場，令即絞決。桂王也不多說。只有桂王儲嗣，年只十二齡，大罵三桂道：「三桂黠賊！我朝何負於汝？我父子何仇於汝？乃竟置我死地。天道有知，必不令黠賊善終！」是日，天昏地暗，風霾交作，滇人無不悲悼，改喚篦子坡為迫死坡。福、唐、桂三藩事，至此結局。

時李定國方聯結暹羅、古剌諸國，擬大舉攻緬，索還桂王，忽聞緬人已把桂王獻與吳三桂，急引兵追截；途次，又聞桂王被弒，望北大哭，嘔血數升。兵士見主帥已病，請即退還。回到猛獵，病勢日重一日，臨危時，尚三呼永曆帝，悠然而逝。

定國已死，西陲無遺患，獨東南尚有張煌言、鄭成功。煌言隱居南田島，隨從只有數人，明知大勢已去，無能為力，只是忠心未泯，還與臺灣常通音問，屢促成功進兵。不料成功一病身亡，煌言聞訃大哭道：「延平一歿，還有何望？」從此深島屏居，謝絕一切，暇時或著書遣悶，借酒消愁。一日，方在門外閒眺山水，見有數人著了明裝，走到煌言面前，瞧了又瞧。煌言方自驚詫，但聽來人道：「君非張煌言先生麼？」煌言不便道出姓名，卻轉問來人。來人道：「我等皆故明遺民，因聞先生居此，特來拜謁。先生何必隱匿名姓，難道疑我等為奸細麼？」煌言便邀到窟穴，彼此各道姓字，無非是張三、李四一流人物。坐談之頃，滿口思明，聲聲忠義，與煌言說得非常投機，並云：

「島口有來舟數號，舟中同志，約數百人，一成一旅，也可中興，請先生出去一會，訂定盟約，共圖恢復便是。」煌言熱心復明，便隨了來人，步至島口，果見口外泊船數艘，將要上船，舟中突起數人，都是辮髮的清兵，煌言始知中他詭計。清兵提起鐵索來縛煌言，煌言厲聲道：「士可殺不可辱！」道言未絕，岸上引誘煌言的來人，即搖手阻住。當下偕煌言上船，乘著風勢，到了寧波，復由寧波轉達杭州，由清兵上岸，僱了肩輿，抬煌言入署。巡撫趙廷臣下階迎接，請他上坐，便嘮嘮叨叨的勸他降清。煌言道：「如公厚誼，非不足感，但煌言義不事清，有死無二。任他辯如秦、儀，不能搖動方寸，還是早日就死，完我貞心。」廷臣見無可說，便從他志願，送出清波門，令他就義，把遺骸送入鳳凰山中。迄今鳳凰山有張蒼水先生墓，就是煌言遺冢。

這時候，鎮守閩地的耿繼茂，復與閩督李率泰、水師提督施琅，借了荷蘭國夾板船數艘，攻克金、廈二島，復名思明州為廈門。鄭軍退保臺灣，由成功子經據守臺地，仍奉永曆正朔，效節海外。清廷將鄭芝龍正法，並其子鄭成恩、世恩、世蔭等，亦一律斬首。芝龍臨刑時，長嘆道：「早知如此，何必投降。」悔已遲了。鄭經聞芝龍受刑，痛乃祖之被戮，悲厥考之無成，搶地呼天，枕戈飲血，可奈逋地徒成孤立，銜石不足填波，只得遵晦養時，再作計較。

那時八齡天子，坐享承平，歸馬放牛，修文偃武，太常紀績，頒世祿以報功，勝國搜賢，予隆謚以表節。光陰荏苒，已是四年，天子大婚，冊內大臣噶布喇女何舍里氏為皇后，龍鳳雙輝，滿廷慶賀。太皇、太后與皇太后，各上徽號，雖是照例應有的事情，免不得錦上添花，愈加熱鬧。只范文程、洪承疇等一班勛臣，先後逝世，朝綱國計，統歸輔政四大臣管理。這四大臣中，索尼是四朝元老，資格最優，人品亦頗公正。遏必隆與蘇克薩哈勛望較卑，凡事俱聽索尼主裁。獨這鰲拜隨征四方，自恃功高，橫行無忌，連索尼都不在眼中，他想把索尼諸人一一除掉，趁著皇帝衝幼，獨攬大權，因此暗中設法，先從蘇克薩哈下手。蘇克薩哈係正白旗人，鰲拜乃鑲黃旗人，順治初年，睿親王多爾袞曾把鑲黃旗應得地，給與正白旗，別給鑲黃旗右翼地，旗民安居樂業，已二十多年。鰲拜倡議，欲將原地各歸原旗，明明是借題生釁。宗人府會議照准，遂命直隸總督朱昌祚，巡撫王登聯，會同國史館大學士蘇納海，經理易地事宜。俗語說道：「多一事不如少一事。」這安居樂業的旗民，無緣無故要他遷徙，不免要多費財力；況且原地易還，屯莊亦須互換，彼此各有損失，各有困難，自然而然的怨恨起來。蘇納海、朱昌祚、王登聯等，俯順輿情，奏請停止，康熙帝召見四大臣，將原奏交閱。鰲拜怒道：「蘇納海撥地遲誤，朱昌祚阻撓國事，統是目無君上，照例應一律處斬。」這是鰲拜自創的律例。康熙帝問索尼等人道：「卿等以為何如？」遏必隆連忙答道：「應照輔臣鰲拜議。」索尼亦隨即介面道：「臣意也是如此。」口吻略有不同，然都是敲順風鑼。只蘇克薩哈俯首無言。鰲拜怒目而視，恨不將蘇克薩哈吞入肚中，轉向康熙帝道：「臣等所見皆同，請皇上發落！」康熙帝猶在遲疑，鰲拜即向御座前，揀出片紙，提起御用的硃筆，寫著：「蘇納海、朱昌祚、王登聯，不遵上命，著即處斬」十七個大字，匆匆逕出。索尼等亦隨了出來。鰲拜就將矯旨付與刑部，刑部安敢怠慢，即提到蘇納海、朱昌祚、王登聯三人，綁出市曹，一概梟首。

康熙帝見鰲拜這副情形，遂有意親政，陰令給事中張維赤等聯銜奏請。貝勒王大臣同聲贊成，獨鰲拜不發一詞。康熙帝又延了年月，直到康熙六年秋季，始御乾清門聽政。隔了數日，索尼病逝，鰲拜欲加專恣，蘇克薩哈恐不能免禍，遂呈上奏摺，略云：

臣以菲材，蒙先皇帝不次之擢，廁入輔臣之列，七載以來，毫無報稱，罪狀實多。茲遇皇上躬親大政，伏祈令臣往守先皇帝陵寢，如線餘息，得以生全，則臣仰報皇上豢育之恩，亦得稍盡。謹此奏聞。

帝覽奏，即用另紙寫就朱諭道：

爾輔政大臣等，奉皇考遺詔，輔朕七載，朕正欲酬爾等勤勞。茲蘇克薩哈奏請守陵，如線餘息，得以生全，不識有何逼迫之處？在此何以不得生？守陵何以得生？著議政王貝勒大臣會議具奏。

此諭一下，鰲拜已經聞知，遂至議政王處運動。這時候，議政王中，要算康親王傑書位望較高，然見了鰲拜，亦非常畏懼。鰲拜便授意傑書，教他如此如此，傑書唯唯聽命，遂照鰲拜意奏復。康熙帝見了復陳，不覺驚異起來。看官！你道他復奏中是什麼說話？他說「蘇克薩哈係輔政大臣，不知仰體遺詔，竭盡忠誠，反飾詞欺藐主上，懷抱奸詐，存蓄異心，本朝從無犯此等罪名，應將蘇克薩哈官職，盡行革去，即凌遲處死，所有子孫，俱著正法」云云。查清朝律例，凌遲處死，乃是大逆不道的處分，蘇克薩哈請守陵寢，不過語言激烈一點，如何可加他凌遲，並且還要滅族？康熙帝幼年岐嶷，哪有不驚異之理？便召康親王傑書等，及遏必隆、鰲拜二人入內，說他復奏謬誤。鰲拜即向前辯駁。康熙帝道：「你與蘇克薩哈不知有什麼仇隙，定要斬草除根，朕意恰是不准。」鰲拜道：「臣與蘇克薩哈並無嫌隙，只是秉公處斷。」康熙帝道：「恐怕未必。」鰲拜道：「若不如此辦法，將來臣下都要欺君罔上了。」康熙帝道：「欺君罔上之人，眼前何曾沒有？朕看蘇克薩哈，倒還是有些規矩。」鰲拜仍是力請，康熙帝堅持不允。鰲拜不禁大怒，攘臂直前，欲以老拳相向。康熙帝究竟少年，嚇得惶恐失色，便支吾道：「就要辦他，亦不應凌遲處死。」鰲拜抗聲道：「即不凌遲，也應斬首。」康熙帝顫慄不答，還是傑書同遏必隆，參了末議，定了絞決，鰲拜方無言而出。可憐蘇克薩哈七載勤勞，竟被權奸搆陷，慘死法場。

康熙帝經此一激，到慈寧宮內去見太后，泣述鰲拜不法情狀。太后女流，無計可施，只用言撫慰。究竟聖明天子，別有心思，他向各王邸中，選了百名親王子弟，年紀多與康熙帝彷彿，一班兒練習武藝，研究拳術。將門之子，骨種不同，不到一年，都學得拳術精通，武藝高強，連康熙帝也得了一點本領。於是康熙帝不同聲色，先封鰲拜為一等公；歇了數日，單召鰲拜入內議事。鰲拜欣然前往，到了內廷，見康熙帝端坐上面，兩旁站立的，便是一往少年貴冑。鰲拜昂著頭，走至康熙帝前。說道：「皇上召臣何事！」康熙帝豎起龍目，怒向鰲拜道：「你知罪麼？」鰲拜毫不畏懼，直答道：「臣有何罪？」康熙帝道：「你結黨樹私，妒功害能，罪不勝舉，還說無罪！」鰲拜聽了此語，惱著性子，忍耐不住，仍舊發作攘臂故態。康熙帝索性激他一激，便道：「左右與我拿下！」鰲拜厲聲道：「哪個敢來拿我！」言未畢，一少年應聲而出，走近鰲拜，鰲拜即拍面一拳，那少年不慌不忙，把鰲拜拳頭接住，喝一聲道：「去。」鰲拜站立不住，倒退數步。眾少年趁這機會，擁住鰲拜，你一拳，我一腳，鰲拜不防這童子軍，竟有如許能力，方想極力招架，誰知已被眾少年掀翻，打得皮破血流，奄奄一息。康熙帝便召傑書、遏必隆入內，痛罵一頓。兩人連忙下跪，搗頭如蒜。康熙帝便命兩人拖出鰲拜，叫他拒實訊鞫，不得徇私。這兩人魂膽消揚，自然尊旨勘實，奏復鰲拜罪狀共三十款。末後有「鰲拜為勛舊大臣，正法與否，出自皇上聖裁」等語。正是：

當道豺狼遭失勢，滿城狐鼠亦寒心。

未知鰲拜性命如何，且看下回分解。

吳三桂率軍南下，嚴檄緬人，令獻永曆帝自効，此實三桂之一失計，若稍有遠識，誰肯悍然不顧，冒大不韙之名？迨緬人獻出永曆，復手自加弒，彼以為可免清帝之嫌。不知愈中清帝之忌。康熙帝故英斷有餘。觀其不動聲色，立除鰲拜，寧不能除三桂耶？篇中隨依次舒敘事，然鉤心鬥角處，隱具匣劍帷燈之妙。微而顯，明而晦，吾於是書亦云。

蓄逆謀滇中生變　撤藩鎮朝右用兵

卻說清康親王傑書等，既審問鰲拜，明白復奏，不日，由內閣傳下諭旨。其詞道：

鰲拜係勛舊大臣，受國厚恩，奉皇考遺詔，輔佐政務，理宜精白乃心，盡忠報國。不意鰲拜結黨專權，紊亂國政，紛更成憲，罔上行私，凡用人行政，鰲拜欺藐朕躬，恣意妄為。文武官員，欲令盡出其門。內外要路，俱伊之奸黨。班布林善、穆里瑪塞本得、阿思哈、噶褚哈訥莫、泰壁圖等，結為黨與，凡事先於私家商定乃行；與伊交好者，多方引用，不合者即行排陷，種種奸惡，難以列舉。朕久已悉知，但以鰲拜身係大臣，受累朝寵眷甚厚，猶望其改行從善，克保功名以全始終。乃近觀其罪惡日多，上負皇考付託之重，暴虐肆行，致失天下之望。遏必隆知其惡，緘默不言，意在容身，亦負委任。朕以罪狀昭著，將其事款命諸王大臣公同究審，俱已得實，以其情罪重大，皆擬正法。本當依議處分，但念鰲拜效力多年，且皇考曾經倚任，朕不忍加誅，姑從寬免死，著革職籍沒，仍行拘禁。遏必隆無結黨事，免其重罪，削去太師職銜及後加公爵。班布林善、穆里瑪、阿思哈、噶褚哈塞本得、泰壁圖、訥謨，或係部院大臣，或係左右侍衛，乃皆阿附權勢，結黨行私，表裡為奸，擅作威福，罪在不赦，概令正法。其餘皆係微末之人，一時苟圖僥倖，朕不忍盡加誅戮，寬宥免死，從輕治罪。至於內外文武官員，或有畏其權勢而倚附者，或有身圖幸進而依附者，本當察處，姑從寬免。自後務須洗心滌慮，痛改前非，遵守法度，恪共職業，以期副朕整飭紀綱、愛養百姓之至意。欽此。

刑部奉到諭旨，即遵照辦理，自是文武百官，方曉得康熙帝英明，不敢肆無忌憚。這事傳到外省，別人倒還不甚介意，只有那兩朝柱石功高望重的吳三桂，偏覺心中不安起來。事有湊巧，廣東鎮守平南王尚可喜，因其子之信酗酒暴虐，不服父訓，恐怕弄出大禍，遂用了食客金光計，奏請歸老遼東，留子鎮粵，他的意思，無非望皇上召還，得以面陳一切，免致延累。適值康熙帝除了鰲拜，痛恨權臣，見了此奏，即令吏部議復。吏部堂官，早窺透康熙的意思，議定藩王現存，兒子不得承襲，尚可喜既請歸老，不如撤藩回籍等語。康熙帝遂照議下諭。

吳三桂在雲南，日日探聽朝廷消息，他的兒子吳應熊曾招為駙馬，在京供職，所有國事，朝夕飛報。尚可喜還未接諭，吳三桂早已聞知，當下寫了密函，寄到福建。此時靖南王耿繼茂已死，由其子靖忠襲封，仍鎮守福建地方，得了三桂密書，就照書中行事，上了摺子，奏請撤兵。摺奏到了北京，吳三桂奏摺亦到，大致與靖忠相同。如此恭順，殊出意料。及看到後文，始知吳、耿命意。康熙帝召集廷臣會議，各大員多膽小如鼷，主張勿撤；又命議政王及各貝勒議決，也是模稜兩可。康熙帝道：「朕閱前史，藩鎮久握重兵，總不免鬧出禍來，朕意還是早撤。況吳三桂子應熊，耿精忠弟昭忠、聚忠等，都在京師供職，趁此撤藩，彼等投鼠忌器，尚不至有變動。」兵部尚書明珠、戶部尚書米思翰、刑部尚書莫洛，聽到此語，就隨聲附和起來，不是說聖意高深，就是說聖明燭照。極力諂媚。康熙帝遂准奏撤藩，差了侍郎哲爾旨、學士博達禮往雲南、戶部尚書梁清標往廣東，吏部左侍郎陳一炳往福建，經理各藩撤兵起行事宜。

三桂聞了此信，大吃一驚，暗想道：「我去奏請撤藩，乃是客氣說話，不料他竟當起真來。」遂密與部下夏國相馬寶計議。馬寶道：「這乃調虎離山之計，王爺若願棄甲歸田，也不必說，否則當速謀自立，毋再遲疑。」夏國相道：「馬公之言甚是。但現在且練兵要緊，等待朝使一到，激動軍心，便好行事。」一吹一唱，吳氏香火，要被他斷送了。三桂便於次日昇帳，傳齊藩標各將，往校場操演。各部將遵著號令，不敢懈怠。以後日日如此，除夏國相、馬寶及三桂兩婿郭壯圖、胡國柱外，統是莫名其妙。

一日，傳報欽使到來，三桂照常接詔，一面留心腹部員款待兩使，一面部署士卒，檢點庫款，宛似辦理交卸的樣子。整頓已畢，便召眾將士齊到府堂，令家人抬出許多箱籠，開了箱蓋，搬出金銀珠寶，綢緞衣服各類，擺列案前，隨向將士說道：「諸位隨本藩數十年，南征北討，經過無數辛苦，現今大局漸平，方想與諸位同享安樂，不期朝廷來了兩使，叫本藩移鎮山海關，此去未知凶吉，看來是要與諸位長別了。」眾將士道：「某等隨王爺出生入死，始有今日，不知朝廷何故下旨撤藩？」三桂道：「朝旨也不便揣測，大約總是『鳥盡弓藏，兔死狗烹』的意思。本藩深悔當年失策，輔清滅明，今日奉旨戍邊，不知死所，這也是本藩自作自受。確是自作自受。只可憐我許多老弟兄，汗馬功勞，一旦化為烏有。」說到此處，恰裝出一種淒惶的形狀，並把手指向案前道：「這是本藩歷年積蓄，今日與諸位長別，各應分取一點，留個紀念。他日本藩或有不測，諸位見了此種什物，就如見了本藩。罷罷罷，請諸位上來，由我分給！」眾將士都下淚道：「某等受王爺厚恩，願生死相隨，不敢再受賞賜。」三桂見眾將士已被煽動，隨即說道：「欽使已限定行期，不日即當起程，諸位還要這般謙遜，反使本藩越加不安。」眾將士方欲再辭，忽從大眾中閃出兩人，抗聲道：「什麼欽使不欽使？我等只知有王爺，不知有欽使。王爺若不願移鎮，難道欽使可強逼麼？」三桂視之，乃是馬寶、夏國相，卻假作怒容道：「欽使奉聖旨前來，統宜特別恭敬，你兩人如何說出這等言語，真是瞎鬧！」馬寶、夏國相齊聲道：「清朝的天下，沒有王爺，哪裡能夠到手？這語是極。今日他已非常快樂，反使王爺跋涉東西，再嘗苦味，這明明是不知報德。王爺願受清命，某等恰心中不服！」三桂道：「休得亂言！俗語說道：『君要臣死，不得不死。』只我前半生是明朝臣子，為了闖賊作亂，借兵清朝，報了君父大仇。本藩因清朝頗有義氣，故爾歸清，至永曆帝到雲南時，本藩也有意保全，無如清廷硬要他死，不能違拗，只得令他全屍而亡，把他好好安葬。現在遠徙關外，應向永曆帝陵前祭奠一回，算作告別，諸位可願隨去麼？」眾將士個個答應。

三桂入內更衣，少頃，即出。眾將士見他蟒袍玉帶，竟渾身換了明朝打扮，所謂反覆小人。又都驚異起來。三桂令家人扛了牛羊三牲，帶同將士，到永曆帝墳前酬酒獻爵，伏地大哭。這副急淚，如何預備？眾將士見他哭得悲傷，也一齊下淚，正在悲切之際，不料兩欽差又遣使催行。三桂背後躍出胡國柱，拔了佩刀，把來人砍翻。三桂大哭道：「你如何這般鹵莽？叫我如何見欽使？軍士快與我捆了國柱，到欽使前請罪！」眾將士呆立不動，三桂催令速捆。馬寶上前道：「王爺如要捆綁國柱，不如將某等一齊捆去。」三桂道：「你們如此刁難，難道欽使不要動氣麼？」馬寶道：「兩個京差，怕他什麼！」三桂道：「欽使不怕，還有撫臺，你可怕麼？」胡國柱道：「不怕不怕，我就去殺他！」眾將士道：「我等同去！」三桂連忙攔阻，只攔得一半，一半隨著國柱岔岔前去。不消多少工夫，胡國柱提著血淋淋的人頭，向地下一擲。三桂拾起一看，正是巡撫朱國治的首級，復慟哭道：

「朱中丞！朱中丞！本藩並不要害你，九泉之下，休怨本藩！」分明叫國柱去殺朱撫，還說不要害他，哪個相信？復對眾將士道：「你等無法無天，叫我如何辦理？」眾將士同聲道：「請王爺做了主子，殺往北京便了。」滿盤做作，都為這兩句說話。三桂收淚道：「當真麼？當真可做此事麼？」眾將士道：「王爺係明朝舊臣，復明滅清，乃堂堂正正的事情，如何不可？」此語乃三桂所厭聞。三桂道：「北兵到來，奈何？」眾將士道：「火來水淹，將來兵擋，有什麼害怕？」三桂道：「你等陷我至此，肯為我盡力麼？」大家統大呼道：「願盡死力！」這一聲，彷彿像雷聲一般，震驚百里。三桂率兵回府，急命手下將哲博兩欽差捉住，拘禁獄中，寫了旗幟，豎起府前。旗上寫的是「天下都招討兵馬大元帥吳」十一字。一面趕撰檄文，其文道：

本鎮深叨明朝世爵，統鎮山海關，一時李逆倡亂，聚眾百萬，橫行天下，旋寇京師，痛哉毅皇烈后之崩摧，痛矣東宮定藩之顛跌。文武瓦解，六宮紛亂，宗廟邱墟，生靈塗炭，臣民側目，莫敢誰何，普天之下，竟無仗義興師。本鎮獨居關外，矢盡兵窮，淚血有幹，心痛無聲。不得已許虜藩封，暫借夷兵十萬，身為前驅，斬將入關，李賊遁逃，誓必親擒賊帥，斬首以謝先帝之靈，復不共戴天之仇。幸而渠魁授首，方欲擇立嗣君，更承宗社，不意狡虜再逆天背盟，乘我內虛，雄踞燕京，竊我先朝神器，變我中國冠裳，方知拒虎進狼之非，追悔無及。將欲反戈北逐，適值先皇太子幼孩，故隱忍未敢輕舉，避居窮壤，艱晦待時，蓋三十年矣。彼夷君無道，奸邪高位，道義之士，悉處下僚，斗筲之輩，咸居顯爵。君昏臣暗，彗星流隕，天怨於上，山岳崩裂，地怒於下。本鎮仰觀俯察，正當伐暴救民，順天聽人之日也。爰率文武共謀義舉，卜甲寅正月元旦，推奉三太子，水陸兵並發，各宜懍遵誥誡！

上首署銜，就是大旗上面的十一字，只是檄文中有推奉三太子一語，他是憑空揑造，說是崇禎帝三太子，留在周皇親家，當迎他為主，自己權稱元帥以便號召。遂以甲寅年為周元年（甲寅年乃康熙十三年），令軍民蓄髮易服，改張白幟，擇日祭旗出兵。

三桂處置已畢，時已夜深，退入內寢，甫抵寢門，忽一婦人嚎啕前來，扯住三桂袍袖道：「你要殺我兒子了。」三桂一看，乃是繼室張氏。原來三桂元配，被李闖所殺，三桂即繼配張氏為妻，應熊即張氏所出。後來重得陳圓圓，不甚寵愛繼室。三桂嗔目道：「死一兒子何妨，叫我不死便好。」君父尚且不管，管什麼兒子？把袖一扯，捽倒張氏，張氏放聲大哭。這時陳圓圓早到雲南，正在內室，聞得門外吵鬧，急移步出來，兩面勸解，一面扶起張氏，勸慰一番，令侍女送回正寢，一面迎三桂入臥室，問明原委。三桂將當日情形，敘述一遍，圓圓俯首長嘆。三桂問道：「愛妃亦以此舉為未然否？」圓圓道：「妾自出世以來，起初遭家不造，鬻為歌伎，輾轉流離，得侍王爺。每憶當年留住京師，為寇所掠，心中尚時常震恐，到了今日，安榮已極。妾聞知足不辱，知止不殆，長此奢華，恐遭天忌，願王爺賜一淨室，俾妾茹素修齋，得終天年，實為萬幸！」三桂道：「我正思創立帝業，冊你為后，你卻欲淨室修齋，令我不解。」圓圓道：「自古到今，都為了爭帝爭王，擾得人民不寧，實在是做了皇帝，一日萬幾，也是沒甚趣味。妾少年時，自顧姿容，亦頗不陋，常有非分的妄想，目今身為王妃，安享榮華，反覺塵俗難耐。為王爺計，倒不如自卸兵權，偕隱林下，做個范大夫泛舟五湖，寧不快樂？何苦爭城奪地，再費心力，再擾生靈？」陳圓圓頗已了解，可惜三桂不醒。三桂默然不答。圓圓復再三相勸，怎奈三桂已勢成騎虎，不能再下，喟然道：「不能流芳百世，亦當遺臭萬年。」為此一念，誤盡人心。圓圓知無可挽回，便於次晨起來，向三桂前求一僻室靜居。三桂此時心亂如麻，便即應允。當下圓圓即出遊城外，見城北一帶地方空敞，枕水倚山，中間有一沐氏廢園，甚為幽雅，便入園布置，令奴僕等就地整刷，作為淨修的居室。一住數年，三桂也不去纏擾，別選美人，充了下陳。圓圓畢竟有福，到三桂將敗時，一病身逝，三桂命葬在商山寺旁。絕代尤物，倒安安穩穩的與世長辭了。

這也不在話下，單說三桂既叛了清朝，號召遠近，貴州巡撫曹申吉、提督李本深、雲南提督張國柱，亦起兵相應。獨雲貴總督甘文焜，得了此信，倉猝出貴陽府，帶了一子及十餘從騎，兼程趕至鎮遠，調兵守城。偏這兵士不從號令，反把甘文焜圍住。文焜先將兒子殺死，然後自刎。兵部郎中黨務禮，戶部員外郎薩穆哈，正在貴州辦差，迎接三桂眷屬至京，一聞警信，嚇得魂不附體，忙坐上快馬，疾忙加鞭，星夜趲行，一口氣跑到北京，下了馬，闖入午內。守門侍衛，攔阻不住。他二人直到殿下，大聲報導：「不好了！不好了！吳三桂反！」說到反字，已神昏氣厥，撲倒階前。適值早朝未罷，殿上百官下階俯視，回奏是黨務禮、薩穆哈二人，康熙帝即命侍衛將二人抹入。二人尚是神昏顛倒，歇了半晌，方漸漸醒轉，開眼一看，乃在殿上。這二人官微職卑，從沒有上殿啟奏的故例，到了此時，悚惶萬狀，急忙跪伏丹墀，口稱：「奴才萬死，奴才萬死。」康熙帝傳旨，叫他們據實奏來，二人把三桂造反，撫臣朱國治、督臣甘文焜被殺事，詳奏一遍。復稱：「奴才晝夜疾馳，一路到京，已十二日，只望奏瀆天聽，不意神魂不定，闖入殿前，自知謬戾，求皇上處重！」康熙帝道：「爾等聞警馳報，星夜前來，倒也忠實可嘉。只是欠鎮定一點，以致如此。朕特赦爾罪，下次須謹飭方好！」兩人忙謝恩趨出。

康熙帝問王大臣道：「這事應如何辦理？」大學士索額圖奏道：「奴才前日曾慮撤藩太速，致生急變，現在事已如此，只好安撫三桂，令世守雲南，當可了事。」康熙帝道：「三桂已反，難道尚肯聽命麼？」索額圖道：「三桂若不肯聽命，請將主張撤藩的人，從重治罪，這也是釜底抽薪的一法。」米思翰、明珠、莫洛三人，亦在殿上，聽到治罪一語，不覺面如土色。既要諂媚，何必畏縮？康熙帝道：「胡說！徙藩是朕的本意，難道朕先自己治罪，謝這叛賊？」索額圖連忙跪伏，自稱不知忌諱，該死該死。康熙帝叱退索額圖，立命兵部尚書明珠，在殿前恭錄上諭，命都統巴爾布，率滿洲精騎三千，由荊州馳守常德，都統珠滿率兵三千，由武昌馳守岳州，都督尼雅翰、赫葉席布根、特穆占、修國瑤等，分馳西安、漢中、安慶、兗州、鄖陽、汝寧、南昌諸要地，聽候調遣。寫到此處，外面又遞到湖廣總督蔡毓榮，加緊急報，也是奏聞雲南變事。康熙帝旁顧順承郡王勒爾錦道：「勞你一行，就封你為寧南靖寇大將軍，統師前敵！」勒爾錦遵旨謝恩。又顧莫洛道：「命你為經略大臣，督理陝西軍務！」莫洛亦遵旨謝恩。康熙帝覆命明珠，錄寫三桂罪狀，削除官爵，宣布中外；並令錦衣衛拿逮額駙吳應熊下獄。明珠恭錄聖旨畢，即奏道：「閩、粵兩藩，如何處置，應乞聖旨明示！」康熙帝道：「暫令勿撤可好麼？」明珠奉命續錄，隨即退朝。自是羽檄飛馳，勁旅四出，周太尉發兵泗上，乘傳前來，裴節度進搗蔡州，輕車夜至，這一場有分教：

蕩蕩中原開殺運，隆隆方鎮挫強權。

欲知戰事如何，請諸君續看下回。

自古藩鎮，鮮有不生變者。撤亦反，不撤亦反；與其遲撤而養慝益深，不若早撤而除患較易。

清聖祖力主撤藩，正英斷有為之主。洎乎倉卒告警，舉朝震動，聖祖獨從容遣將，鎮定如恆，且不允索額圖之請，自損主威，聖祖誠可謂大過人者。或謂滿漢相猜，由聖祖始，不知滿人入關，漢人實為之倀，罪在漢人，不在滿人。吳三桂為漢賊之魁，天道有知，斷不令其長享安榮也。本回敘三桂狡詐，及聖祖英明，非頌聖祖，實病三桂，插入陳圓圓一段，尤足令三桂愧死。

馳偽檄四方響應　失勇將三桂回軍

卻說吳三桂既據了雲貴，遂遣部將王屏藩攻四川，馬寶等自貴州出湖南，陷了沅州。三桂聞湖南得勝，復令夏國相、張國柱等，引兵繼進。湖南守將，已十多年不見兵革，弓馬戰陣，統已生疏，此番遇著吳軍，個個望風奔竄。吳軍直逼長沙，巡撫盧震，即調提督桑額入援，誰知桑額早已逃去。盧震倉皇無措，也只得棄了長沙，奔往他方。清都統巴爾布、珠滿等，奉命出師，行至途次，聞報吳軍已得長沙，驚慌得了不得，遂紮駐營寨，逗留不進。滿員多是沒用。於是常德、岳州、衡州、澧州一帶，先後失陷，四川巡撫羅森，因王屏藩攻入境內，急就近向湖廣乞救，尋聞湖南已經失守，清兵不敢前進，他暗想吳軍勢大，清兵不能救湖南，哪裡能救四川？遂召提督鄭蛟麟、總兵譚洪、吳之茂等商議。鄭蛟麟已受三桂密札，方想動手，到了巡撫署內，遂慫恿降吳，羅森正中下懷，命通款吳軍，聯繫王屏藩，背叛清朝。眼見得四川全省，又為三桂所有了。

耿精忠鎮守福建，本與三桂通同一氣，至是聞三桂已得湘、蜀，欲起兵遙應，是時福建總督范承謨，係三朝元老文程之子，與精忠誼關親戚，精忠也管不得許多，把他拘禁起來；易了漢裝，三路出兵，派總兵曾養性出東路，攻打浙江省內的溫州、臺州，白顯忠出西路，攻打江西省內的廣信、建昌、饒州，又令都統馬九玉出中路，攻打浙江省內的金華、衢州。滇、閩、粵三藩中，已是兩路構變，獨尚可喜始終事清，毫無叛志。三桂通書招誘可喜，可喜將來使拘住，把來書呈奏清廷。三桂聞使人被拘，大怒，急密函致耿精忠，令攻擊廣東。精忠遂勾通潮州總兵劉進忠，差他進兵圖粵，復約臺灣鄭經，夾攻粵海。中原大震，各地告急本章，像雪片般傳達清廷。康熙帝復令貝勒尚善為安遠靖寇大將軍，出助順承郡王勒爾錦，由鄂攻湘，貝勒洞鄂為定西大將軍，出助經略大臣莫洛，由陝攻蜀，這兩路是協攻吳三桂。又命安親王岳樂為定遠平寇大將軍，出師江西，康親王傑書為奉命大將軍，貝子傅喇塔為寧海將軍，出師浙江，這兩路是攻耿精忠。另授簡親王喇布為揚威大將軍，鎮守江南。這一路是策應四路。

詔旨甫下，忽報廣西將軍孫延齡戕殺巡撫，降順三桂，康熙帝嘆氣道：「不料孫延齡也是這般。」原來延齡係故定南王孔有德女婿，有德殉難廣西，闔門死事，僅遺一女，名四貞，留養宮中，視郡主食俸，及長，嫁與延齡為妻。夫以妻貴，因命他鎮守廣西，管轄南藩，祿位與滇、閩、粵三王，相去無幾。只是這位孔郡主，仗著自己勢力，常要挾制延齡，延齡屢與他反目。三桂起事，密使相招，延齡想背了清朝，免受閨房壓制，為了河東獅，甘從滇南狼，延齡殊不值得。因此降順三桂。康熙帝還道是待他厚恩，無端背義，誰知他卻是為厚恩所迫，生了異心。

閒文少表，單說康熙帝聞延齡附逆，急封尚可喜為親王，授可喜子之孝為平南大將軍，之信為討寇將軍，會同廣西總督金光祖，進討延齡。四面八方，派遣停當，滿望旗開得勝，馬到成功，不料湖南、四川、江西、浙江、廣西諸省還沒有克復消息，陝西的警報又紛達北京了。

先是清經略大臣莫洛入陝西境，提督王輔臣、總兵王懷忠、先去迎接。莫洛自以為身任經略，節制全省，要擺點威風出來，鎮壓軍心，見了王輔臣、王杯忠兩人，並不用好言撫慰，反責他觀望遷延，不即赴敵。速死之兆。輔臣等怏怏退出。莫洛到了西安，西安將軍瓦爾喀與莫洛同是滿人，兩下會敘，頗覺親熱。莫洛發議，欲把提督以下盡易滿員，還虧瓦爾喀諫阻，說是「用兵之際，難易生手」。因此輔臣、懷忠官職如舊，但心中已未免懷恨了。

莫洛令瓦爾喀出師漢中，自己留守西安。瓦爾喀帶了輔臣、懷忠，兼程前進，到漢中，尚無敵蹤，遂一路進至保寧。忽有探馬來報，敵將王屏藩已出略陽，分扼棧道了。瓦爾喀大驚，與王輔臣等商議行止。輔臣道：「略陽一斷，水運阻塞，棧道一斷，陸運阻絕。我軍無餉可運，不戰亦困，看來只好急退廣元，向經略處催餉，免致意外疏虞。」瓦爾喀依了輔臣的計議，退至廣元駐紮，遣人到西安催餉。西安餉道亦斷，哪裡還發得出？分明是鋪臣狡謀。待了月餘，毫無音響。軍中你言我語，互相怨望。瓦爾喀令王懷忠出去勸諭，兵士反嘩噪起來，都說沒有糧餉，如何打仗？懷忠制服不住，只得回稟瓦爾喀。又令王輔臣出帳撫慰，輔臣甫出帳外，外面頓時大鬧，喧聲四起，嚇得瓦爾喀驚魂不定，身子都發抖起來。幸王懷忠猶有良心，一手扯住瓦爾喀，從帳後逃走。還是保全官職的好處。外面的兵士，隨輔臣入帳，見瓦爾喀不知去向，也不喧譁了。顯見是輔臣授意。

輔臣向兵士道：「將軍已逃，將來劾奏一本，我等都要受罪，奈何？」兵士道：「聞得平西王優禮將士，到處傳檄，現在不如前去通款，免得受死。」輔臣道：「汝等既有此心，我可為汝等成全。吾初意欲事一而終，今事已至此，只得與汝等共生死了。」道言未絕，帳外遞進驛報，乃是莫經略出發西安，將到寧羌州。輔臣道：「莫洛前來，如何是好？」兵士道：「大家上前抵禦，殺死這混帳經略，便可了事。」輔臣道：「既如此，快隨我前行。」兵士都踴躍願從，星夜趕到寧羌，分頭埋伏；又在大路中立了虛營，豎著大清旗幟，專等莫洛到來。

莫洛因清廷屢次催戰，又遣貝子洞鄂來陝，他想洞鄂一到，我若仍在西安，顯是逗留不進，沒奈何帶兵出城，一步懶一步，一日緩一日。輔臣等得不耐煩，著人催逼，只說是：「保寧兵變，急求援應。」莫洛方催兵趲程。這日正到寧羌，已近日暮，寧羌四面皆山，徑路崎嶇，樹木叢雜。莫洛上岡瞭望，見山下有清營駐紮，料是輔臣遣來接應，忙令部隊向前接進。猛聽得一聲號炮，伏兵四起，箭彈齊發，統向莫洛軍中射來。莫洛茫無頭緒，只是率兵前進。不向後退，偏望前進，想是責人觀望，所以如此。他想過了此地，便好與輔臣合軍，就使傷折幾個人馬，也沒甚要緊。原來為此。行出山口，巧遇輔臣前來，莫洛大喜，不防一彈射中咽喉，翻身落馬。輔臣殺了莫洛，便大叫道：「降者免死！」莫洛部兵，見無路可逃，只得投降。

貝子洞鄂方到西安，適瓦爾喀逃回，已知保寧兵變；旋又聞莫洛被戕，哪裡還敢出來？忙飭八百里加緊驛報，飛遞入京。

輔臣即與王屏藩會合，乘勢攻陷各郡。三桂聞陝南得手，發銀二十萬，犒賞輔臣部下，命與王屏藩分擾秦隴，自率大兵出發雲南，赴常澧督戰。臨行時，其妻張氏復要向三桂索還兒子，三桂乃放出哲、博二欽使，浼他回京復奏，願與清廷議和，清廷如肯裂土分封，不殺應熊，當即罷兵。哲、博二使唯唯連聲，回京去訖。算是明哲保身。三桂又通使西藏，請達賴喇嘛代為奏陳，大約不外息事罷兵數語。康熙帝連線警報，也焦灼萬分；又因哲、博二使復奏，及達賴喇嘛疏陳，越加忐忑不定，復開軍士會議。

此時明珠已升任協辦大學士，上前奏道：「三桂不除，朝廷斷沒有安枕日子，乞皇上始終用兵，勿為搖動。」康熙帝道：「朕意亦是如此，可惜各路將士，都不肯用力。」明珠道：「各路將士，受了國恩，亦未必個個無良；但將士固應效勞，軍械亦貴精利，奴才聞得西洋人南懷仁善造火炮，比我國紅衣大砲厲害得多，並且非常輕便，可以越山渡水。若令他多制此炮，運到軍前，不怕三桂不敗。」康熙帝道：「南懷仁麼？是否現任欽天監副官？」明珠應了聲是。康熙帝忙諭兵部傳旨，戶部發銀，叫南懷仁招募西人，趕緊製炮。明珠又奏道：「三桂子應熊，現已監禁，應即處死，俾各路將帥，曉得天威震赫，不敢觀望。就是西藏達賴，亦應嚴旨申斥方好。」康熙帝便命將吳應熊處絞，及應熊子世霖，亦俱絞死。一面傳旨嚴斥達賴，復向明珠道：「陝西兵變，輔臣附逆，莫洛聞已被戕，恐怕洞鄂亦靠不住。」明珠道：「輔臣子繼貞，前曾舉發逆札，馳奏來朝，怎麼今朝甘心附逆？」康熙帝道：「莫非與莫洛有隙麼？」明珠道：「繼貞尚在京中，請召他一問便知。」康熙帝即令侍衛召入繼貞，繼貞只道是為父受罪，跪在階下，身子亂抖。駙馬且要處絞，怪不得繼貞發抖。康熙帝見他觳觫情形，反憐恤起來，隨問道：「你父與莫洛，是否有隙？」繼貞戰聲道：「是。」康熙帝道：「你父果與莫洛有隙，朕意還可恕他。」繼貞仍答稱：「是是。」康熙帝又道：「朕命你持敕招撫，叫你父速即歸誠。」繼貞不說別話，只接連說了好幾個「是」字。多說「是」，少說話，是清吏祕訣。明珠向繼貞道：「何不謝恩？」繼貞被明珠提醒，方磕頭道：「謝萬萬歲隆恩！」康熙帝命他急速動身，繼貞還是俯伏謝恩。外面呈進驛奏，乃是甘肅提督張勇，奏稱：「斬了偽使，附繳偽札。」康熙帝即命張勇為靖逆將軍，便宜行事，交來使領詔回去。康熙帝退朝，王大臣散班，只有王繼貞在階下，還像犬兒一般的伏著。幸得太監通知，方起身趨出，向內閣領了詔敕，匆匆奔回。

且說三桂既到湖南，夏國相等連請渡江北犯，三桂不從，他只望清廷允他要求，劃江為國；嗣聞其子應熊被戮，勃然大憤，遂留兵七萬，守住嶽澧諸水口，又分兵七萬，守住長沙及湘、贛交界，親率精騎赴湖北松滋縣，遙應西北，擬從陝西繞攻京畿。是時王輔臣已由陝入隴，攻陷平涼、鞏昌、秦州一帶，烽火四徹。甘肅提督張勇，偕總兵王進寶，急至鞏昌阻遏敵軍，兩邊相持不下，忽聞寧夏提督陳福，為標兵所戕，急向清廷告急。清廷遣天津總兵趙良棟，馳赴寧夏，並命大學士都統圖海為撫遠大將軍，任西征事，節制洞鄂以下諸軍。圖海頗諳兵略，為滿大臣中翹楚。因聞王輔臣占據平涼，當即向平涼出發，一面約張勇夾攻。到了平涼，張勇亦率王進寶來會，圖海道：「王輔臣在平涼，王屏藩在漢中，兩人隱為犄角，我軍圍攻平涼，王屏藩必來相救，現請兩將軍輕騎入陝，截住屏藩，此處待老夫督兵圍攻，不患不勝。」張勇、王進寶奉命去訖。

圖海紮駐了營，自去相度形勢，回帳召集部將，各授密計。是夜嚴裝以待，到了二更時候，聞城內隱隱有號炮聲，隨率部將出營。不多時，王輔臣開城潛出，率兵到清營前，一聲喊殺，突入清寨，不料寨中毫無人影，只有燈光數點，輔臣知是中計，急率軍退出，見寨外已布滿清兵，好像天羅地網一般。輔臣一馬當先，提起大刀，左斫右劈，把清兵衝開兩邊，剩出一條血路，率軍逃走。奔至城下，見有一軍前來接應，輔臣一看，乃是虎山墩守兵，忙道：「誰叫汝等前來？」守兵答道：「適有一卒來報，據言主帥劫營被困，所以特來援應。」輔臣頓足道：「吾中圖海詭計，看來此城難保了。」部將問明情由，輔臣道：「此城保障，全在虎山墩，我故用精兵扼守，不料清兵冒充我卒，調兵離山，他卻不費氣力，占住此墩，居高望下，城內虛實，都被瞧見，如何能守？」圖海密計，從輔臣口中敘出。部將道：「某等前去奪回便好。」輔臣道：「他用心占住此墩，還肯被我奪回麼？」部將執意要去，輔臣乃派兵五千，前去奪墩，自率兵入城防守。不到數時，果然五千兵只剩一半，踉蹌逃回。輔臣忙差人去漢中乞援，數日不見回音，復派兵出城衝突數次，都被清兵殺退。圖海分兵斷敵餉道，城中益加惶恐。又聞炮聲隆隆，溜彈飛入城中，守兵多被打傷。輔臣恐兵心潰變，沒奈何上城彈壓，晝夜不懈。

這日正在巡城，見城下來一清將，叫開城門，輔臣開城延入，通問姓名，乃是參議道周昌，奉撫遠大將軍命，前來招撫。輔臣躊躇未決，周昌道：「將軍困守孤城，身處絕地，此時不亟圖反正，尚待何時？況聖恩高厚，前曾遣令郎特敕撫慰，特別體恤，將軍當早接洽。趁此自返，朝廷絕不加罪，將軍仍可完名，豈不甚善？」輔臣道：「犬子繼貞，曾持敕到來，某亦嘗具疏謝罪，但至今未蒙赦詔，恐怕一旦歸降，仍遭不測。」繼貞持敕事，即從兩人口中補敘。周昌道：「將軍如慮及此事，盡可放心。現在撫遠大將軍，因前日一戰，將軍能殺出重圍，特別愛重，曾囑某致意將軍，倘慮天威不測，願力為擔保，誓不相負。」周昌也算能言。輔臣道：「既如此，請閣下先回！某當遣部將前來訂約。」

周昌隨出城回營，稟報圖海。圖海道：「現已接得固原捷報，張勇等將王屏藩擊退，輔臣內乏糧草，外無救兵，不怕他不降。」到了次日，果然來了謝天恩，由輔臣遣至乞降。圖海召入天恩，呈上輔臣書，內稱如蒙保全，即願投誠。圖海當即批迴。輔臣即開城迎入清兵。圖海入城，表聞清廷，並請特頒赦詔，康熙帝自然應允，這也不在話下。

時三桂已到松滋，方遣降將楊來嘉等進略陨陽，命與王輔臣、王屏藩聯繫進兵。忽傳到王屏藩敗報，接連又聞平涼失守，輔臣降清，三桂面色驟變。正驚疑間，有一將匆匆奔入，遞上急報，三桂連忙拆閱，乃是留守長沙夏國相乞援，即問道：「常澧並沒有警信，如何長沙告起急來？」來將道：「現因江西軍大至，運到西洋大砲數十尊，我軍不能抵擋，所以前來告急。」三桂道：「江西的耿軍，已被清兵殺退麼？」來將道：「耿軍沒有什麼確實消息，大約總是敗仗。現聞江西的清兵，乃是什麼安親王岳樂統帶，來攻湖南的。」三桂道：「軍情如此，看來只好回援湖南，再作計較。」於是拔營回湘，先令胡國柱、馬寶火急前進，去守長沙，自率水師順流而下。途次，聞勒爾錦出虎渡口，尚善入洞庭湖，江湖險要，多被清兵占去，不覺大驚；忙令母子揚帆飛駛，到了虎渡口，見岸上已無清兵，略略放心；轉入洞庭湖，亦沒有什麼尚善，越加寬慰。原來勒爾錦、尚善等，聞三桂回軍援湘，早已遁去，因此三桂由江入湖，毫無阻擋。到了長沙，馬寶已紮營城外，四圍浚掘重濠，布滿鐵蒺藜。三桂見守法嚴密，大加獎勵。入城見胡國柱，方知夏國相往醴陵禦敵，遂命部將高大節，帶領精騎四千，往助夏國相，高大節驍勇善戰，乃是三桂部下最得用的大將，此番出赴醴陵，又有一番惡戰。正是：

彼思逐鹿，此願從龍；
不有天甲，誰戢元凶。

未知高大節能得勝否，請向下回再閱。

本回以吳三桂為主腦，耿精忠、孫延齡、王輔臣等，皆旁枝也。然敘輔臣事獨詳，蓋三桂既得湖南，非不欲涉江北上，只因清兵雲集荊襄，不得已按兵常澧，待釁而動。王輔臣兵變之日，正有釁可乘之時，若使通道秦晉，潛襲燕京，則荊襄重兵，幾成虛設，勒爾錦、尚善輩，又皆庸懦無能，未必能返旆回援。是知輔臣之叛降，實三桂成敗之關鍵。敘輔臣，即所以敘三桂也。閱本回，方見詳略之間，自費斟酌。

兩親王因敗為功　諸藩鎮束手聽命

卻說高大節到了醴陵，來助夏國相，相見畢，國相道：「前時我軍已入江西，奪了萍鄉縣，方思與耿軍會合，直攻南昌，不料清安親王岳樂，殺敗耿軍，把廣信、建昌、饒州等處，都占了去，他又從袁州來攻長沙。我領軍至江西阻禦，因他有西洋大砲數十尊，很為厲害，所以敵他不過，退回醴陵。」高大節道：「岳樂前來，江西必然空虛，末將不才，願帶本部兵四千，繞出岳樂背後，公擊其前，我掩其後，必獲全勝。」夏國相道：「此計甚妙！但將軍只有四千部兵，恐怕不夠，須就我處撥添兵馬方好。」大節道：「兵在精不在多，從前岳飛只有嵬兵五百，能破金人數萬。況部下的兵，已有四千，哪裡還不夠用？」的確是將才。國相大喜，即令大節去訖。

且說清安親王岳樂，奉命南征，到了建昌，適值閩藩總兵白顯忠防守城池，岳樂督攻不下。嗣從北京運到西洋大砲，接連轟城，顯忠大恐，棄城遁去，岳樂乘勝克復廣信、饒州。會清廷命他進攻湖南，遂從袁州出發，遇著夏國相前鋒，一陣砲彈，把他擊退，乃在袁州休息三日，進攻湖南，一面諮請簡親王喇布，移鎮江兵至南昌，在後策應，也算精細。自是放心大膽，督兵前進。將至醴陵，忽聞流星馬來報，敵將高大節已率兵數萬，從間道去攻袁州了。岳樂驚道：「袁州是吾後路，若被占領，大有不便，這卻如何是好？」部將伊坦布道：「看來只好催簡王爺進守袁州，我軍方可前進。若不如此，恐要腹背受敵哩。」岳樂依議，紮駐營寨，差人飛諮簡親王。不防前面又有探子前來，報稱夏國相從醴陵來了。岳樂急傳令回軍，霎時大營齊拔，卷旆還轅，約行百餘里，天色已晚，見前面有一大山，岳樂便命倚山紮營，待明日再行。這時候軍心已懈，巴不得紮營留宿，部署已畢，埋鍋造飯，飽餐一頓，正欲就寢，突聞山下炮聲響亮，全營大驚。岳樂急命偵騎探望，回報這山名螺子山，山形如螺，樹木蓊翳，也不知敵兵多少，只是偏插偽周旗號，岳樂道：「山勢既如此峭峻，我軍不宜上山，速發大砲向山轟擊。」營兵得令，就扛著西洋大砲出營。岳樂親自督放，對著山上，撲通撲通的放著無數彈子。等到煙霧飛散，遙望過去，大周旗幟，仍然如舊。岳樂再命放炮，又是撲通撲通的一陣，山上旗幟，雖打倒了數十面，還有多半豎在那裡。岳樂道：「不好了，我中了敵計了。」伊坦布驚問緣由，岳樂道：「這分明是疑兵，你聽山下並沒影響，反使我軍失卻無數彈子。」曉得遲了，砲彈已放完了。便止住兵士放炮，命將大砲抬還營內。甫入營，忽山上鼓聲亂鳴，矢石齊發。岳樂復出營觀望，見山上有一隊敵兵馳下，當先一騎，大叫道：「岳樂休走！」此時岳樂魂膽飛揚，急上馬逃走。營兵見統帥已逃，還有哪個敢去截陣，自然沒命的亂跑了。一陣亂竄，自相踐踏，竟死了無數人馬，連伊坦布也不知下落，西洋大砲，更不必說。

岳樂既逃過了螺子山，天已黎明，驚魂漸定，遂收拾殘兵，奔回袁州，滿望簡親王喇布，在袁州接應，不料袁州城上，已插了大周旗幟。周幟又見，能不驚心。岳樂正在驚疑，又聽城東北角有一片喊殺聲音，岳樂忙登高遙望，正是周兵追殺清兵。岳樂捏了一把汗，暗想：「此時不上前救應，我軍亦沒有站足地了。」遂下山部勒隊伍，繞城馳救。周兵見後面有清軍殺到，只得回馬來敵岳樂。

岳樂驅兵掩殺，怎奈周兵隊裡的大將，一支槍神出鬼沒，竟把清兵刺倒無數。岳樂知不能取勝，領兵殺出，望東北而去。那將也不追趕，收兵入袁州城。原來那將正是高大節，他從間道繞出袁州，把袁州城奪下，當下遣了百騎，埋伏螺子山，作為疑兵。他料岳樂回軍，必從此山經過，見了旗幟，定要放炮，砲彈已盡，那時回到袁州，可以截擊。適值清簡親王喇布，來應岳樂，到了大覺寺，大節即出兵對仗，殺得喇布大敗而逃。總算岳樂去擋了一陣，大節方才退回。只是大節部兵，僅有四千，為什麼探馬報稱恰有數萬？這叫做兵不厭詐，大節慾恐嚇清軍，所以有此詐語。

語休敘煩，這一句是說部常套，實則上文數語，乃是要言，若非如此表明，閱者都要不明不白。且說岳樂迤邐奔回，喇布等還道是敵軍追趕，後來見了清幟，方把部兵紮駐，與岳樂相會。兩下細敘，岳樂始知高大節厲害，嘆道：「此人若在江西，非朝廷福。」言未畢，探報吉安亦已失守。岳樂與喇布道：「看來我等只好暫回南昌，再圖進取。」喇布已經喪膽，自然依了岳樂，同到南昌去了。

那邊高大節既得了全勝，復分兵占據吉安，飛遣人至醴陵、長沙告捷。此時吳三桂已移師衡州，只留胡國柱居守。國柱得了捷報，也自歡喜。不意國柱部下有副將韓大任素與大節不睦，入見國柱道：「大節確是勇將，但恐不能保全始終。」國柱道：「你何以見得？」大任道：「平涼的王輔臣，非一員勇將麼？為什麼轉降清朝？」援此進讒，不怕國柱不信。國柱道：「他前時本是清臣，所以仍舊降清。」大任道：「清臣且不怕再降，何況大節？前聞大節在王爺下，常自謂智勇無敵，才力出王爺上，若使清廷遣人招致，封他高爵，哪有不變心之理。」讒人之口，偏是特別中聽。國柱道：「據你說來，如何而可？」大任獻了調回的計策，國柱道：「調回大節，何人去代？」大任又做了自薦的毛遂，國柱遂令大任去代大節，大節不服，大任也不與爭論，遣人飛報國柱，說他擁兵抗命。四字足矣。國柱大怒，飛檄召回，大節無奈，把軍事交與大任，出城嘆道：「周家氣運，看來要斷送在他們手中了。」隨即怏怏而回。既到長沙，又被國柱痛斥一番。大節憤無可洩，遂致得疾。臨危時，函報夏國相，請他注意袁州，末署「大節絕筆」四字。也是傷心，可惜事非其主。

國相接讀來函，大為嘆息，急向長沙添兵，擬再進江西略地。忽接江西警信，袁州已失，韓大任退守吉安，不禁頓足道：「大節若在，何至於此？」正欲發兵赴援，適長沙遣馬寶、王緒帶兵九千來到，國相遂命兩人去救吉安。兩人行了數日，已抵洋溪下游，隔溪便是吉安城，遙見城下統紮清營，布得層層密密，城上雖有守兵，恰不十分嚴整。馬寶向王緒道：「我看清兵很多，城中應危急萬分，為什麼城上守兵，不甚起勁？」王緒道：「我們且先開炮，遙報城中。若城中有炮相應，我軍方可渡河。」馬寶點了點頭，便命兵士開炮，接連數響，城中恰寂然無聲。馬寶道：「這正奇怪！莫非韓大任已降清兵麼。」王緒道：「大任害死大節，刁狡可知，難保今日不投降清兵？」馬寶道：「他若已經降清，我等不宜深入，還須想個善全的法子。」言未畢，見清營已動，忙道：「不好了！清兵要過河來了。」忙令後軍作了前軍，前軍作了後軍。馬寶與王緒親自斷後，徐徐引退。行未數里，後面喊聲大起，清兵已經追到。馬寶令軍士各挾強弩，等到清兵相近，一聲號令，箭如雨發，清兵只得站住。馬寶能軍。馬寶復退數里，清兵又追將過來，馬寶仍用老法子射住清兵。此法用了數回，清兵仍依依不捨，馬寶惱了性子，大喝一聲，領兵回馬廝殺。這邊清兵，係簡親王喇布統帶，喇布本是個沒用人物，因見敵軍退走，想趁此占些便宜，立點功勞，不防馬寶轉身酣鬥，眼見得敵他不過，即拍馬馳回，軍士都跟了退去，反被馬寶殺了一陣，奪了許多甲仗，從容歸去。

喇布仍退到吉安城下，也不敢急攻。城內的韓大任，並未曾投降清兵，只因隔河鳴炮，還疑是清兵誘他出來，所以寂然不動，嗣聞清兵追擊馬寶，已自懊悔不及，遂於昏夜間開城逃去。喇布還道大任出來劫營，只令部兵守住營寨，由他渡河去訖。康熙帝用了這等庸將，反能逐去敵軍，一來是康熙帝洪福齊天，二來是吳三桂惡貫滿盈，天道不容，所以轉敗為勝。

江西略定，浙江亦迭報勝仗，康親王傑書等，起初到了浙江，亦沒有什麼得利，幸虧總督李之芳，扼守浙西，連敗曾養性、馬九玉等軍，敵勢少衰。無如馬九玉固守衢州，之芳累攻不下，曾養性固守溫州，傑書等亦圍攻無效，清廷屢次詰責，傑書焦急異常，還虧貝子傅喇塔，請移師衢州，與之芳併力合攻，免得兵分力弱。傑書依議，便舍了溫州，連夜趕到衢州，與之芳合軍攻打。時馬九玉擁兵數萬，占住衢河南岸的九龍山，保護城池，又分兵萬人屯紮大溪灘，保護餉道。傅喇塔復獻了截擊敵餉的計策，帶了精騎，衝破大溪灘敵營。九玉聞餉道被截，急下山來救，巧遇傑書、李之芳兩軍，渡河過來，九玉欲乘流邀擊，偏這清兵連放西洋大砲，傷了九玉兵數百，九玉立足不住，引兵退還。傑書、之芳渡河追殺，九玉急收兵回營，可奈山下密布木樁，前時想阻住清兵，到此反把自己阻住，須要魚貫而入，不能驟進。清兵又接連放炮，可憐九玉部下的兵，不是折脰，便是斷臂。之芳復令兵士縱火，烈烈騰騰的燒將起來，大小木樁，一概燃著，頓時飛焰撲疊，焚去營帳無算。九龍山變作火焰山。九玉見勢不支，忙領了步騎數百，從山後逃下。冤冤相湊，碰著傅喇塔回軍接應，數百殘兵，不值喇塔一掃，九玉沒命的亂跑，走了數里，見喇塔不來追趕，方才停住。檢點手下，只剩了三十騎，長嘆一聲，逃回福建去了。

傑書等立拔衢州，令李之芳回軍攻擊曾養性，自偕傅喇塔南下，轉西攻仙霞關。這時候的耿精忠，方聯繫鄭經，去攻廣東，陷潮州、惠州二郡，平南親王尚可喜，急命其子之孝，趨惠州攔截耿軍，不料廣西提督馬雄，與孫延齡通同一氣，來攻高、雷二州，總兵祖澤清，又望風迎降。可喜東西受敵，一面向江西乞援，一面促其子之信拒敵。之信本不服父訓，至是已隱受三桂偽札，運動部兵，把可喜幽禁起來，可喜忠清不忠明，故受逆子之信之報應，也自易幟改服，叛了清朝。可喜氣憤已極，嘔血身亡。

之信越加猖獗，江西將軍舒恕及都統莽依圖，率兵援廣州，反被之信用炮擊退。總督金光祖及巡撫佟養巨，亦與之信相連，通款三桂。三桂封之信輔德親王，命他助款充餉，又遣董重民來代金光祖，馮蘇來代佟養巨。這信傳到之信耳中，暗想三桂索餉遣款，分明是來箝制，忙與金光祖商議，仍舊背周降清。等了董重民等到粵，把他拘住，率軍民薙髮反正，西出兵拒馬雄，東出兵拒耿精忠。

精忠方擬對敵，聞報清兵已破馬九玉，攻入仙霞關，急回軍福建，途次，又聞曾養性、白顯忠二將，統已降清，不覺魂飛天外。原來李之芳回軍浙東，適遇白顯忠自江西敗回，聲言將由浙趨閩，斷絕康親王後路，之芳頗覺驚恐。隨營委員陸孔昭入帳稟道：「某與白顯忠二裨將，素來相識，請前去說降，教他擒獻白顯忠。」之芳大喜，立命前去。隔了數日，果然把白顯忠擒來。之芳召入，當由陸孔昭引二將進來，代為紹介。一姓范名時榮，一姓王名鎬，之芳獎慰一番，隨後將白顯忠推入。之芳下座，親解其縛，勸他悔過投誠，顯忠便即依允。之芳與顯忠同到溫州，又命顯忠入城勸降。曾養性勢孤力蹙，哪有不願降之理。看官！你想耿精忠三路出兵，至此盡歸烏有，能不進退維谷嗎？趕到福州，又聞清兵將到，精忠忙檄令各處總兵嚴守。檄差回報，建寧、延平等郡，已投降清軍；漳州、泉州、汀州等郡，已獻降鄭經，精忠經此一嚇，暈絕於地。左右用薑湯灌醒，下淚道：「這遭休了！」

坐定後，見府外遞進文書，精忠拆閱，乃清康親王前來勸降。精忠一想，欲要不降，如何抵敵清軍？欲要降清，總督范承謨尚在，定要陳他逆跡，將來仍難保全。左思右想，毫無計策，忽想了一條兩頭燒通之計。一面遣他兒子顯祚赴延平去接清兵，並獻出偽總統印，一面將范承謨絞死，省得將逆跡表揚。到了此時，還要殺害范承謨，煞是凶狡過人，然亦是速死之道。康親王傑書，遂進據福州，耿精忠率文武百官屬出城迎降，願隨大兵立功贖罪。傑書當將實跡奏聞，同時尚之信亦遣人赴江西，到清簡親王喇布軍前乞降，喇布亦據實上奏。康熙帝因三桂未除，不便聲罪，仍留耿、尚爵位，命他立功抵罪。

於是浙江、福建、廣東三省，次第略定，只廣西尚在未靖，孫延齡降周叛清時，受臨江王封爵，曾瞞住郡主孔四貞。後來被四貞聞知，勸他反正，他卻不從。適故慶陽知府傅宏烈，舊被三桂攻訐，謫戍蒼梧，此時獨招集民夫，力圖恢復。莽依圖復出師廣東，去會宏烈，延齡聞了此信，未免悔恨，又因閩、粵二藩，統已降清，越加著急。躊躇再四，只有請教娘子軍一法，當下入見四貞，四貞卻滿臉怒容，不去理睬。延齡挨至四貞面前，輕輕的叫了幾聲郡主。四貞道：「你叫我什麼？」延齡道：「我從前不聽你言，弄錯主意，目下危急萬分，求郡主憐念夫婦恩情，為我解圍。」四貞含嗔道：「像你的負恩忘義，還念什麼夫妻？我從前再三相勸，叫你不要叛清，你不但一句不聽，反從此不入我室，離開了我，去做什麼王爺。好好！你去做王爺去！我是沒福的人，不要再來惹我！」說畢，將身子扭轉一邊。延齡到了此時，也顧不得什麼氣節，只得向郡主腳邊，跪了下去，做一齣梳妝跪池。一面扯著郡主衣衫，千姊姊萬姊姊的哀告。從來婦女的性情，容易發惱，亦容易轉軟，又況延齡丰姿俊美，與四貞本是一對璧人，兩美並頭，卿卿我我，只因意見微異，漸致乖離，此次經延齡一番溫柔，自然回過心來，便道：「你悔已遲了，叫我如何解圍？」延齡道：「我已仍願降清，但恐皇上罪我，求郡主入京去見太后，暗中轉圜，免我受罪，我死亦感激你了。」無端說一死字，亦是讖語。四貞聞延齡說一死字，頓時淚下，畢竟還是夫婦。便道：「你是好好兒活著，為什麼自己咒死，你既然要我赴京，事不宜遲，我就明日動身。」延齡喜極，忙與郡主料理行裝。是夕，就在郡主前極力報效一宵，只此一宵歡聚，嗣後無相見期了。次日，即送孔郡主北上。

事有湊巧，傅宏烈亦致書相勸，邀他共迸清軍。延齡答書：「請宏烈先至廣東，導達悔意，此外一律遵命。」這等事情，傳達湖南，三桂急調胡國柱、馬寶二將，速出廣東，復囑從孫吳世琮密計，馳赴廣西。世琮倍道前進，徑至桂林，仍用給臨江王文書，教他前來領餉。就是密計。延齡正缺餉項，還道三桂未悉彼情，樂得取些餉銀，聊救眉急，當即開城出迎。世琮誘他入營，暗中卻已布滿伏兵，等到延齡入帳，世琮方數他背叛的罪狀。延齡即欲退出，被伏兵一陣亂剁，砍為肉泥。世琮入據桂林，復進占平樂。

時清將莽依圖，正由廣東赴廣西，聞胡國柱、馬寶奉三桂命，來奪廣東，亟回軍赴援，適遇於韶州城下，與戰不利，退入韶州固守。胡國柱等極力攻撲，莽依圖巡視城北，見城堞未堅，令部卒築起一層土牆，兩重守護。果然胡國柱兵，登高發炮，把城堞毀去，唯土牆無恙，城得不陷。莽依圖正在焦灼，突聞城東鼓角喧天，回頭一望，遙見清兵如飛而至，前面的大纛，繡著「江寧將軍」四大字。莽依圖趁這機緣，領兵殺出，內外互應，將胡國柱等殺退，追斬無算，遂接江寧兵入城。江寧將軍，叫做額楚，奉廷命來援廣東，巧與莽依圖合軍，併力殺退胡、馬二人，遂留額楚守韶州，莽依圖赴廣西去訖。

胡國柱、馬寶兩人，奔回湖南，三桂大驚，又聞清廷命將軍穆占，來助岳樂，連拔永興、茶陵、攸縣、酃縣、安仁、興寧、郴州、宜章、臨武、藍山、嘉禾、桂東、桂陽十三城，益自震恐。他卻在恐懼的時候，發生一個痴念，竟想做起皇帝來了。不做皇帝死不休。小子又發了詩興，湊成七絕一首，詠吳三桂道：

燕北甘招強虜入，滇南又執故皇還。
君親陷盡思為帝，可惜皤皤兩鬓斑。

這時候，三桂已六十七歲了。他想勢力日蹙，年紀又衰，得做了一番皇帝，就使不能傳世，也算英雄收場。遂令軍士在衡山築壇，居然郊天即位，小子暫停一回筆，俟下回再行細表。

陝西入清，三桂已失攻勢，至江西復為清有，斷湖南之右臂，三桂且不能守湖南，遑言攻耶？閩、粵二藩，更不足論。延齡輩尤出閩、粵下，小勝即喜，小挫即懼，安能為三桂臂助？三桂既失陝西、閩、粵諸奧援，其領地自雲、貴以外，只存四川、湖南及廣西之一部，反欲南面稱帝，豈以一稱帝號，遂足籠絡人心，令諸將樂為之用乎?皇帝皇帝!誤盡天下英雄，害盡世間百姓，吾願自今以後，永遠不復聞此二字。本回敘江西事，是記三桂之失勢，敘閩、粵及廣西事，是記三桂之失援，末以稱帝作總寫，盡三桂一生魔障，炎炎者滅，隆隆者絕，世人可以醒矣。

僭帝號遘疾伏冥誅　集軍威破城殲叛孽

卻說吳三桂起事以來，已歷五年，康熙十三年建立國號，假稱迎立明裔，其實稱周不稱明，早已存了帝制自為的思想。所以爭戰五年，並沒見有什麼三太子。到了康熙十七年，竟在衡州築壇，祭告天地，自稱皇帝，改元昭武，稱衡州為定天府，置百官，封諸將，造新曆，舉雲貴川湖鄉試，號召遠近。殿瓦不及易黃，就用黃漆塗染，搭起蘆舍數百間，作了朝房。這日正遇三月朔，本是豔陽天氣，淑景宜人，不料狂風驟起，怒雨疾奔，把朝房吹倒一半，瓦上的黃漆，亦被大雨淋壞，莫謂天道無知。三桂未免懊惱，只得潦草成禮，算已做了大周皇帝。黃袍已經穿過，可謂心滿意足。當下調夏國相回衡州，命他為相，令胡國柱、馬寶為元帥，出御清兵。

是時清安親王岳樂，由江西入湖南，前鋒統領碩岱，已攻克永興。永興縣係衡州門戶，距衡州只百餘里，胡國柱、馬寶等，奮勇殺來，清兵出城抵敵。兩下混戰一場，清兵不能取勝，仍退入城中。歇了數日，清兵又出城掩擊，復被胡國柱等殺回。接連數戰，總是周軍得勝。原來清前鋒統領碩岱，也是滿族中一員驍將，只因永興是周軍必爭的地方，永興一失，衡州亦保不住，所以胡國柱等冒死力爭，碩岱雖勇，總不能敵，只得入城固守，靜待援兵。岳樂聞周軍猛攻永興，即遣都統伊里布，副都統哈克山，前來援應，就在城外紮營，作為犄角。不防馬寶分軍來攻，個個是踴躍爭先，上前拚命，伊里布、哈克山本沒有什麼勇力，遇了周軍，好像泰山壓頂一般，連逃走都來不及。一陣廝殺，兩人都戰歿陣中。碩岱出城接應，又被胡國柱截住，沒奈何退入城內。將軍穆占，自郴州發兵來援，因聞伊里布等戰歿，不敢前進，只遠遠的立住營寨。胡國柱三面環攻，止留出城東一角，因有河相阻，不便合圍。還虧碩岱振刷精神，晝夜督守，城壞即補，且築且戰。胡國柱又與馬寶分軍，馬寶截住援兵，不能併力攻城，清營雖是遠立，倒也還算有力，因此城尚不陷。

康熙帝恐師老日久，屢欲親征，議政王大臣紛紛諫阻，有的說是：「京師重地，不宜遠離。」有的說是：「賊勢日蹙，無勞遠出。」於是令諸將專力湖南，暫罷親征的計策。唯這三桂因即位的時候，冒了一點風寒，時常發寒發熱，由夏及秋，沒有爽適的日子。好漢只怕病來磨，又況三桂年近古稀，生了幾個月的病，如何支持得起？到了八月初旬，痰喘交作，咯血頻頻，有時神昏顛倒，譫語終宵。夏國相領了文武各員，日日進內請安。

這日，國相又復入內，到臥榻前，見三桂雙目緊閉，只是一片呻吟聲。國相向諸將道：「永興未下，軍事緊急，皇上反病勢日重，如何是好？」諸將尚未回答，忽見三桂睜開雙目，瞪視國相多時，失聲道：「阿喲！不好了！永曆皇帝到了！」尋復閉目慘呼，大叫「皇上饒命！皇上饒命！」國相等聞此慘聲，都嚇得毛髮森豎，只得到三桂耳邊，輕輕叫道：「陛下醒來！」連叫數聲，三桂方有些醒悟，又開眼四顧，見了夏國相等人，忍不住流淚道：「卿等都係患難至交，朕還沒有什麼酬勞，還請偏這……」說到「這」字，觸動中氣，喘作一團。國相道：「陛下福壽正長，不致有什麼不測，還請善保龍體為是。」三桂把頭略點一點。國相復請太醫入內，診了一回脈，退與國相耳語道：「皇上脈象欠佳，看來只有一日可過了。」國相把眉一皺，也不言語。三桂氣喘略平，又向國相道：「朕非不欲生，但這冤鬼都集眼前，恐要與卿等長別，未識目前軍事如何？」國相道：「永興已屢報勝仗，諒不日可以攻下，請陛下寬心！」三桂道：「陝西、廣西有警信否？」國相等答道：「沒有。」三桂道：「卿等且退！容朕細思，到晚間再商。」國相等奉命退出，將到二更，復一同入宮，但覺宮門裡面，陰風慘慘，鬼氣森森，作者素乏迷信，因三桂作惡多端，理應有此果報。國相等助桀為虐，賊膽心虛，當亦因虛生幻，因幻成真。甫入宮門，見眾侍妾團聚一旁，不住的發顫。猛聞三桂作哀鳴狀，一聲是「皇上恕罪！」一聲是「父親救我！」又模模糊糊的說了數語，彷彿是不忠不孝不仁不義八字。就三桂口中自述，筆愈透闢。國相等聽了半晌，心頭都突突亂跳。大家站了一回，三桂似又清醒起來，咳嗽了好幾聲，侍兒撩起床帳，捧過痰盂，接了三桂好幾口血。三桂見帳外有許多官員，命侍兒懸起半帳，國相等復上前請安。三桂道：「卿等少坐，待朕細囑。」國相等告了坐，三桂一絲半氣的說道：「朕神氣恍惚，時患昏暈，自思生平行事，大半舛錯，今日悔已無及。人之將死，其言也善。長子應熊，也是為朕所害，目下只一孫世璠，留居雲南，可惜年幼，朕死後，勞卿等同心輔助！」國相等齊聲應命。三桂歇了一歇，又道：「湘、滇遙隔，朕當親書遺囑。」命侍兒取筆墨過來，自己欲令侍兒扶起，可奈渾身疼痛，片刻難支，復睡下呻吟一回。國相便請道：「陛下不必過勞，臣可恭錄聖諭。」三桂點頭，國相便展箋握管，待了許久，三桂一言不發，仔細一看，已自暈了過去。國相即命眾侍妾上前調護，自率百官出了宮門。好一歇，復偕太醫同入宮中，但聽宮內已動了哭聲。國相忙對大眾搖手，大家方把哭聲止住。國相復目示太醫，令太醫臨榻診視，診畢，太醫道：

「皇上此時，不過稍稍痰塞，還未晏駕，大家切勿再哭！」痰塞不死，這是話裡有話。言畢，即匆匆退出。國相命侍兒放下御帳，朝夕守護，只是大忌哭聲。眾侍妾莫名其妙，只得唯命是從。

國相退出宮外，忙令人召回胡國柱、馬寶。胡、馬二人，自永興急歸，由國相延入，屏去左右，密語二人道：「主上已晏駕了。」胡、馬二人，大吃一驚，問道：「何時晏駕？」國相道：「就在昨夜。主上命太孫世璠嗣立，我已夤夜令人去迎，並命宮中祕不發喪。閱此方知上文出去一歇的事情。主上遺囑，要我等同心輔助，還請兩公遵旨。」胡、馬二人，自然答應。國相又道：「我前時勸先帝疾行渡江，全師北向，先帝不從，今日敵兵四合，較前日尤覺困難，依我愚見，只好仍行前計，越是拚命，越不會死，越是退守，越不得生。這四語卻是名言。不但雲南、貴州可以棄去，連湖南也可不管，目前只有北向以爭天下。陸軍應出荊襄，會合四川兵馬，直趨河南，水軍順下武昌，掠奪敵艦，據住上游。那時冒險進去，或可僥倖成功，二公以為何如？」馬寶道：「這且不可！先帝經過百戰，患難餘生，尚不肯輕棄滇、黔，自失根本，目下先帝又崩，時事日非，哪裡還可冒險輕舉？況滇、黔山路崎嶇，進可戰，退可守，萬一為敵所敗，還可退據一方。」國相不待馬寶說畢，便嘆道：「我能往，寇亦能往，恐怕敵兵雲集，就使重谷深巖，也是保守不住。」馬寶還欲爭辯，胡國柱道：「現在且暫主保守，俟有機會，再圖進取。」國相見識頗高，但此時清兵四合，北上亦非善策。國相默然。

過了數日，世璠已到衡州，就在衡州即位，國相率百官叩賀，議定明年為洪化元年，隨發哀詔，頒布國喪。胡國柱等因新帝尚幼，不宜久居衡州，仍令隨員郭壯圖、譚延祚等，迎喪扈駕，還處雲南。郭壯圖等挈了世璠，回滇而去。

清兵聞三桂已死，人人思奮，個個圖功，安親王岳樂、簡親王喇布，統率大兵入湖南，克復岳州、常德，順承郡王勒爾錦駐紮荊州已好幾年，此時亦膽大起來，渡過長江，攻取長沙。千軍萬馬，直逼衡州，任你夏國相足智多謀，胡國柱、馬寶衝鋒敢戰，也只得棄城遁走。廣西巡撫傅宏烈，與將軍莽依圖，又攻破平樂，進復桂林，吳世琮敗死陝西。大將軍圖海，偕提督王進寶、趙良棟等，攻破漢中，連拔保寧，王屏藩窮蹙自殺，王進寶、趙良棟復乘勝入川。川地自歸三桂後，只擔任周軍糧餉，未見兵革，忽聞王、趙二將，率軍殺來，逃的逃，降的降，成都一復，川西川南，勢如破竹，迎刃而下。於是吳世璠所有的地方，只剩得雲、貴兩省了。

康熙帝迭接捷報，把親征的議論原是擱起不談，且因康親王傑書、安親王岳樂在外久勞，召還京師，復逮回順承郡王勒爾錦、簡親王喇布、貝子洞鄂、貝勒尚善、都統巴爾布珠滿將軍舒恕等，說他勞師糜餉，誤國病民，一律治罪。另命貝子彰泰為定遠平寇大將軍，代岳樂後任，自湖南趨雲、貴，又以雲、貴多山，當令步兵綠營居前，滿騎居後，特授湖廣總督蔡毓榮為綏遠將軍，節制漢兵先進。另授趙良棟為雲、貴總督，統川師進擣，貝子賴塔為平南將軍，統閩、粵兵進攻。三路大兵，浩浩蕩蕩，統向雲、貴出發。彰泰既到湖南，與蔡毓榮相會，督兵進攻楓木嶺，擊死守將吳國貴，進攻辰龍關。徑狹箐密，只容一騎，夏國相等自衡州敗還，留胡國柱守住隘口，一夫當關，萬夫莫入。相持數月，彰泰焦急起來，懸了重賞，招募敢死士卒，潛逾峻嶺，繞入關後，襲破國柱營寨。國柱敗走，退至貴陽，這楓木嶺與辰龍關，系是由湘通黔的要隘，二隘既破，清兵由險入夷，勇往直前。忽又接到清廷詔旨，略道：

軍興數載，供億浩繁，朕恐累民，不忍加派科斂，因允諸臣條奏，凡裁節浮費，改折漕貢，量增鹽課雜稅，稽查隱漏田賦，核減軍需報銷，皆用兵不得已之意，事平自有裁酌。至滿洲、蒙古漢軍，久勞於外，械朽馬斃，朕深悉其苦，其迅奏膚功，凱旋之日，所有借貸，無論數百萬，俱令戶部發帑代還。朕不食言，昭如日月，其宣示中外，咸使聞知。

此詔一下，軍士特別效命，遂自平越趨貴陽。胡國柱出戰不利，退守數日。清兵用西洋巨炮，連日轟放，城陷數丈，清兵一鼓而上，國柱又棄城遁去。蔡毓榮率兵徑進，彰泰暫屯貴陽，分兵復遵義、安順、石阡、都勻、思南等府。別命提督桑格，進攻盤江。盤江守將李本深，毀去鐵索橋，向後退走。桑格招土官速搭浮橋，允給重資。土司齊集江邊，爭來搭造，眾擎易舉，一夕便成。桑格率兵渡過對岸，急追李本深，本深還是慢慢退去，只道清兵築橋，斷沒有這等迅速，誰知清兵已經追到，嚇得本深心膽俱碎，忙下了馬，匍匐乞降，總算蒙桑格收受了。

這時候，蔡毓榮進兵黔西，直指平遠，夏國相自雲南調集勁旅，練成象陣，與王會、高起隆同至平遠城抵禦。平遠西南多山，國相令部兵依山紮營，掩住象陣，專候毓榮到來。毓榮仗著戰勝的銳氣，驅兵大進，路上毫不停留，既到平遠，見山下敵營林立，便上前衝突，國相令營兵堅壁勿動。待清兵衝突數次，銳氣少懈，然後發了密令，把營兵分開左右，推出象陣。毓榮急令兵士發炮，怎奈兵士已心慌意駭，腳忙手亂，炮未燃著，象已衝來，那時只顧保全性命，還有何心放炮？兵士逃得快，象愈趕得快，頃刻間倒斃無數，屍如山積，毓榮也沒命地逃去，直退了三十里，方收拾殘兵，紮駐了寨。

隔了兩日，復進軍十里立營。又次日，復進軍十里。兵士都怕象陣厲害，未敢前進，只因軍令如山，不得不硬著頭皮，勉強上前。是夕，毓榮升帳，召諸將聽令。將士還道又要出戰，個個膽顫心驚，到了帳下，但見毓榮向諸將道：「雲南多產野象，從前敬謹親王尼堪，為象陣所迫，身歿陣中，應前一十九回事。我前次失記，中了敵計，為他所敗，部下多遭慘死，今已有計破他象陣，眾將應同心敵愾，為我弟兄們復仇。」諸將聽得有破敵的謀劃，又復鼓舞起來，一齊喊聲得令。毓榮又道：「野象非人力可敵，當用火攻的計策，今夜先在營外密布火種，待明日前去誘敵，引了敵兵至此，縱火燒他，象必返奔，轉為我用，乘此追殺，必得全勝。」諸將遵令自去，分頭布置。

次晨，毓榮手執紅旗，督兵進戰，國相等開營接仗，約戰數合，又把營兵兩旁分開，毓榮即掉轉紅旗，望後急走。國相又驅出象陣，猛力追趕，毓榮佯作驚慌之狀，令兵士四散奔竄。敵軍恃有象陣，只望前追，約行十里，不防火種驟發，勢成燎原，那些野象，已有好幾隻跌入火坑，餘象都向後返奔，反衝動敵軍本隊。國相知是中計，忙令軍士分列兩旁，讓各象奔過，勒兵再戰，怎奈軍心已經恐慌，隊伍不免錯亂，這邊蔡毓榮又合兵殺來，頓時全軍潰竄，國相無法阻住，令王會、高起隆率軍先走，自領精騎斷後，一邊且戰且走，一邊且追且擊。毓榮又傳令窮追，把國相逐出貴州境界，方才收軍。從此吳世璠又失貴州了。

且說貝子賴塔，自廣西攻雲南，令傅宏烈在後策應，是時馬雄已死，其子馬承蔭降清，留守南寧，部下多桀驁不馴，仍有變志。宏烈奏請馬軍隨征，免為內地患，未接復旨，不料為承蔭所聞，邀宏烈親往部勒。宏烈即行，部將多說承蔭狡悍，不如勿去。宏烈道：「承蔭已降，奈何疑他？」徑領數十騎往南寧。承蔭率眾出迎，特別恭順。宏烈偕承蔭入城，城門陡闔，伏兵齊起，竟將宏烈拿下囚送雲南。吳世璠勸宏烈降，宏烈大罵道：「爾祖未叛時，我即劾奏，早知爾家必要造反，我恨不早滅爾家，難道還肯從你麼？」世璠命左右將宏烈處斬，宏烈罵不絕口而死。此信傳到賴塔軍中，賴塔急檄莽依圖攻南寧，承蔭也率象陣迎敵。虧得莽依圖已聞蔡軍消息，也照毓榮計策，擊敗承蔭。承蔭入城拒守，莽依圖圍攻數日，總督金光祖亦率兵前來，兩下合軍攻破南寧。活擒承蔭，解京磔死。

廣西已定，賴塔遂一意進攻，與蔡毓榮軍相遇，直趨雲南。貝子彰泰繼進，沿途相率迎降。各軍至歸化寺，距雲南只三十里，世璠惶急萬狀，方擬遣夏國相等再出拒敵，忽報趙良棟由川赴滇，乃令夏國相、胡國柱、馬寶等，移阻趙軍，別命郭壯圖領步騎數萬迎戰三十里外。郭壯圖向守雲南，未嘗禦敵，至是亦驅野象數百頭，列為前軍。部將武安時諫道：「夏國相曾用象陣，為敵所敗，駙馬何故復循覆轍？」郭壯圖道：「夏國相貪功追敵，是以致敗，吾不過令象衝鋒，並非靠象追敵，有何不可。」於是直趨歸化寺，與清兵接仗。清貝子彰泰在左，賴塔在右，兩路夾攻，郭壯圖率軍死戰，自卯至午，五卻五進，蔡毓榮見不能取勝，忽生一計，縱火焚林，林中烈焰上騰，嚇得眾象紛紛亂竄。彰泰賴塔，乘勢掩擊，郭壯圖只得敗走。三用象陣，都被擊退，可謂至死不悟。

清兵遂進逼雲南省城，世璠復調夏國相等回救，趙良棟又尾追而來。孤城片影，四面楚歌，吳世璠保守五華山，飭健卒乞師西藏，又被趙良棟查獲，眼見得圍城援絕，指日滅亡。夏國相、馬寶、胡國柱、郭壯圖等，明知滅亡不遠，只因身受遺命，以死自誓，兩邊復血肉相薄，延續數月。到康熙二十年十月中，城中糧盡，軍心遂變，南門守將方誌球，陰與蔡毓榮相通，放蔡軍入城，由是諸軍齊進，胡國柱急來攔阻，一炮飛來，正中面頰，立即斃命。夏國相、馬寶猶督兵巷戰，被清兵圍裏，大叫：「降者免死。」部兵遂倒戈相向，把夏國相、馬寶都戳下馬來，擒獻清軍。蔡毓榮即馳上五華山，守將郭壯圖自殺，餘兵統已潰散，當即衝入世璠住所，見世璠已懸梁自盡，侍女等一齊下跪，哀乞饒命。毓榮約略一顧，忽覺侍女中間，有兩人生得非常美麗，淚容滿面，猶自傾城。毓榮仔細詢問，方知是三桂遺下的寵姬，便命軍士好生保護，不得有違。正囑咐間，將軍穆占亦率兵進來，聽見毓榮囑咐的言語，忙道：「蔡將軍不要獨得，須留一個與我。」毓榮無法，遂將一美姬分與穆占，一美姬帶出自用。隨後諸軍齊到，爭取子女玉帛，只趙良棟嚴禁部下擄掠，僅取藩府簿籍，留獻京師。捷報傳達清廷，下旨析三桂骸骨，頒示海內。世璠首級及夏國相等，解送北京。後來夏國相、馬寶等，盡被凌遲處死，吳氏遂亡。小子又有一詩道：

滇南一破籍長淪，天定由來竟勝人。
假使吳宗能永古，人生何必重君親。

滇藩已滅，還有閩、粵二藩，尚在未撤，究竟作何處置，且俟下回再說。

三桂稱帝之日，天大風雨，雖屬適逢其會，要不可謂非天怒之兆。稱帝以後，未幾遘疾，曩昔冤厲，叢集而來，此亦作者烘托筆墨，然固一神道設教之苦心也。三桂已死，大局瓦解，作者故作簡筆，一一收束，愈見滅亡之速。三寸不律，繚繞煙雲，忽如萬岫迷濛，忽如長空迅掃，不可謂非神且奇云。

清史演義——從滿清開基至三藩之亂

作　　者：蔡東藩
發 行 人：黃振庭
出 版 者：複刻文化事業有限公司
發 行 者：複刻文化事業有限公司
E-mail：sonbookservice@gmail.com
粉 絲 頁：https://www.facebook.com/sonbookss/
網　　址：https://sonbook.net/
地　　址：台北市中正區重慶南路一段 61 號 8 樓
8F., No.61, Sec. 1, Chongqing S. Rd., Zhongzheng Dist., Taipei City 100, Taiwan

電　　話：(02)2370-3310
傳　　真：(02)2388-1990
印　　刷：京峯數位服務有限公司
律師顧問：廣華律師事務所 張珮琦律師
定　　價：299 元
發行日期：2024 年 05 月第一版
◎本書以 POD 印製

國家圖書館出版品預行編目資料

清史演義——從滿清開基至三藩之亂 / 蔡東藩 著 . -- 第一版 . -- 臺北市：複刻文化事業有限公司 , 2024.05
面；　公分
POD 版
ISBN 978-626-7426-76-0(平裝)
857.457　　113006641

電子書購買

爽讀 APP

臉書